フランス人探険家ラ・サールのレマブル号（画：リチャード・デロセット）

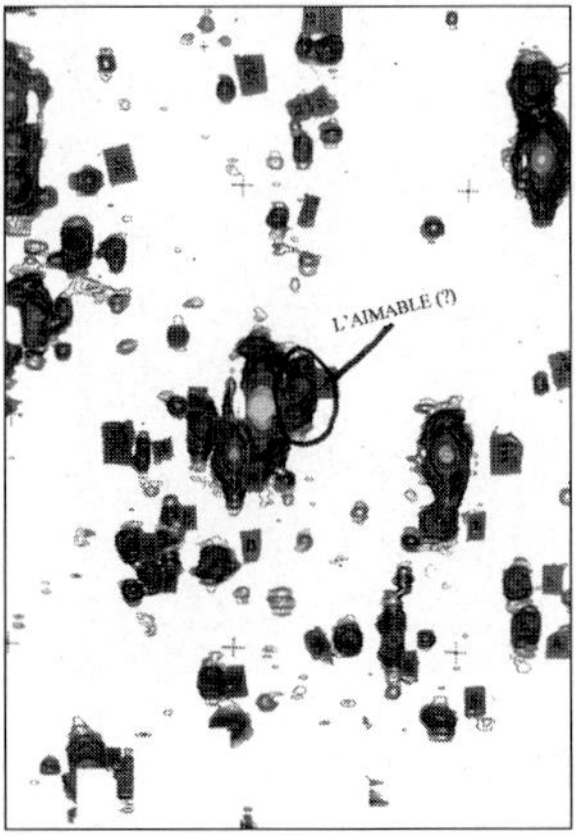

レマブル号探索の際にラルフ・
ウィルバンクスが得た磁気反応
(写真提供：ラルフ・ウィルバンクス)

ミシシッピ川を初めて航行した汽船、
ニューオーリンズ号
（画：リチャード・デロセット）

〝双子の姉妹〟の原寸大レプリカ。
サンジャシントにおける戦闘150年記念祭にて
（写真提供：ヒューストン工科大学／ゲイリー・C・タッチトン）

合衆国初の甲鉄艦C. S. S.マナサス号（画：ダニエル・ダウディ）

チャールストン包囲戦の模様。
左からキーオカック号、ウィホーケン号、パタプスコ号（画：クライブ・カッスラー提供）

南軍の砲弾92発を受けて沈没するキーオカック号（画：クライブ・カッスラー提供）

炎上のうえ自沈する前日に撮影されたミシシッピ号
(写真提供：ルイジアナ州立大学図書館特別コレクション)

炎上するミシシッピ号（画：トム・フリーマン）

乗員が消えうせた幽霊船メアリー・セレスト号
（写真提供：カンバーランド郡博物古文書館）

現在はコンチ島として知られるロシュレー礁。
メアリー・セレスト号の残骸は
中央の白いボートのすぐ先の海中に横たわっている
(写真提供：ECO-NOVAプロダクションズ)

メアリー・セレスト号発見後のECO-NOVAとNUMAの面々。
左からロバート・ガーチン、ジョン・デービス、ローレンス・テーラー、
ジャン・クロード・ディックマール、アラン・ガードナー、
クライブ・カッスラー、マイク・フレッチャー
(写真提供：ECO-NOVAプロダクションズ)

新 潮 文 庫

呪われた海底に迫れ

上　巻

クライブ・カッスラー
クレイグ・ダーゴ
中 山 善 之 訳

新 潮 社 版

7344

バーバラに。いつもバーバラに。

C. C.

わが母親に。六人の子どもと多くの犬を育てたあなたを、みんな慕っている。

C. D.

頌《しょう》徳《とく》

ウィラード・バスコム
海洋学の偉大なる先駆者

リチャード・スウィート
稀《け》有《う》な歴史家・海洋考古学者

ドナルド・スペンサー
多数のダイバーの鼓吹者

ジェラルド・ジンサー
ＰＴ‐１０９の最後の生存者

謝辞

私たち著者は、協力を惜しまずこの本の上梓《じょうし》を可能にしてくださった親切にして寛容な方々に、このうえなく感謝している。そうした次の方々のお骨折りと配慮には、心より御礼申しあげる。ダイバーシファイド・ウィルバンクスのラルフ・ウィルバンクス、ECO‐NOVAプロダクションズのジョン・デービス、ビル・ナンジェセール、ウェス・ホール、コニー・ヤング、ロバート・フレミング、リチャード・デロセット、エムリン・ブラウン、ゲーリー・グッドイヤー、グレアム・ジェサップ、エルスワース・ボイド、キャロル・バーソロミュー、コリーン・ネルソン、スーザン・マクドナルド、ライザ・バウアー、ジョン・ハンリー、ウェイン・グロンクイスト。

目次

NUMA評議員

クライブ・カッスラー、議長
クレイグ・ダーゴ
ウォルト・ショウブ大佐
ダグラス・ウィーラー
ウィリアム・トンプソン提督
マイクル・ホーガン
エリック・ショーンステッド*
ドナルド・ウォルシュ中佐
ダナ・ラースン
バーバラ・ナイト
ダーク・カッスラー、会長
ロバート・エスベンソン*
ラルフ・ウィルバンクス
ウィリアム・シア
ハロルド・エジャートン博士*
クライド・スミス
ピーター・スロックモートン*
トニー・ベル*
ケネルム・ストット・ジュニア*
（*＝故人）

呪われた海底に迫れ

上巻

地図製作　㈱パンアート

序文

私たちはみんな、海とその深みに潜んでいるさまざまな謎《なぞ》に心を惹《ひ》かれる。海は依然として、偉大な未知の世界の一つなのだ。冒険家たちが世界でも屈指の高峰に登るのは、頂にたどり着いて、八〇キロになんなんとする彼方《かなた》に広がる地平線を堪能《たんのう》するためだ。ダイバーはその喜びにありつけない。熱帯の澄みきった水中にダイビングしている場合をのぞけば、視界はめったに六メートルを上回らない。おぼろげな前方になにが広がっているのか、想像をめぐらすしかない。

私たちは男女を問わず、すでに世界の陸塊をほぼ隈《くま》なく歩き回ってきたし、いまだ遭遇した例《ためし》のないわずかな地域も人工衛星によって写真に収められている。巨大な天文台やハッブル宇宙望遠鏡は、深宇宙の神秘を私たちに示してくれた。しかし、人間の目とカメラのレンズは、海洋の水面下に隠されている神秘の一パーセント足らずしか記録していない。

海の虚《うつ》ろな深みは、いまなお大きな謎のままである。

とはいえ、澎湃《ほうはい》として科学的な関心が生じたことにより、深海技術は眠りからさめた。探査装置は深海嵐《あらし》や海棲《かいせい》生物の移動から海流、地質、水中音響、さらには増大の一途をたどる恐ろしい汚染まで調べ上げてきた。数千メートルの深みを探査できる新しい精巧な機器の威力によって、歴史的な由緒《ゆいしょ》ある偉大な難破船が、なんの目印もない水中の墓場に何世紀も横たわっていた後に発見されている。

黒海でノアの大洪水の研究をしているボブ・バラードのような男や深海探険を行うノーチコスのような会社は、そうした難船の数隻《せき》にたどり着いて撮影を終えているが、多くの難船はいまだに訪れを待ちわびながら水底に横たわっている。それをわれわれは行う。沈船を探し出すのだ。われわれの国立海中海洋機関（NUMA）は、歴史的に重要な所在不明の船舶を、崩壊して永久に失われてしまう前に発見し、調べ上げることを眼目としている。活動資金はもっぱら私の本の印税頼みとあって乏しいので、われわれの探索はもっぱら浅い水域の難船に限られている。

NUMAはわれわれが最初の挑戦――ジョン・ポール・ジョーンズの旗艦ボノム・リシャール号探し――に失敗し、再度取り組む準備をしていた一九七八年に結成された。その間に、テキサス州オースチン市の有名な弁護士であるウェイン・グロンクイストが、法人化して非営利の財団とするほうが有利だと提案した。私は賛成した。そこで、NUMAの会長を二〇年務めたウェインが、必要な書類を提出した。しかも、お察しの通り、名称はわたしの著作の主人公ダーク・ピットが活躍する冒険シリーズに登場する政府機関名とまったく同じである。評議員たちは、私が創作の必要上ひねり出した名前を財団につけるのは洒落《しゃれ》ていると判断した。それで私は、「そうとも、バージニア、本当にNUMAは存在するんだぜ」と言えることになった。

サルベージの段階になると、われわれはその作業を別の人たちに委《ゆだ》ねる。NUMAの会員は誰一人として、工芸品を一個たりと私物化した例がない。私の住まいや仕事場を訪れた人はいつも、われわれが発見した船舶の模型や絵画があるばかりで、ゆかりの品がまったくないので驚いている。難船から回収された物品は総《すべ》て保管されたうえで、それが発見された水域を管轄する州へ引き渡す。例えば、南部連合国の商船略奪船フロリダと連邦国海軍のフリゲート艦――ともにNUMAが発見――はウィリアム・アンド・メアリー大学で保管のうえ、ヴァージニア州のノーフォーク海軍博物館で公開された。

私はわれわれの発見が、連邦政府や州、あるいは市町村に、さらには難船を引き揚げるなり工芸品を回収して博物館で展示する財源を備えている企業体や大学ないしは歴史関連の組織に、ぜひにも引き継いでもらえるよう願っている。

結成以来二三年間に、NUMAの探索チームは一五〇回以上遠征を行い、難船六五隻を発見して実地調査した。同時にわれわれは、消息を絶った機関車一台、大砲一対、航空機一機、それにツェッペリン型飛行船一機も探索した。遺憾ながら、失敗が成功を上回っている。陸上なり海上で行方不明の物体探しに取り組むと、たちどころにそれを探し当てる確率がラスベガスでルーレットで勝つチャンスより遥《はる》かに低いことを思い知らされる。

難船探しはせいぜいよくて賭《か》けにほかならず、探査に首を突っ込んで資金を提供する御仁は飛び切りお目出度《めでた》い連中ぞろいの学校の校長か、行く手を阻《はば》んでいる壁をどうでも通り抜けようとする意固地な変わり者の類だ。私は後者に属するようだ。

人生に挫折はつきものだ――しかも、あまりにもしばしば。そんな風に思われる。われわれが最近味わわされた失意のほんの一部を、ご披露することにする。

二〇〇〇年に、われわれはニューヨークのイーストリバーで、ジョン・ホランドが建造した全長四・八メートルの一人乗り潜水艇の探索を行った。ジョン・ホランドは競争相手のサイモン・レイクと共に、現代潜水艦の父とみなされている。彼らの設計を得て、二〇世紀へ移り変わった直後に、ヨーロッパとアメリカにおいて水中海軍が確立された。

ホランドの小さな潜水艇は、その当時としてはきわめて精巧であるとみなされていた。不幸にして、構造に関する図面や報告書はすこぶる少ない。その潜水艇は、アイルランド共和国軍の初期の母体組織であるフィニアン同盟に盗み出され行方不明になってしまった。彼らはイギリス海軍を駆逐する明白な目的に沿って、ホランドが初期に行った種々の潜水艇実験に資金を提供していた。フィニアン同盟のためにホランドは時代の最先端を行く潜水艇を設計建造して、フィニアン・ラム（衝角）号と適切な命名をした。鋼鉄艦に衝角の一撃を与えるために建造されたわけではないが、この重量一九トンの三人乗り潜水艇は、全長九・三メートル、幅は一・八メートルで、一五馬力のブレイトンのツインシリンダー・ガスエンジンが推進力になっていた。

単に効率のよい水中艇の開発だけでは飽きたらず、ホランドは潜水艇を最大の破壊力を備えた兵器の一つに押し上げる機器を考案し、完成させた。南北戦争時の砲艦モニターの産みの親として有名であると同時にミサイルも開発したジョン・エリクソンは、潜水艦の建造家が自分の実験モデルを使用することをこころよく許し、ホランドは自ら考案した長さ一・八メートル、直径二二・五センチの兵器に件《くだん》のミサイルを取り付けさせてもらった。その砲は、当時からそう呼び習わされているのだが、圧搾《あっさく》空気によって発射される。この優れた方式は、過去一二〇年以上にわたってほとんど変化を加えられていない。

ホランドが行った実験では、この潜水艇と兵器の組みあわせは信じがたいほどの成果をあげたが、性急なフィニアン同盟はその一連の実験にいらだった。実験と、衝角を装備しての試運転に時間をかけすぎていると感じて怒っていたフィニアン同盟は、衝角船を奪い取ることに決めた。一八八三年一一月のある闇夜《やみよ》、頭に血が上ったアイルランド人のグループは、ブルックリンの酒場でうまいウイスキーをたらふく飲んだ。しかるべく意気盛んになったところで、彼らは一艘《そう》のタグボートを借りだし、フィニアン・ラム号が係留されている桟橋に密《ひそ》かに近づき、衝角船を曳《ひ》き出した。酒の勢いでご機嫌な彼らは調子づいて、試験中の小型潜水艇もさらって行くことにした。そこで彼らはイーストリバーを上ってロングアイランド海峡へ向かった。二艘の潜水艇をコネティカット州ニューヘブン付近の小さな川の上流に隠すつもりだったのだ。

ホワイトストーン岬に差し掛かるころには強い北風が吹きはじめ、小さな船団は風波に激しくもまれた。フィニアン同盟の連中が試験用潜水艇の小塔のハッチカバーがしっかり固定されていないのを見逃していたために、その隙間《すきま》から水がなだれこんだ。急速に水がたまり小型潜水艇は高波に呑《の》まれて浸水沈没、引き綱がいっきょに断裂したため、三三メートル下の水底へ向かった。その消失に気づかなかった彼らは、平然とニューヘブン目指して航行を続けた。

幸いなことに、フィニアン・ラム号はニュージャージー州パターソンの博物館で、いまだに生き長らえている。

私は問題の小型潜水艇の探索に挑戦した。ラルフ・ウィルバンクスは持ち船ダイバーシティ号をチャールストンからニューヨークまで搬送してきた。われわれはニューヨーク州立大学海洋学部の練習生訓練用の貨物船内にある乗客用個室に泊まり、カフェテリアで練習生たちと食事をした。私は学部長のデイヴィッド・ブラウン提督に感謝している。提督の配慮と歓待は、われわれの計画にとって望外の賜物《たまもの》だった。同学部の整備要員は、ラルフの船を水中に下ろしたり引き揚げるのに協力するとともに、桟橋にスペースを用意してくれた。

サイドスキャンソナーは、問題の潜水艇が沈んだとされているホワイトストーン岬一帯の川底のがらくたをたくさん映し出した。測深器がまだ当分登場しない時代の、闇に包まれた、風が吹き荒れ、波が立ち騒ぐ夜間であったにもかかわらず、フィニアン同盟の彼らがどうして沈没個所を明言できたのか私には不可解だ。彼らはニューヘブンに着くまで、潜水艇が消えうせたことにすら気づいていなかったのではないか、と私は疑っている。

サイドスキャンが捕らえた場違いな物体の多くは、鋼鉄製の五五ガロン入りドラム缶だった。それらの一つに、ジミー・ホッファ（訳注 全米トラック運転手組合委員長。公金横領で有罪。出所後失踪）が詰めこまれているのではないか、と思わずにいられなかった。水底には小型のキャビンクルーザーや帆船も数艘記録されたし、われわれはそれらの内部に閉じ込められている消息不明者の死体を思い描いた。誰一人、潜って探し出す気分になれなかった。川底に金属製のがらくたが夥《おびただ》しく散らばっているために、川の沈泥《ちんでい》に潜っている小さな潜水艇を磁力計で識別するのは至難の業だったし、それらしい影はソナーにまったく現れなかった。なんの成果もないまま、風光明媚《めいび》なイーストリバーを三日上下に航走したすえに、われわれは荷造りをして探索に終止符を打った。

例の小型潜水艇は、沈泥に覆《おお》われているのだろうか？ ホワイトストーン橋の下に横たわっているものの、鋼鉄製の橋桁《はしげた》のために磁力計が狂ってしまったのだろうか？ それともずっと沖合いの、ロングアイランド海峡に横たわっているのだろうか？

わたしはまだ、タオルを投げこむつもりはなかった。いつの日にか戻ってきて、イーストリバーが扇状に広がってロングアイランド海峡を形成している場所で探索を再開しようと夢見ている。

持病の難船狩りの情熱はやみ難く、こんどは南部連合国の商船略奪船ジョージアの探索に乗り出した。この船は短期間のうちに輝かしい成果を挙げており、一八六二年から一八六四年に掛けて北部諸州の商船を九隻捕獲している。一九八四年にヴァージニア州のジェームズ川の底で発見されたアラバマ号やフロリダ号の赫々《かくかく》たる戦果には劣りこそすれ、ジョージア号はその足跡によって名を轟《とどろ》かせたし、商船略奪船の第一号である同船の実績は、二度の大戦においてドイツの商船略奪船を招来した。

遊弋《ゆうよく》中に、ジョージア号はモロッコ相手にあやうく交戦状態に陥る一歩手前まで行った。上陸したある士官のグループは地元民に襲撃されたが、まだ五体満足なうちに辛うじて船へ逃げ帰った。屈辱にいきり立ったジョージア号の船長は、砲員配置を命じて狙《ねら》いを定めさせた。そのうえ発砲させ、モロッコ人たちを蹴散《けち》らした。

数ヶ月後に、このうえ商船略奪船として航海するのは無理とみなされたジョージア号は、売り払われてリスボンとケープベルデ諸島を結ぶ郵便船として就航した。しかし間もなく同船は、その海域で連邦国海軍の船によって、戦利品として捕獲されて合衆国に連れ戻された。合衆国とイギリスとの法廷闘争の後に、一連の海運会社につぎつぎに売り渡され、最終的にはガルフポート蒸気船会社に買い上げられて、カナダのハリファックスとメイン州ポートランド間の貨客船となった。

一八七五年一月、ノヴァスコシアから南下する航路についた、いまだにジョージア号と名乗っていた老朽蒸気船は、メイン州テナンツ港の西一六キロほどにあるトライアングルと呼ばれている岩礁《がんしょう》に衝突した。乗客乗員は救命胴衣を着用し、雪嵐を突いてボートを漕《こ》いで沿岸へ向かった。一命も失われなかったが、船は全面的に破損し放棄された。同船は南部連合国商船略奪船の最後の生き残りだった。

ジョージア号とその座礁について小山をなすほどの調査を行った歴史研究家マイケル・ヒギンズが、私に接触してきた。説得に弱い私は、伝説的な船の残骸《ざんがい》をメイン州の沖合いで探索する手筈《てはず》を整えると約束した。ラルフ・ウィルバンクス、ウェス・ホール、それにクレイグ・ダーゴと一緒にテナント港に着いたわれわれは、スタインベックの一連の小説に登場するモンテレー市の缶詰横丁を彷彿《ほうふつ》とさせるホテルに投宿した。われわれは石ころをけりながら町中をうろつき回り、機関庫の錆《さ》びついた線路を眺めたりして暇つぶしをした挙句に、床は古びた白い八角形のタイル張りで、昔そのままの旧式なソーダ水売り場があるうらぶれたドラッグストアを見つけた。

私は子ども時分からずっと大好きな、金属製容器のなかで一九三〇年代のミキサーによって攪拌《かくはん》された、チョコレートモルトアイスクリームを注文した。ひと舐《な》めした途端に、私は天国にいた。

翌朝早く、ラルフ・ウィルバンクスが操縦するダイバーシティ号は、ロブスター籠《かご》に結びつけられている色鮮やかなペンキ仕上げの文字通り何百ものブイを躱《かわ》しながら、トライアングル岩礁目指して疾走した。ロブスター漁師はそれぞれに独特の色分けをしたブイを持っており、コレクターの収集熱は高まる一方である。

ウェス・ホールはソナー係を務め、私は磁力計とにらめっこをし、ラルフ・ウィルバンクスはダイバーシティ号で岩礁の周辺を縫い、クレイグ・ダーゴはロブスター籠やホタテガイ取りのダイバーに警戒の目を光らせていた。波がわれわれの周囲を取り巻く岩礁を洗っていたが、ラルフは波など眼中にないようにひたすら音響測深機にくらいついていた。ときおり、岩はつばを吐きかければ届くほどに近く見えたが、ジョージア号の手掛かりはまったくもたらしてくれなかった。

磁力計には何度か小さな反応があったが、サイドスキャンソナーにはなにも現れなかった。トライアングル岩礁を三度周航すると、われわれは愕然《がくぜん》としておたがいの顔を見詰め合った。成果はゼロだった。探し当てようにも、難船の気配すらなかった。場所が正しいことは分かっていた。ほかに一ヶ所しかない岩礁は、昔の報告によると、ずっと離れていた。念のためにすぎないが、その岩礁も調べてみた。ジョージア号ほどの大きさの鋼鉄船が、いとも簡単に消えうせてしまうものだろうか?

その答えは、探索に失敗した後に、郷土史家たちに相談したところもたらされた。ウニやホタテガイ漁のダイバーたちがずっと以前から岩礁一帯に入りこんでいながら、難船の残骸を目撃した例がないなどということはあり得ないから、ジョージア号は引き揚げられたと見なす以外に答えはない。一八七〇年代ないし八〇年代の記録は乏しいが、当時のメイン州住民の経済状態は極度に逼迫《ひっぱく》していたために、彼らが同船の竜骨やボイラーもふくめてほぼそっくり回収し、スクラップとして売り払ったらしい。

無念、またも失敗。

難船狂のわれわれ一行はコネティカット州セイブルックへ足を伸ばして、デイヴィッド・ブッシュネルが製作した独立戦争時の有名な潜水艇タートル探索のために探りを入れた。これは当時世界で最初の実用的な潜水艇で、以後の世紀に建造される潜水艇はいずれもタートル号の後裔《こうえい》にあたる。

コネティカットで農家を営んでいたヤンキーの息子ブッシュネルは想像力が豊かで、若いうちは独学だった。三一歳という高年齢でイエール大学に入学し、後にアメリカでもっとも愛国的なスパイとして有名になるネイサン・ヘール（訳注 独立戦争当時にスパイ容疑で英軍に捕らえられ、翌朝絞首刑に処せられる）と同じ部屋で暮らした。在学中に、ブッシュネルは前例を見ない黒色火薬を用いた水中爆薬の構想に魅せられた。彼は時計仕掛けのタイマー方式で、水中で爆発させられる火薬入りの容器を考案して作り上げた、たぶん史上初の人物である。彼は英軍のスクーナー一隻《せき》と小型船一艘を、ものの見事に爆沈させる実績を挙げていた。乗員が水雷の一つを船上に引き揚げようとする過《あやま》ちを犯したのだ。しかし彼は、自分の開発した浮遊する水雷に、敵の船舶が触雷するだけでは満足できなかった。軍艦を手際《てぎわ》よく沈める唯一《ゆいいつ》の方法は、水雷をじかに敵の船腹に取りつける手段を考案する以外にないと決断した。

彼の解決策は当時の科学技術の驚異、タートル号だった。弟のエズラと一緒に暮らしていた住まいと隣りあっている納屋《なや》の中で、兄弟は二枚の亀《かめ》の甲を縦に向かい合わせたような形の潜水艇を作り上げた。船殻は丸太から刳《く》りぬかれていて、子どもの独楽《こま》によく似ており、平らな底の上に立っている。デイビッドとエズラは空気を取り入れるための球形のシュノーケルバルブ、艇を水面へ浮上させるための羽根が垂直に取りつけられたスクリューに加えて、前面には前進用の大きなスクリューを設計したが、この一連の技術革新はその後五十年にわたって船舶に取り入れられた。潜水艇にふさわしく、バラストタンクに加えて着脱可能なバラスト用重りも彼らは作った。

操縦士は盛りあがった真鍮《しんちゅう》のハッチから出入りし、艇内では上半身を立てた状態で坐《すわ》った。操縦は艇体前面のスクリューを回転させながら、船尾の舵柄《だへい》で行った。約六八キロの黒色火薬、火打石式起爆装置、それにタートル号が安全水域へ後退するまで爆発を遅らせる時計仕掛けの装置が収まっている容器水雷は、潜水艇上部の着脱可能なレバーに繋《つな》がっていて、そのレバーは敵船舶の船殻を覆っている銅の側板に穴を穿《うが》つ役割をになう螺旋釘《ねじくぎ》をねじ込む。螺旋釘が側板に食いこみ火薬の容器が固定されると、操縦士は脱出するために前進用の手回しのクランクを必死で反対にまわす。

ジョージ・ワシントン指揮下の軍団のエズラ・リーという名の軍曹が志願し、水中から軍艦に攻撃を加える史上初の男となった。標的となったのはイギリスのリチャード・ハウ提督の旗艦であるフリゲート艦イーグルで、マンハッタン島の外れのハドソン川に停泊していた。タートル号の働きは申し分なかった。持てる能力を遺憾なくリーに引きだされ、軍艦を沈没させた史上初の潜水艇になる一歩手前まで行きながら、夜間の水中で見通しが利《き》かず、彼は火薬装置を正しく設置することができなかった。固定するための螺旋釘が、船殻に打ちつけられている柔らかい銅板ではなく舵《かじ》を保持している鉄製の腕木に当たってしまったのだ。火薬の容器を取りつけられなかったために、リーは任務を放棄したのだった。

二度目の試みが行われたが、リーが潜水しすぎたうえ、潮の流れが強すぎて突入を阻《はば》まれた。三度目で最終回となる作戦行動は、脱出をはかる潜水艇が英軍の歩哨《ほしょう》に銃撃を受けて失敗に終わった。その一週間後に、英軍のスループ型軍艦が発砲して、タートル号を乗せてハドソン川を遡上《そじょう》中のスループ船を沈めた。英軍はタートル号が高度の兵器であることに思い当たらぬまま、半ば沈んだスループ船上に放置した。

ブッシュネルはトーマス・ジェファーソン（訳注　独立戦争に参加。後に第三代合衆国大統領となる）に宛《あ》てた手紙の中で、私はタートル号を引き揚げたが、〝構想をさらに進展させることは出来なかった〟と記している。その後ブッシュネルはデラウェア川で浮遊水雷の実験を行ったが、成果はきわめて乏しかった。独立戦争終了後に、彼は医学に転じて医師になり、ジョージア州で医学教育に携わるかたわら臨床医を務めた。彼は一八二四年、タートル号をどうしたのかなんの手掛かりも残さないまま、働き盛りの四八歳で亡《な》くなった。

ハドソン川からタートル号を回収した後に、彼はセイブルックへ持ちかえってコネティカット川に沈めたのだろうか、それともイギリス人の手に渡らないように、艇体を叩《たた》き割り、薪にして燃やしてしまったのだろうか？　彼も弟のエズラも、有名なタートル号の運命に関しては音信のやり取りの中でまったく触れていない。

そんなわけで、世界最初の実用に耐える潜水艇は、時間の霧の中に姿を消してしまった。

無駄なあがきとは重々承知のうえで、われわれはブッシュネルがタートル号を建造したコネティカット川を探索することに決めた。頼みの綱は、虚仮《こけ》の一念。求めないかぎり、見つかるわけがない。

いつものように地元の郷土史家に相談したものの、彼らもブッシュネルが採ったタートル号の処理法についてはほかの人と同様に知らなかったので、われわれはエセックスにあるコネティカット川博物館に展示されている、フレデリック・フリーズとジョーゼフ・リアリーが再現した稼動《かどう》する潜水艇のレプリカを研究した。彼ら二人は過去にその艇に乗りこみ、実際に開水域で潜航を行っていた。ブッシュネルとその卓越した潜水艇に関する入手可能な総《すべ》ての資料をすっかり吸収し終わったところで、われわれは仲間うちの船を出して、川を上下するサイドスキャン探査をはじめた。われわれは運良く、探索区域を狭い一部に限定できた。デイビッドとエズラのブッシュネル兄弟がタートル号の建造当時に住んでいた家が、いまだに川の西岸から六〇メートルほどに建っていたのだ。われわれは磁力計を使わなかった。探知しようにも、タートル号の鉄の部分はごくわずかなのだ。バラストは鉛だし、ハッチや付属品はほとんど真鍮製だった。

われわれはブッシュネルの建造場所を起点に、上下共にたっぷり一六〇〇メートルに渡って川全体を走査した。しかしソナーは、わずかなりともタートル号に似た反応をまったく記録しなかった。仮にブッシュネルが本当にタートル号を古い作業所の外れに沈めたとするなら——これはすこぶる重大な仮定だが——人にしろ船にしろ分け入れない広さ四エーカーの沼沢地《しょうたくち》の下に横たわっていたり、沈泥《ちんでい》に覆《おお》われている可能性がないでもない。もしそうだとすると、いかに小さくても、磁力計に記録された物標は総て浚渫《しゅんせつ》されるべきだ。それは不可能な状況ではないが、経費は嵩《かさ》むし作業はまことにやりにくい。

またしても、われわれは失意を味わわされた。難船探しにまつわるわれわれ好みの言いぐさではないが、〝われわれはまだ沈没個所を突き止めていないが、沈没していない個所は分かっている〟のだ。

これらの例はいずれも敗北で、なんとも苛立《いらだ》たしい。われわれが奮い立って探索に乗り出すのは、ときたま成功に恵まれるからである。

その一部については『沈んだ船を探り出せ』で述べてあるし、また一部は本書で取り上げられている(もっとも、この先ご覧になるように、すべてが成功例ではない)。しかし、全体を通して最大の感激を与えてくれた探索となると、サウスカロライナのチャールストン沖の沈泥に埋もれていた、南部連合国の潜水艦ハンリーとその英雄的な乗員たちを発見した探索に止《とど》めを刺すだろう。NUMAの数度にわたる調査遠征隊がハンリー号の発見に失敗しても、私はきっとあそこにあると確信していたので、なんとしてもあきらめる気になれなかった。

あの潜水艦発見にまつわる話は『沈んだ船を探り出せ』で述べた。磁力計センサーを引きずりながら探査レーンを一八五〇キロ走り回った挙句に、ついにハンリー号の重量と体積を示唆《しさ》する異常な磁気反応が感知された。そこで、海洋調査家のラルフ・ウィルバンクスと海洋考古学者のウェス・ホールとハリー・ピコレリ三世が掘り起し、長年消息を絶っていた潜水艦であることをゆるぎなく特定したのだった。

もしもわれわれがハンリー号を一九九五年の五月に発見していなかったなら、私はいまでもあの探索をつづけているはずだ。

あの時点でお伝えできなかった後日談。サウスカロライナ州議会議員のグレン・マコンネル、それにウォーレン・ラッシュ――彼はハンリー号友の会を発足させ、史上初めて敵艦を沈没させたきわめて先駆的な潜水艇を後世の世代が見られるよう、引き揚げ保存のための資金集めをした――のさまざまな努力のお蔭《かげ》で、ハンリー号は水中から引き揚げられた。

潜水艇が深さ八メートルあまりの水の屍《し》衣《い》から引き揚げられて、一三六年ぶりにはじめて陽の光を浴びたあの日のことを、列席者が忘れることはいつになってもあるまい。

回収班は表舞台にこそ立たないが真の功労者で、何ヶ月にもわたって昼夜兼行で掘り起こしと艇体を引き揚げて艀《はしけ》に乗せるための桁《けた》組《ぐ》みを行った。この作業は容易でなかった。艇内が沈泥に埋もれており重量が四倍になっていることが明らかになった時点で、いっそう困難なものとなった。重要な回収作業と引き揚げの監督は、国際的なサルベージ会社であるオーシャニアリングとタイタンコーポレーションが担当した。

その瞬間が訪れ、引き揚げ用のケーブルは張りつめ、小型の潜水艦が実に長きにわたって横たわっていた沈泥から立ちあがりはじめた。潜水夫、技術者、それに画期的な行事を見物しようと数百艘《そう》の船でやって来た数千の人々が、期待に静まりかえった。常備の強大な杭《くい》を海底に打ちこんだ、大きなサルベージ用艀の巨大なクレーンに、どの瞳《ひとみ》も吸い寄せられていた。桁組みとクッション用の発泡材に支えられて、艇体が水を滴《した》らせながら雲ひとつない青空のもとに現れると、歓声、口笛、それに気笛が早朝の静寂を打ち破り、林立する棹《さお》に南部連合国の星と帯を組み合わせた旗が翻《ひるがえ》った。

報道用ボートの手すりに寄りかかりながら立っていた私は、言いようのない感動に囚《とら》われていた。ついに、ハンリー号を目《ま》の当たりにするのだ。息子のダーク、友人で共著者でもあるクレイグ・ダーゴと私は、ラルフ・ウィルバンクス、ウェス・ホール、ハリー・ピコレリ三世がハンリー号を発見した直後に、潜水艇目掛けて潜りたかったのだが、数日続きの悪天候の高波に退けられたのだった。そうこうしているうちに、時機を失してしまった。発見を発表する記者会見がチャールストンで組まれていたので、沈没個所へ再度出向きたくても、潜水艦の場所を嗅《か》ぎつけられる恐れがあった。胡散臭《うさんくさ》い南北戦争の遺物収集家たちが、難破した潜水艦に潜って取り外してくればハッチカバーに五〇〇〇ドル、スクリューには一万ドル払うと、すでに値をつけていたのだ。ハンリー号の勇姿は優雅に宙に浮いていた。艇体は錆《さ》びや沈泥が全体を包む前に鉄板に着生した、古《いにしえ》の海棲《かいせい》生物に覆われている。小ぶりの艀に静かに下ろされると、二隻のタグボートに引かれて、チャールストン港に帰投する最後の遅ればせの航海についた。サムター要塞の竿《さお》の旗がどれも半旗にするべく下ろされると、南北戦争当時の本物の制服に身を包んだ南北双方の再現者たちが大空に向けて銃の斉射をし、それを受けて先込め式大砲が祝砲を放つたびに、空は砲声と黒色火薬の煙に満ちみちた。岸辺には、潜水艦の死せる乗員九名の名誉を称《たた》えて、南北戦争以前の様式の黒く長い衣服をまとった女性が九人並んでいた。海辺を囲んでいた数千の見物人は、バタリーパークを通過してクーパー川を遡《さかのぼ》り旧海軍工廠《こうしょう》へ向かう、貴重な荷物を積んだ艀とプレジャーボートの船団に歓声をあげた。

この計画を立てた人たちは、見事な手際を発揮した。全体の進行は、ロールスロイスのダッシュボードで時を刻んでいる時計のように、スムーズに運んだ。クレーンが艀から吊《つ》り上げて気動車に載せた潜水艦は、ウォーレン・ラッシュ保存センターへ運ばれて行き、所内のタンクでこの先数年過ごすことになる。その場所で保存処置を受けている間に、艇体のプレートは取り外され、艇内を掘りだし、遺物のすべてと乗員の亡骸《なきがら》を運び出して研究することになる。幸いなことに、ハンリー号はその栄光にすっぽりと包まれて、やがて博物館に収められ、恒久的に公開される予定である。

実際に収容作業が行われていることを信じかねると同時に舞いあがってしまい、五年前の今日の午前五時にラルフ・ウィルバンクスに叩き起こされたときと同じように、私は呆然《ぼうぜん》となってしまった。あの時彼は私に、もうハンリー号の探索には出掛けないと言ったのだった――だっておれとウェスとハリーは、たったいまあの船体に触れたからさ！

調査責任者である海軍の考古学者ロバート・ネイランド博士は心配りをして、私が潜水艦に近づいて触れることを許してくれた。一五年という長きにわたる探索だったし、子どもたちへの遺産の一部を注ぎこんだこともあり、スクリューに両手を当てた瞬間、まるで電気が全身を駆けぬけたような感じに襲われた。間近かで見ると、艇体は思っていたより細長く見えたし、みんなの予想以上に水の抵抗の少ない、流線形の空気力学にかなった設計になっていた。ハンリー号はまさしく、南北戦争当時の工学と技術の精華であった。

ある写真家に求められて、ラルフ、ウェス、ハリー、それに私は、保存タンクに下ろされる前に吊り索で支えられている艇体の前に立った。二、三分してポーズを取り終えると、建物全体が不意に歓声と拍手でどよめいた。まったく思いも掛けぬ、なんとも感動的な心温まるその瞬間、夢は達成されたのだ。われわれは全員涙をこらえながら、われわれゆえにいまこの時があるのだと誇らしかった。苦労を重ね経費を注ぎこんできた過ぎし歳月は報いられた。

しかし、大勝利を収めて勝鬨《かちどき》を上げた軍隊と同じで、勝利の瞬間はすぐ過ぎ去ってしまう。勝利は過去のもの。今はいま。そろそろ、歴史的に重要な難船をまた探し当てる望みを託して、つぎの探険の計画を練るときだ。

それはおそらくパイオニア二世号——ときにはアメリカン・ダイバー号とも呼ばれる艦になるだろう。ハンリー号の先駆艦で、アラバマ州のモービルにおいて、まったく同じグループによって建造されたこの艦は、連邦国側の封鎖船団の一隻《せき》を沈没させるために港から曳航《えいこう》されて出撃する途中でスコールに見舞われ、あるハッチが密閉されていなかったために艦内に水が入りこみはじめ、やがて波の下に滑りこんでしまった。幸い乗員は誰一人として、潜水艦と共に深みに引きずりこまれずにすんだ。科学者や考古学者たちは、一八六三年にハンリー号を最新鋭の水中艇に仕上げるうえで、加えられた改良修正の基《もとい》となった技術を知りたがっている。

われわれはつい最近、アラバマ州から探索と掘りだす許可を得た。むろん、今度も難船は砂まじりの沈泥の中に深く埋もれているはずであり、したがってたぶん回収は無理だろう。しかし、試みない限り、成功は絶対にあり得ない。

クレイグ・ダーゴと私が『沈んだ船を探り出せ』を刊行してからかなりの歳月がたった。あの年以降、以下に記す何隻かの難船をＮＵＭＡは見つけた。タイタニック号の生存者たちを救い、その六年後にUボートに水雷で撃沈されたカルパティア号。ニューヨークのイーストリバーで炎上沈没して、主に女性や子どもからなる死者を一〇〇〇人以上も出した蒸気遊覧船ジェネラル・スローカム号。それに、一八七二年に無人でアゾレス諸島の沖合いを漂流中に発見され、海にまつわる大きな謎《なぞ》の嚆矢《こうし》となった有名な幽霊船メアリー・セレスト号である。

以下年代順に取り上げるのは、NUMAの仲間がもっとも最近行った探索にまつわる物語である。彼らが高潮にずぶぬれになりながら、深さ二・五メートルの海中に下ろした探知装置を引きずりまわし、目の前の両手の爪《つめ》すら見えないほど汚い水中に潜りこみ、想像しうる最悪のコンディションのもとで何トンも土砂を掘り起すのもすべて、長年所在不明の難船を確認するためにほかならない。ここで描写されている過去および現在の人物たちは、みな実在したり実在している。記されている歴史的事件も事実であるが、登場する船舶や、そうした船舶で航海した乗客は、今日の読者が親しみやすくするために多少脚色してある。

この狂気じみた難船探索は、金儲《かねもう》けとはまったく無縁である。私がこんなことをしているのは、わが国の海事史に対する純然たる愛着からであり、将来の世代のためにそれを保存するためである。海事史は豊かであり、はぐくむに値する。毎日が将来の歴史である。それゆえに、日々を疎《おろそ》かにしてはならない。肝心なのは、たどれる道筋を残すことだ。

第一章　レマブル号

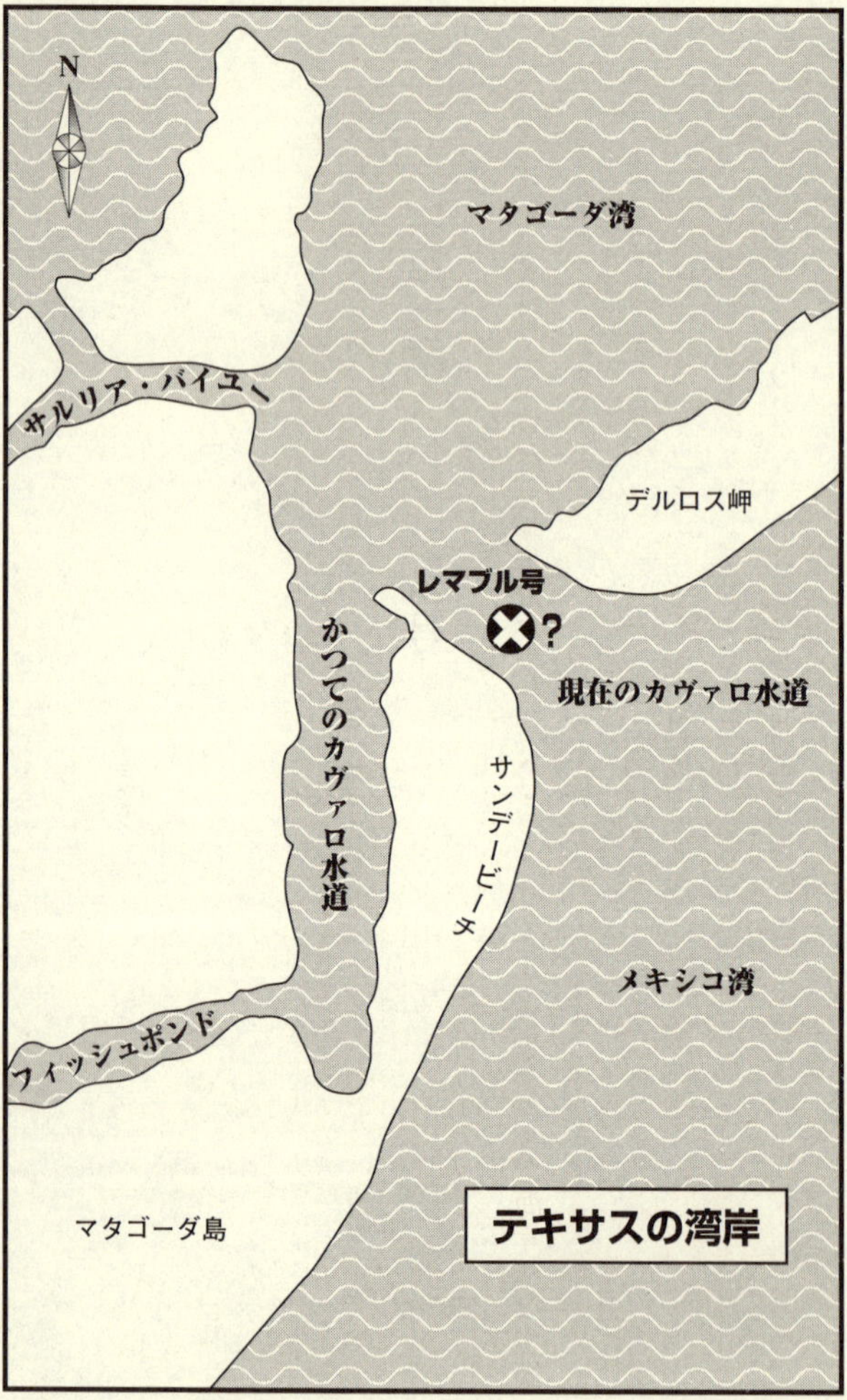
N
マタゴーダ湾
サルリア・バイユー
デルロス岬
レマブル号
?
現在のカヴァロ水道
かつてのカヴァロ水道
サンデービーチ
メキシコ湾
フィッシュポンド
マタゴーダ島
テキサスの湾岸

1

百川の父、ミシシッピ
一六八四―一六八五

〝ばか者が！〟ルネ・ロベール・カヴリエ・ド・ラ・サールは荒涼とした海岸になす術《すべ》もなく立ちつくしたまま、自分の旗艦レマブル号が向きを変えて浮標のある水道から、彼には損壊が避けられないと分かり切っている水域へ向かうのを見つめながら叫んだ。

それ以前にラ・サールは、レマブル号の船長ルネ・エグロンの反対を押し切って、新しい植民地用の物資を積んだフランスのその三〇〇トンの船で、マタゴーダ湾のカヴァロ水道の浅堆《せんたい》を過《よ》ぎって航行するよう命じたことがあった。その水域は、一五七年後にテキサス州の一部になる。

エグロンは脅すようにラ・サールをにらみつけ、自分をいっさいの責任から免責させる文書を書けと要求し、それに署名しろと強要した。ラ・サールはまだ病から回復中で、問題点について言い争う気力はなく、しぶしぶながら相手の条件を呑《の》んだ。すると、最悪の事態をおそれたエグロンは私物を、小ぶりの船ジョリー号に移し変えた。その船はすでに浅堆を渡って、その内側に無事停泊していた。

いまやレマブル号は、広げた帆を追い風にふくらませながら、うろたえるラ・サールを尻目《しりめ》に死出の航走を続けていた。

フランスのための新世界を宣言することになるこの男は、一六四三年一一月二二日にフランスのルーアンで生まれた。イエズス会の修道士になる志は破れ、当時フランス領植民地だったヌーヴェル・フランス、現在のカナダに新しい人生を求めて母国を去った。何度か挫折《ざせつ》を繰り返したのちに、ラ・サールは景気のよい毛皮交易商となり、商売がうまくいったせいで、芽生えはじめていた探険への情熱が膨らんだ。

ルイ・ド・ビュアド・フロントナック伯爵《はくしゃく》がカナダの新しい総督になると、ラ・サールは彼との友情を育《はぐく》んだ。やがてカナダ総督がラ・サールをルイ一四世に紹介すると、王はヌーヴェル・フランスの西部を探険する特許、すなわち勅許をこの探険家に与えた。事実上、いまやラ・サールは、新世界におけるフランス公認の探険家になったのだった。

恩義に感じたラ・サールは、時間を無駄にすることなくその名誉ある身分の活用に取り組んだ。

毛皮の交易を西部のミシガン湖地帯までひろげる一方で、ラ・サールは商売方式の変更に取り組んだ。大半の罠《わな》猟師は奥地へ入りこんで毛皮を取りつづけ、樺《かば》の樹皮で造ったカヌーが一杯になると長旅をして、収穫物を売りさばける大きな町へ向かった。ラ・サールは五大湖には大型船が必要だと見ぬき、それを建造した。一六七九年八月に、帆装式で大砲七門を搭載した六〇トンのグリフォン号をエリー湖で進水させた。グリフォン号にこの地域のインディアンたちは仰天した。彼らは大きな船を見たことがなかったのだ。不幸にして、その船はこの世に永らえることが出来なかった。

ルイ一四世は西部のインディアン種族との交易禁止令を出したが、ラ・サールはそれを無視するどころか、まさにそれに反することをした。ヒューロン湖とミシガン湖が合流する地点に近いミシリマキナック砦《とりで》まで人を送り届けたグリフォン号は、その足でミシガン湖を横切ってグリーンベイへ向かった。当地では、エリー湖の東はずれにあるナイアガラ要塞へ行く復路用に、毛皮や物資を積みこんだ。

なんの説明もないまま、グリフォン号は歴史の霧の中に姿を消した。グリフォン号に加えて、物資を積んだ船をもう一隻《せき》セントローレンス川で失ったために、ラ・サールは破産の瀬戸際《せとぎわ》まで追いつめられた。事態は、二隻の船を失った直後の一六八〇年に、一段と複雑な様相を呈した。イリノイ川の河口に位置するラ・サールのクレーヴクール砦に配備された男たちが反乱を起こし、入植地を破壊してしまったのだ。不運続きのラ・サールは、己の世界の瓦解《がかい》を目《ま》の当たりにした。

敗北を認めるどころか、彼はあえてミシシッピ川の河口を発見するための一連の計画を強行した。一六八二年二月に、ラ・サールはニレ樹皮造りのボート二〇艘《そう》からなる遠征隊を編成して、ミシシッピ川上流域を下りはじめた。三月までに、遠征隊は今日のアーカンソーに達してその地域のインディアンたちと接触を持ったし、彼らもフランス人の探険家たちを歓迎した。気候がよくなったこともあり、遠征隊は着実に南下し、四月六日に、彼らはついに偉大な川の河口にたどり着いた。

ラ・サールは独善的な気取り屋で、四月九日の式典には彼の個性がよく現れていた。聳《そび》えたつオークの樹木の隣に、深紅の礼服をまとって立ったラ・サールは、大きなマツから彫《ほ》り起した十字架の前に隊員を立たせて賛美歌を歌わせた。それが終わると彼は、ミシシッピ川流域地方をフランス領とみなすと宣言した。

自らが仕える国王に敬意を表して、彼はその土地をルイジアナと名づけた。一戦を交えず、ほぼ一弾すら発砲することもなく、ラ・サールはヌーヴェル・フランスの倍の広さがある土地一帯の所有権を宣言したのだ。アパラチア山脈以東、南はスペインの属領に接する土地はおよそ二三五万平方キロに相当する。

いまや彼は、発見のもたらす利益にありつくために、ずっと南寄りに基地を設ける必要に迫られた。要するに、ヌーヴェル・フランスで増える一方の商売敵《がたき》たちからは遥《はる》かに離れていて、債権者たちからも遠隔の地にある基地だ。ラ・サールの友人だったフロントナックは、ヌーヴェル・フランスの新任総督アントワーヌ・レヴブル・シュール・ドゥ・ラ・バールに取って代わられていたし、彼は多くの者と同様、傲慢《ごうまん》なラ・サールのことなど無視していた。ラ・サール最後の望みは、フランス本国へ帰国してルイ一四世を説得し、ミシシッピ川流域の南端を植民地にする活動を支持してもらうことに懸かっていた。それに、彼は成功した。

一六八四年七月二四日、ラ・サールは四隻の船と四〇〇人の入植者を伴って母国を離れた。

ルネ・ロベール・カヴリエ・ド・ラ・サールが、人気投票で勝ちを収めることはまず絶対にあり得ないはずだ。

サントドミンゴ海域のヒスパニョラ島の風下にあるプチ・ゴアーヴ港で、三六砲門を搭載したフランスの軍艦ジョリー号艦長アンドレ・ボージューは、ラ・サールに対する不満を補給船レマブル号の船長ルネ・エグロンに漏らしていた。エグロンの船はポール・ド・ペ沖に停泊していたし、彼は指揮系統の混乱のために船団のほかの船から切り離されていた。彼はこの話し合いのために、小型エンジンを積んだ船で島の反対側まで出向いてきたのだった。

「ラ・サールは気がふれている」とボージューは切り出した。「まず彼は、われわれがマデイラ島で停泊する許可を与えず、つぎに赤道を通過して熱帯に入る際には、水兵たちが乗客に洗礼を施すのを禁じた。この二つの儀式は、昔から護《まも》られてきた船乗りの伝統だ」

エグロンは小柄で、身長は一五〇センチちょっと、体重は五五キロたらずだった。唇をすぼめて、長く細いパイプの火を起こした。マホガニーパイプの火皿はクラゲの形に彫られていた。煙を手で払いのけながら、彼はジョリー号艦長室のテーブルに載っているおおまかな海図を指差した。

「私はひとかたならず案じている」とエグロンは胸のうちを語った。「この粗略な海図のどこにも、ラ・サールが書きこんだ偉大な川がメキシコ湾に流入している個所など見当たらないじゃないか」

「彼に訊《き》いたんだ、ラ・ロシェル（訳注　初期カナダ移民の出発港）を発《た》つ前に」ボージューは銀製の縦長の酒盃《しゅはい》に注がれたワインをすすりながら言った。「われわれが取る正確な航路はどこなんですかと。あの時もいまと同様、航路を明かさなかった」

エグロンはうなずき、ボージューの話の続きを待った。

「正直言って、われわれがどこをどう航海しているのか、ラ・サールが心得ているとは私は思っていない」とボージューは締めくくった。

エグロンはボージューを見つめた。同僚の艦長はハンサムではなかった。左の頬には、イギリス諸島の形にほぼ似た赤黒いあざがあった。前歯の半分はなく、残りの歯は、ボージューが日頃たしなむワインのために変色していた。

「艦長、私はあなたに賛成だ」とエグロンは応じた。「ラ・サールは知っている振りをしているのだと思う。彼は陸路づたいに河口まで旅したと言ってはいるが、海上から河口を探し当てる見こみはないだろう。陸上での進路の割り出しは、海上に較《くら》べずっとやさしい」

「いったん湾内に入ったら、航海はきわめて危険なものになる」ボージューは言った。「その先われわれは、スペインの死刑宣告のもとで航海することになるのだから」

この一〇〇年にわたってスペインの国王は、メキシコ湾内で見つかった異国の船舶はすべて押収し、乗組員は殺すと公言していた。それが最大のネックになって、海図はまったく手に入らなかった。海図を持っているのはスペイン人だけなのに、彼らは他の国に知識を分け与える意思など毛頭持ち合わせていなかったのだ。

「ラ・サールは正気を失いつつあるに違いない」エグロンは断定した。

ボージューはうなずき、またパイプをふかした。まさにその瞬間にも、ラ・サールは熱病でベッドに縛りつけられていたので、問題の点に関してエグロンと舌戦を交えるのは難しかった。

「となると、われわれの艦船と水兵たちの安全を確保する計画を練る必要がある」とボージューは言った。

「了解」エグロンは同意した。

そこで彼は、自分たちの反乱同盟に乾杯するために、ブランディのフラスクに手を伸ばした。

病床に横たわっているラ・サールは、自分が率いる遠征隊がすでに乖乱《かいらん》していることなど、まるで案じていなかった。まぎれもなく、国王に吹きこんだ一連の作り話が、気《き》鬱《うつ》のリストの一番上に来たに違いない。

とりわけ、今回の事業に必要な資金援助を受けるために、ラ・サールはルイ一四世に三つの嘘《うそ》を吹きこんでいた。

最初の嘘は、新しい植民地の未開人たちはキリスト教への改宗を求めている、というものだった。真相はまるで違っていた——イエズス会がすでに食いこんでいたわずかばかりの散在する飛び地以外では、インディアンはいかなる救済の試みにも反抗していた。

二つ目。ラ・サールは、一万五〇〇〇の未開人からなる軍隊を結集できるので、同じ一帯の領有を宣言しているスペイン側が加えてくるいかなる攻撃も食いとめられると大胆にも吹いていた。それはまったくのほら話だった。アメリカインディアンの種族は散らばっており、彼らの間で戦闘を繰り返していた。三つ目。たぶんこれが一番重要だと思われるが、偉大な川の河口へ引き返すことは既定の事実だ、と述べたてたこと。真相をつまびらかにするなら、ミシシッピ川に関する彼の知識は陸上から得たものに限られていた――海上からあの川を見つけだすのはまったく別の話だった。彼はミシシッピ川がメキシコ湾の塩水と合流する地点の泥まじりの茶色い染《し》みを探し当てる望みにしがみついたのだ。それが、ベルギーの面積に相当する干草畑に紛れている一本のピンを見つけ出すのと同じくらい至難の業であることは、いずれ明らかになるはずだった。

その日は一六八四年の一二月で、彼らがヒスパニョラ島に到着してから二ヶ月が経《た》っていた。

「もうだいぶ体力が戻ったような気がする」ラ・サールはトンティに話した。彼はベッドのそばの椅子《いす》に坐《すわ》っていた。

アンリ・ド・トンティはナポリの銀行家の息子で、ラ・サールの親友にして助言者でもあった。手榴弾《しゅりゅうだん》で片手を失うまでフランスの軍人だった彼は、いまではその手の代わりに不細工な鉄製の器具を装着していた。

ラ・サールはまだ健康体にはほど遠かった。それでも、近いうちに出航しなければ、探険隊は島から離れずじまいになりかねないと危惧《きぐ》していた。スペインの海賊たちはすでに、植民地に新鮮な肉や野菜を運んでいく役割を帯びた探険隊の三〇トンのケッチ、サン・フランソワ号を捕獲していた。それに加えて、フランス人水兵たちはこの二ヶ月の大半、ハイチで飲んだくれの無秩序な暮らしをしていた。問題はさらに深刻だった。入植者たちは、新世界で植民地を作り上げる任務をになっていたのだが、水兵たちと対立していたのだ。四〇〇人もの入植者がラ・ロシェルを発ったのだが、その内の三分の一が病にかかったり脱走していた。しかもその上、艦長たちの反乱が萌《きざ》していた。艦長たちが頻繁に打ち合わせをしているという噂《うわさ》がラ・サールの耳に入り、彼は事態の悪化を恐れていた。

探険隊の状況は深刻だった――刻々と悪化の一途をたどっていた。

「明日の朝、ぜひにも出航しなくてはならん」ラ・サールは弱々しくつぶやいた。「もう一日待つわけにいかん」

「そうか」トンティは応じた。「それが君の願いなら、ボージュー艦長に伝えよう」

ポール・ド・ペの仮住いを出ると、トンティは丘を下って港へ向かった。強い風が北から吹きこんでいて、日ごろ三二度近くある気温が、一六度たらずに落ちこんでいた。玉石敷きの通りのカーブを曲がりながら、トンティは湾に係留中の残っている三隻の船を見つめた。探険隊の大砲を三六門搭載している艦、ジョリー号はいちばん沖合にいた。六門を搭載する小型フリゲート艦ベルは、海岸寄りだった。探険隊を支援する三〇〇トンの貯蔵船レマブルは桟橋のすぐ先で碇泊《ていはく》していた。太陽が雲のかげに滑りこみ、湾の水は深夜のように黒くなった。トンティは桟橋目指して歩きつづけた。たどり着くと、レマブル号のランチの一つに乗って、目と鼻の先の貯蔵船に向かった。

エグロン船長はすでに見張りから、トンティが訪ねてきたことを知らされていた。まるで無視するかのように、エグロンは船室を出て甲板に立って敬意を表わすどころか、トンティが案内されて降りてくるまで下に留まっていた。

「トンティ様」水兵は船長のドアをノックして知らせた。

「お入りください」エグロンは物静かに応じた。

水兵はドアを開けると、トンティが入れるように脇《わき》へ退《の》いた。レマブル号の船長室は、扇形船尾の高い場所にあった。特別大きくはなかったが、その船室の艤装《ぎそう》は豪勢で、ほかの区画ではお目にかかれなかった。数個の真鍮《しんちゅう》製の鯨油ランプが回転台に載っていて、船と共に揺れていた。一つは寝台の近くに、もう一つはエグロンが坐っているテーブルのそばに置かれていて、別の一つは航海用海図が保管されている、壁面に取りつけられた傾斜している棚の脇にあった。床には、いまでこそ虫に食われ、頻繁に踏みつけられて磨《す》り減ってはいたが、見事な織りあがりのペルシャ絨毯《じゅうたん》が敷かれていた。右手にはエグロンの寝台が収まっていた。船の揺れで転がり落ちないように高い側版がついている木製の棚にすぎないが、亜麻布のシーツ何枚かと一対の羽毛の枕《まくら》が整えられていた。

　その二枚重ねの枕の上で、船のネコが寝そべっていた。年老いたネコはくたびれていた。くすんだ黄褐色をしていて、片方の耳がない。それはレマブル号の船倉深くで、ネズミに襲いかかった結末だった。そのネコは、トンティが船室に入ってくるとうなるような声を上げた。

「ムッシュー・トンティ」エグロンは依然としてテーブルに向かって坐ったまま声をかけた。「どんな用件でお運びになられたのです？」

「ラ・サールの命令です、明朝出航するために、レマブル号の準備をせよとのことです」トンティは一本調子で告げた。

　トンティはエグロンを評価していなかったが、それはお互い様だった。

「ボージュー艦長と私は、このところ話し合いを続けているんだが」エグロンはもったいぶって言った。「出航に先だって、ムッシュー・ラ・サールの海図を拝見させてもらわねばならない。われわれには、肝心の川の位置の見当がまったくついていない。もっと重要なことだが、航海するためにはしっかりした航路が必要だ」

「なるほど」トンティは物静かに応じた。「それなら、君とボージューはそういうことに決めたんだ？」

「ええ、そうです」エグロンは力をこめて言った。

「となると、私に選択の余地はない」トンティは告げた。

トンティはエグロンに向かって二歩踏み出すと、鉄製の手で彼の首を摑《つか》み、強力に握りしめた。彼を引きずって通路を通りぬけ、梯子《はしご》の前に出ると、デッキの上へ引きずり上げた。主甲板に出ると、トンティはいちばん手近な水兵に叫んだ。

「副長は誰だ？」トンティは訊いた。

長身で細めの男が前に進み出た。「わたしです、ムッシュー・トンティ」

「船首から船尾まで磨きあげろ」トンティは命じた。「明朝、ラ・サールをこの艦の長《おさ》にいただいて出航する。分かったな？」

「ええ、確かに」副長は答えた。

エグロンが話し掛けようとすると、トンティが彼の咽喉笛《のどぶえ》を一段と強く絞めつけた。

「エグロン船長は私と一緒に上陸する」トンティは船長を引きたてながら甲板をよぎって梯子に向かい、二、三メートル下ってランチの前へ出た。ランチに乗りこむと、トンティは船長を引きずって椅子に坐りこませ、身振りでランチを出せと水兵に合図した。ランチが桟橋への半ばに差しかかると、トンティはエグロンの首を絞めつけていた手を離した。

船長の顔をまっすぐ見据えると、彼は声をひそめて言った。「君はベル号の指揮を取るがいい。さもないと今すぐ、海中に放り投げるぞ。どっちを取る？」

絞めあげられて、喉頭《こうとう》がつぶれてしまっていた——エグロンはほとんど話せなかった。

「ベル号、お願いします、ムッシュー・トンティ」エグロンはしわがれ声で、まるで囁《ささや》くように言った。

ランチは桟橋に接岸しつつあった。

「ラ・サールの命令にまた歯向かったら」トンティは告げた。「君の首に短剣が食いこむぞ」

エグロンは小さくうなずいた。

そこでトンティはランチから上がると、振り向かぬまま桟橋を歩いていった。彼の友人であるラ・サールは、国王のために一大大陸の征服を夢見ていた。しかし夢というものは、いつも実現するとは限らない。

ラ・サールにとって、この二週間は生き地獄だった。熱病がぶり返し、それとともに孤立感と迷いが深まった。三隻《せき》の船がキューバを迂回《うかい》してメキシコ湾に入るや、スペインが発している死刑宣告のために、事態はいっそう悪化した。海上にあると、敵意やいわれのない屈辱感は一〇〇倍にも強まる。その状態に、ラ・サールの探険隊は陥っていた。水兵たちはめったに入植者たちと口を利《き》かなかった——ラ・サールと艦長たちは仲介者を介してのみ連絡を取っていた。

まことに折よく、一六八五年の一月一日に、海底測深が陸地を捉《とら》えた。レマブル号の船室で、ラ・サール、トンティ、それに彼らに忠実なインディアンでガイドのニーカーが密《ひそ》かに会議を開いた。探険全体の成功は、彼らの決断にかかっていた。それは重圧のもとでの決定であり、そうした決定が成果を挙げることはまれだ。

「お前の考えは、ニーカー？」ラ・サールは口の重いガイドに訊《き》いた。

「われわれは近くにいると思います」ニーカーは発言した。「しかし、偉大な川の泥まじりの水が作る、茶色の縞《しま》を確認する必要がある」

ラ・サールは額から噴き出る汗を、刺繡《ししゅう》で縁取ったハンカチでぬぐった。外の気温は一〇度そこそこだったが、どうにも彼の汗は止まらなかった。

「トンティ？」彼は訊《たず》ねた。

「北進を続けて陸地を目撃したら、上陸班を送り出す」トンティは理詰めに話した。「そうすれば、われわれの所在地の見当がつく」

「まさに同感だ」とラ・サールは応じた。

三時間後に、陸地のおぼろげな輪郭を、高いやぐら上の見張り番が見つけた。ラ・サールは探険するために上陸した。陸上からだと、あたり一帯の様子は彼の記憶とは異なっている感じがしたが、それは無理からぬことだった。まず、平坦《へいたん》な沼沢地《しょうたくち》の一月の植生は春に較《くら》べて少ないのだが、彼は春にしか沼沢地を目撃していなかった。つぎに、海上からの接近には、錯覚が伴いがちだ。見晴らしが異なるし、陸上の目標物が確認しづらいせいである。

探険隊がパッシズ岬付近に上陸して、注ぎこんでいる茶色い流水を目撃すれば間違いようはないが、上陸する一帯はレッド川（訳注 ミシシッピ川下流右岸の支流）に繋《つな》がるフロリダ嵌入《かんにゅう》地帯そっくりに見えかねなかった。ラ・サールがどう決断したところで、前進あるのみだった。

ランチは細い支流を登って滑るように停止した。もつれ合うように繁茂しているイトスギや下生えの灌木《かんぼく》のせいで、陽の光がほとんど遮られていた。ボラが水面ではねている。ラ・サールは首のブヨを払いのけると、水中に手を入れて水を味わった。

「真水で甘い」彼は知らせた。「われわれは北フロリダの有名な河川の近くにいるんだ」

「私にはそう思えませんが、旦那《だんな》。われわれはミシシッピ川に近いと思います」ニーカーが発言した。

「あたりの様子が違うな」トンティが言った。「私の記憶とは」

ラ・サールは熱病に身体《からだ》を責め苛《さいな》まれていた。彼は凍《い》てつく流れから這《は》いあがった犬のように、全身を震わせていた。一瞬、星が見え人の声が聞こえた。ある光景が彼の心に映し出されたのだ。

「確かに、あの川はこの先にある」彼は指さしながら言った。「レマブル号へ引き返そう。西へ航海する。海岸線に沿って行けば、泥まじりの流れが見えるはずだ」
熱に冒されていたせいで、自分たちはフロリダ嵌入地帯の付近にいる、とラ・サール
は信じこんでいた。実は、彼らはミシシッピ川の西わずか数キロの地点に上陸したのだ
った。東へ行けば昼飯時までに、茶色い水流を目撃できたはずだ。
もう一つの誤まった決断が、探険隊の挫折《ざせつ》を決定づけることになる。
「ラ・サールには、現地点の見当がまったくついていない」ボージューが言った。
「海軍外の男を航海の責任者にすえるなんて、予想外だし賢明でもない」とエグロンは
応じた。
ボージューはうなずいた。「君の船へ戻りたまえ。反乱を起こす気がない以上、われ
われは命令に従うべきだ」
「反乱が妥当かもしれない」ベル号へ引き返すために立ちあがりながら、エグロンは言
った。「ろくでもない入植者たちは、部下の水兵の食糧を食いつぶしている。陸地に達
して狩猟班を上陸させないと、われわれは全員餓死しかねない」
翌朝、三隻の船団は西へ向かって帆走をはじめた。小型のベル号は沿岸を離れず、レ
マブル号は中間にとどまった。砲艦ジョリーはスペインの艦艇がたまたま通りがかった
さいの防備のためにいちばん沖寄りを航行した。一週間が経過し、百川の父ミシシッピ

川は彼らの船尾はるかに遠のいてしまった。やがてテキサス沖に到着した時点で、探険隊の食糧は乏しくなり、士気は一段と衰えていた。情勢は急速に、悪化の一途をたどった。

「こうした砂洲《さす》島は、もっと沖合にあったはずだ」ラ・サールは話し掛けた。

「するとこの島々の背後に、われわれはフランスの国旗を立てたのだろうか？」

「私はそう思う」とラ・サールは応じた。

ニーカーは黙りこくっていた。彼らが現にいる地点は、彼の記憶と合致していなかった。ここでは、鳥の種類が違っていた。それればかりでなく、陸上に垣間《かいま》見た野獣たちは、むしろロッキー山脈東麓《とうろく》で見掛けたそれらに似ていた。

そうではあっても、無口なインディアンはなにも発言しなかった。誰からも、意見を求められなかったからだ。

「たとえこうしたラグーンが、ミシシッピ川の流出口でないとしても、ミシシッピ川に流入している支流なはずだ」ラ・サールは言った。「上陸してハンターを送り出し、防護のために砦《とりで》を建て、しかる後に探険に出掛けよう。気分爽快《そうかい》だ」

彼の気分は熱に浮かされたものだったが、誰一人として彼の決定に疑いを挟まなかった。

ベル号はすでに浅堆《せんたい》を通りすぎた。レマブル号とジョリー号は、まだ外側に留まっていた。

「サー」エグロンが話し掛けた。「抗議せざるをえません。ここの水深は浅く、潮目は油断がなりません」

彼ら二人が面と向かって打合わせをするのは数ヶ月ぶりだった。

「ベルは中に入ったぞ」ラ・サールは告げた。

「小柄で、喫水が浅い船だからな」とエグロンは応じた。「レマブル号は三〇〇トンある」

「私は君に、レマブル号の指揮を取って浅堆の中へ運んで行けと命じているんだ」ラ・サールはそう言った。「さもなければ反乱罪を覚悟するんだな」

エグロンはほんの一メートルほどしか離れていない、威圧的なトンティを見据えた。「いっさいの責任から免責する命令書を私は書き上げます」とエグロンは伝えた。「それにあなたは署名するものとする。それが終わったら、私は私物を砂洲の外のジョリー号へ移す」

「その条件に同意しようじゃないか」ラ・サールは物憂《ものう》げに応じた。

エグロンは副長のほうに向き直った。「水兵たちに海底の深さを測らせ、水路の両側に数珠《じゅず》繋ぎの浮標を配置させろ。われわれは明日、満潮時に入っていく」

ラ・サールは立ちあがった。「私はこの艦の指揮権を返上する。われわれの私物を、ランチで陸《おか》へ下ろしてくれ。トンティ、ニーカーと私は今夜、陸《おか》に留まる」

「よろしいように、ムッシュー・ラ・サール」とエグロンは答えた。

ラ・サールと彼につき従っている二人の仲間、それに少数の入植者と水兵からなる一行は、その夜を陸上で過ごした。一六八五年二月二〇日は、晴天のうちに明けた。ときおり吹く突風が、まずは申し分なさそうな日和のわずかな障《さわ》りとなっていた。ラ・サールは疲れていた。近くに住むあるインディアン種族が、二度、接触してきていた。これまでのところ未開の民は穏健だったが、彼らが口にする方言はラ・サールにもニーカーにもとうてい理解できなかった。

彼らの意図は依然として不明だった。

ラ・サールは数人の男たちに、浅い水域を探険するための刳《く》りぬきカヌーを作るから、そばにある小さな森へ行って立ち木を一本倒してこいと命じた。海のほうを見つめると、ラ・サールの目に抜錨《ばつびょう》中のレマブル号が映し出された。まさにその瞬間、一人の水兵が立ちあがっていた彼のほうへ走り寄ってきた。水兵は息を切らしていて、少し間を取って呼吸を整えた。

「粗暴な連中が」彼はやっと喘《あえ》ぎながら伝えた。「襲ってきて、男たちをさらって行きました」

ラ・サールは海を見やった。ベル号はレマブル号を曳《ひ》いて開口部を通りぬけることになっていたが、遠くに停泊したままだった。水先案内人は命令に反して、レマブル号を帆走させて浅堆の内側へ入れるつもりなのだろうか？　ラ・サールには確かめる暇がなかった。トンティやニーカーと連れだって、彼はインディアンの野営地めざして走った。ラ・サールが肩越しに振りかえって見つめると、レマブル号は帆布を広げつつあった。


水先案内人デュウーとエグロン船長に勇気を与えたのは、ワインでもなければブランディでもなかった。帆に風を受けて、彼らは距離を詰めていった。古い帆船の上では、水先案内人は後ろ向きになって、後方の水平線を見つめる。マストや索具、甲板には補給品が積み上げられているので、前方はあまり見えないのだ。

「左舷《さげん》へ四五度」デュウーがエグロンに叫ぶと、彼は舵輪《だりん》を調整した。

「右舷へ八分の一」

以下同様のくり返し。

エグロンはレマブル号を操舵して、最初の浅堆を切りぬけた。浮標に沿って、彼は暗《あん》礁《しょう》を通過しはじめた。あと数分もすれば、内側に入るはずだ。

「手斧《ちょうな》一丁に針一ダース」ラ・サールは部下のために、交換条件を申しでた。

ニーカーはどうにか通訳すると、理解されたかどうか相手の様子を見た。

インディアンの族長はうなずいて同意を示し、囚《とら》われの男たちを放してやれと身振りで伝えた。

ラ・サールとトンティは表に出て、海上のレマブル号を見つめた。

「現在の針路を取りつづけるなら、あの連中が座礁するのは必至だ」ラ・サールはトンティに言った。

「あなたの予測が当たっているようだ」トンティは応じた。「だがわれわれに、手の打ちようはない」

ラ・サールが交渉の締めくくりに取りかかっていると、探険隊が遭難の合図と決めてあった大砲の音が聞こえた。レマブル号が座礁したのだった。

木部が暗礁にこすられ、幼児の泣き声に似た音を立てた。

下の船倉では、探険隊を支える補給品がすでに水気を帯びつつあった。至急運び出して乾かさなければ、駄目になってしまう。

「がっちり座礁してしまった」エグロンはデュウーに話しかけた。「暗礁が船底をくわえ込んでいる」

「ワインとブランディを」デュウーは言った。「最初に救い出すべきだ」

ラ・サールは解放された男たちを伴って、精一杯いそいで海辺に引きかえした。角を回り小さな坂を登ると、深刻な光景が彼の目に飛びこんできた。レマブル号は絶望的な状況で暗礁に乗り上げていて、側面の亀裂《きれつ》から積荷が海中に転げ落ちていた。いっそう悪いことに、メキシコ湾前方の空が不気味な黒い色に染めあげられつつあった。

出来るだけ多く救い出し、多少なりと運《つき》に恵まれるように祈る以外に手はなかったが、運は当てに出来ない代物《しろもの》と思い知らされることになる。その日の残りはずっと、乗組員は救出可能な物資を運び出して小型のボートに積みこみ、海辺へ転送した。日暮れに、彼らはテントを張った。

明日、神の思《おぼ》し召しがあるなら、残りを救い出すために戻ってくるつもりだった。

その夜、風と波が襲ってきて、強力なボクサーにさんざん殴られているパンチングバッグのように身動き取れぬレマブル号を打ちのめし、船体はずたずたに引き裂かれた。夜明けの空は赤かった。最初の陽の光を浴びながらラ・サールは黙然と立ちつくし、海面上に残っているレマブル号のわずかな部分を波がつぎつぎに襲い、洗うのを見つめていた。

ほとんどなにひとつ残らず、損失が増えるばかりだった。

探険隊の食糧ほぼすべてと医薬品がそっくり持ち去られた。大砲四門とその砲弾、手投げ弾四〇〇、入植者を護《まも》るための小火器類。鉄、鉛、炉、道具類。旅行装備に私物、書籍や小さな装身具類も総《すべ》て。

レマブル号の損失は致命的な打撃だったが、ラ・サールはまだそれを理解していなかった。

どうにか使いものになりそうな物資を携えてラ・サールは内陸部へ移動し、砦を造ってフランス国王にちなんだ名前をつけた。サン・ルイ砦は、ラ・サールの探険基地となった。依然として忠実な一握りの水兵や入植者を伴って、彼は捉《とら》えがたい百川の父の探索を開始した。

だが、運命は残酷な女王だった。

ラ・サールの許可を得て、ボージュー艦長は帰国を望んでいる入植者全員をジョリー号に収容した。一六八五年三月に、彼はフランスへ引き返した。その翌年は、ラ・サールには苦難と失意の年だった。内陸探険の結果、彼はミシシッピ川三角洲（訳注　ニューオーリンズの下流にある）から数百キロ離れていることを思い知らされた。

数ヶ月におよぶ苦闘の末、彼は態勢を立て直すためにサン・ルイ砦に戻った。引き返したとたんにラ・サールは、ベル号が座礁して沈没したと知らされた。

ベル号の消失は、残っていた入植者や水兵たちの幻滅をあおった。その小型艦はフランスに繋《つな》がる、目に見える唯一《ゆいいつ》の生命線だったのだ。ベル号が損壊してしまったいま、入植者たちは未開の残酷な新世界にうち捨てられた余所者《よそもの》でしかなくなった。

それが止《とど》めの藁《わら》となった。


「私は何人か連れて、カナダへ発《た》つ」ラ・サールはトンティに知らせた。「あんたはここに残ってくれ、信頼できる人にいてもらいたいのだ」

「徒歩で五六〇〇キロの旅だが」トンティは指摘した。「本気なのか？」

「ほかに選択の余地があるか？」ラ・サールは反論した。「早い機会に補給品を調達しないと、われわれは全員死んでしまう。以前にも、私はミシシッピを下っている」

トンティはうなずいた。それは何年も昔のことで、当時のラ・サールはまだ若く、もっと健康だった。

「何名欲しい？」トンティは訊《き》いた。

「一二名以下」とラ・サールは答えた。「そのほうが早く動ける」

「さっそく手配する」終始忠実なトンティは答えた。

一六八七年の三月、ラ・サールは出発したが、古傷が命取りとなる。

レマブル号が座礁した時、水先案内人をしていたのはデュウーだった。現地に残った者たちは、探険隊が挫折《ざせつ》したのは彼のせいだと咎《とが》めた。それは事実だけに、カナダ行きの一行に彼が加わるのをラ・サールが許したのは不可解だった。実は、サン・ルイ砦に留まることになった入植者たちが、彼がそばにいるのを嫌ったのだ――デュウーの振舞いは日を追って異常さを増していた。

ラ・サールはデュウーをカナダへ連れて行くことで、彼と手を切れると計算したのだ。しかしデュウーの精神は、急速に狂気に呑《の》みこまれつつあった。彼は頭の中で沸きかえる妄執とさまざまな声に取りつかれた――風に乗って漂う邪悪な思いに。はじめのうちデュウーは、ラ・サールが自分の陰口を言いふらしていると思いこんだ。数日のうちに、ラ・サールは自分を奴隷《どれい》としてインディアンに売りつけるつもりだと見当をつけた。トリニティ川に達するころには、ラ・サールは自分を殺す気だとデュウーは確信するにいたり、自分のほうから行動を起こした。彼はラ・サールを殺し、川岸に死体を放置した。

一大大陸の領有権を宣言するために出航した男は、侘《わび》しく失意のうちに命を落とした。彼の墓所はいまだに見つかっていない。

ラ・サールの死後数ヶ月のうちに、インディアンたちはサン・ルイ砦を襲った。病で身体《からだ》の弱っていた入植者たちは、満足に戦うことも出来ず皆殺しにされてしまった。新世界に植民地を作るフランスの一連の計画は、無残にも気候、距離さらには仲間割れによって叩《たた》き潰《つぶ》されてしまった。最終的には、一〇人あまりが生き残ったに過ぎなかった。ラ・サールは先見の明を備えてはいたが、探険家の大多数の例に漏れず、虚栄心が彼を引きずりまわしていた。とはいえ、アメリカ史における彼の地位は不動である。このフランスの貴族より広い地域を走破したのは、ルイスとクラークの探険（訳注 ジェファーソン大統領がフランスから購入したルイジアナの土地調査のために、一八〇四年から〇六年にかけて行われた）以外にない。

2

力およばず
一九九八―一九九九

どうしてレマブル号を探し出そうなんて気になったのか、われながらいまだに分かりかねている。私が多大な関心を寄せているのは単に一隻《せき》の船ではない。確かにこの船は歴史的な重要性を帯びているが、ロマンスや悲劇とはほとんど無縁だ。それに、NUMAには、三〇〇年前に消息を絶った船を探索した前例はまったくない。しかしながら私は、冬のあいだなに一つ口にしていなかったマスのように餌《えき》に食らいついてチームを編成し、ラ・サールの命取りとなる探険に関する歴史的な記録の研究に取りかかった。総《すべ》ては、当時のNUMAの会長ウェイン・グロンクイストが、テキサス文化遺産委員会水中考古学調査部のバート・アーノルドに会ったことからはじまった。アーノルドはラ・サール船団でいちばん小さな艦で、マタゴーダ湾で座礁《ざしょう》して放置されたジョリー号の回収に、立派な成果を挙げていた。難船の周りに囲堰を設けたアーノルド率いるチームは、ラ・サールの呪《のろ》われた一六八五年の探険から数百個の遺物を回収している。

アーノルドは一九七八年に、沈没地域で磁気探査を行っていたし、自分が捕らえた無数の物標を本格的に調べたいとかねがね望んでいた。テキサス文化遺産委員会にはそれに要する資金がなく、NUMAに話を持ちこんできた。サーカス王バーナムの言は、真実をついていた。お目出度《めでた》いカモは、次々に生まれてくる。不用意な瞬間につけこまれた私は口説き落とされてしまい、何ヶ月もの日時と船一隻分ほどの大金が掛かるとは夢にも思わず、探査と探険隊の資金を出そうと買って出てしまった。

ヒューストンのワールド・ジオサイエンス社を仲間に加え、アーノルドが二〇年前には利用できなかった技術を取りいれて、空中磁力深層探査を行うことにした。それを補強手段として用いて、空中から位置が突き止められた磁気反応した異物を掘りだして特定するのが狙《ねら》いだった。

定評のある海洋調査家でNUMAの貴重な評議員を兼ねている、頼りがいのある陽気なラルフ・ウィルバンクスと、海洋考古学者のウェス・ホールが調査を行うために起用された。ラルフとウェスは、一九九五年に南部連合国の潜水艦ハンリーを発見した二人である。

史料は、高名な歴史家ゲイリー・マッキーによって集められ分析された。NUMAの評議員で熱心な難船探索家であるダグラス・ウィーラーが、かたじけなくも第一回探索の費用を出してくれた。ダグラスが資金提供の見かえりとして得た物は、海洋画家のリチャード・デロセットが描いたレマブル号の見事な絵一点だけで、彼のオフィスに掛けられている。

ラ・サールの悲運に取りつかれた探険に関する、同時代のいくつかの報告も研究した。アンリ・ジュテル（訳注 ラ・サールと同郷で彼のもっとも忠実な副官）の日記は、レマブル号の消失について詳しく述べている。ラ・サールの航海長のミネは一六八五年当時のカヴァロ水道を正確に図示した海図を描き、難船の位置を示している。彼の海図によると、レマブル号は旧水道東側に横たわっている。ミネは水面上での距離測定が不得手だったらしく、それが唯一《ゆいいつ》の泣き所となっている。彼には大きめに計る傾向があったが、これは水上において目視で距離を読むときに陥る通弊である。とはいえ、限定された範囲に導いてくれる目撃談に出合う好運は、そうそうあるものではない。

探索すべき区域は南北に八・九キロ、東西に三・九キロと、文献にある難船の地点を大きめに囲むことになった。ミネの何点かの海図を縮尺通り透明な用紙に写し取り、それらを現代の海図や航空写真に重ね合わせたところ、過去三〇〇年のうちに海岸線がかなり変化したことが分かった。マタゴーダ島の南端は、最大三〇〇メートルほども大幅に浸食されていたが、マタゴーダ半島の浸食はさほどでなかった。ミネの水道は幅が広すぎるように思えるが、彼が単に距離測定を誤まったものとみなすのが妥当だろう。なぜなら、一七五〇年から一九六五年の間に描かれた大半の海図では、九〇メートル程度しか変化していないからである。

　われわれの主な頭痛の種は、過去三五年間に水道にもたらされたさまざまな変化だった。一九六五年に、アメリカ陸軍工兵隊はマタゴーダ半島を経由してカヴァロ水道の北東数キロにある内陸大水路に通じる新しい海運用水路を開鑿《かいさく》した。その新しい水路のために、湾外の水流の力学に変化が生じ、水道は著しく変貌《へんぼう》した。そうした変転のために、今日の海図と昔のそれらとの正確な比較が困難になってしまったのである。

　仮にわれわれが一九六五年以前に現地を訪れたなら、われわれの仕事はずっと簡単に済んだはずだ。新しい水路の浚渫《しゅんせつ》が完了すると、本来の深さ一〇メートルの水道で〝砂による埋め立て〟がはじまった。この変形によってわれわれの探索座標内にある難船の大半はより深く埋められてしまったので、それらに到達するのはいっそう難しくなった。

　一九九八年二月、ラルフ・ウィルバンクスとウェス・ホールは、ラルフの持ち船で彼自らダイバーシティ号と命名した全長七・五メートルのパーカー（訳注　パーカーマリン社製の手造りの堅牢なボート）を使って、最初の探索を開始した。当然のことながら、残るわれわれはその船をパーバシティ（つむじ曲がり、強情）と呼んだ。難船の探索にこれ以上実用的な船はないが、豪勢なヨットの心地よさには無縁だった。無味乾燥になるがお許しを頂戴《ちょうだい》して、専門的な装置に言及するなら、ダイバーシティ号は海洋セシウム磁力計が二基、手持ちのプロトン処理磁力計一台、ナブスター差異修正全地球位置把握システム（ＧＰＳ）一基、沿岸海洋学航法データ収集ソフトウェア、それに小型吸引浚渫機一台を搭載していた。

探索班はテキサス州のポート・オコナーを本拠地とした。友好的な町で、住民は人情に厚いが、それ以外に見るべきものはあまりない。ガソリンスタンド一軒、快適なモーテルが一軒、ジョージーのメキシカン・レストラン——経営者は善人のエロウシア・ニューサム——それに餌屋が五六〇店。目抜き通りはない。ポート・オコナーに較《くら》べればメイベリーは大都会だ。人様の心中を読みとる洞察力にあまりたけていないので、いまだに私はラルフがなぜポート・オコナーに家を買ったのか当惑している。その理由の一つは、地元の住民がラルフの世界を評価し、彼が住みつくのを町が誕生して以来最高の慶事と見なしたからだろうと私は推測している。

ダイバーシティ号は二月に港を出た。空中探査で探知された異物の所在地点はすべて、差異修正全地球位置把握システムと連動する航法コンピューターソフトウェアが誘導する水上探査によって特定された。いったん物標が磁力計で確認されると、目印としてブイが投入された。つぎに、ダイバーたちが船縁から飛びこみ、海底を調べ上げる。物標が埋もれている場合、ダイバーは手持ちのプロトン処理磁力計で正確な場所を押さえる。今度は、細い金属製探針ないしはウォータージェット探針を使って、物標が埋まっている深さをつきとめる。容量と深さが確認されると吸引浚渫機が下ろされ、砂土が吹き飛ばされて物標のうえに穴が掘られる。人工遺物なり難船が姿を現わすと、その年代を測定するための検討が行われる。ボイラーがあれば一九世紀なり二〇世紀の難船であることを意味する。古い蒸気船の外輪の残骸《ざんがい》についても、同じことが言える。キャプスタン(絞盤《こうばん》)、ブロンズ製のスクリュー、デッキウィンチ、さまざまな船舶用機器、それに鎖と繋《つな》がったままの錨《いかり》が掘り起こされた。心躍る発見ではあるが、ブルーリボンやトロフィーものではなかった。

難船はたちどころに発見され、物標四と記録された。手順通り目印のブイをつけられ、ダイバーたちはその個所の探索に取り組んだ。露出している人工遺物二点が見つかり、調査のために回収された。いずれもひどく殻に覆《おお》われた火器で、燧《すい》発《はつ》式ピストルと燧発式マスケット銃のようだった。

レマブル号が見つかったのではないかと希望は高まり、ラルフはその二つの遺物を保存と確認のためにテキサス農工大学の保存研究所へ送った。残念ながらわれわれの望みは、X線査定によってどちらの遺物も一八世紀から一九世紀初頭のものであることが明らかになったことで叩《たた》き潰《つぶ》されてしまった。歴史的に重要ではあるが、二つともレマブル号のものではなかった。

かくして、第一段階は終わった。

私はテキサス文化遺産委員会およびテキサス農工大学と、考古学部の学生に学課の一部としてレマブル号の遺物の発掘をさせる可能性について接触を保っていた。わたしはそのための資金提供を申し出ているが、この本を書いている現在、まだなんの応答も受けていない。

同じ一九九八年の九月に、ラルフ・ウィルバンクスが再度着手して第二段階が始まり、秋から冬の大半が費やされた。悪天候のせいで予定は何度となく遅れた。天気がよくなるのを何日も何週間も待ちわびながら、彼らのことだから当然ポート・オコナーで陽気に過ごしたはずだが、私にはその見当すらつかない。私が聞いたところでは、彼らは暇つぶしの一つとして、最寄りの餌屋へ出掛けて行ってワームの数を数えたそうだ。

私はつぎの探索に備えてサンアントニオへ飛び、三〇〇キロ以上先のポート・オコナーまで楽しいドライブをした。例のモーテルでラルフに会い、ジョージーのレストランで夕食をとった。その店の食事の量は腹が突き出るほどだった。

われわれは翌日、探索に出掛けた。海はわりに穏やかで空は澄んでいた。いつものことながら、ダイバーシティ号に乗りこむと家に帰ってきたような心持ちがする。まことに無骨な造りだが、ヤマハの二五〇馬力のエンジンが波を裂いて高速で突き進もうが安定している。ダイバーシティ号と私は愛憎関係にある。私は船上に数多くあるフランジ、鋭い角、先のとがったノブにかならず脛《すね》を打ちつけ、ラルフの綺麗《きれい》なデッキ中に血を流してしまう。ラルフはいつもビールとソーダ水に加えて、誰も聞いたことのない食品会社のマグノリアズ・スパイシー・ピクルド・オクラとか、カールズ・クランチー・ピッグパーツという変わったスナックを入れたクーラーを用意している。

ウェス・ホールは東海岸で別の調査に取り組んでいたので、メル・ベルとスティーブ・ハワードが、第二段階のダイビングクルーとして参加していたが、この二人はたいそう優秀で人柄もよかった。浚渫機を作動させるまでもなく、われわれは数個の物標の位置を特定のうえ探査し、沈泥《ちんでい》を掘って現れたものを調べた。やはり、レマブル号ではなかった。

探索中のある夕べに、ポート・オコナーの主だった住民が、われわれのためにバーベキューパーティーを開いてくれた。みんな楽しく時間を過ごしたし、人工遺物全般を回収保存して町の施設で公開するために潤沢な資金集めをしよう、という話を耳にして私は興味を引かれた。私は期待しつづけているが、これまでのところ一枚の小切手にもお目にかかっていない。しかし援助は、機器を補給する際のコネという形で与えられたし、たいそう役に立ってくれた。

物標二はレマブル号の可能性を臭《にお》わせていた。磁力計の反応はレマブル号に該当したし、探査したところ土砂の下三・六メートルに横たわっているのが明らかになった。まぎれもなく古い難船であり、望みが持てる。まだ正体を現わすにはいたっていないが、それはダイバーシティ号搭載の浚渫機に、深さ三・六メートルの穴を掘る力が備わっていないためにほかならない。私は書物《かきもの》をするために自宅へ戻った。ラルフはテキサス文化遺産委員会のスティーブ・ホイトとビル・ピアスンから大幅な援助を与えられた。彼らは州が所有する、土砂を吹き飛ばして十分大きな穴を掘れる逆転式スクリュー後流スラスターを装備する海洋調査船アノマリー号を提供してくれた。天候が悪いためにあまり成果は上がらず、探索は気象状況がよくなるまで日延べされることになった。

第三段階は、波がかなり穏やかになった一九九九年六月にはじまった。れっきとした船団が、物標二を目指して出発した。ラルフ・ウィルバンクスと彼のダイバーシティ号に加えて、テキサス文化遺産委員会のクルーとその調査船アノマリー号、それに新しく、テキサスのヒューストンにある民間のダイバー養成学校、オーシャンコーポレーションが所有する、全長一九・五メートルのチップ一一号が参加していた。この船は、沈泥越しに物標を調査できるきわめて優れた装置を備えていた。オーシャンコーポレーションの主任ダイビング教官であるジェリー・フォードは、時間を割いて探索に協力を買って出た熱意溢れる生徒のグループを伴ってきた。

それから数日間のうちに、物標二は部分的にであれ正体を現わした。まぎれもなく、すこぶる古い難船だった。砲弾が確認された後、ダイバーたちが大砲を見つけた。ただちに私に電話が入り、その大砲の保存に必要な資金を用意してくれと頼まれた。私は喜び勇んで応じたし、テキサス文化遺産委員会はその回収を認めてくれた。しかし、その間にも天候がまた悪化し、回収は波が穏やかになるのを待って三週間延期することになった。ままあることではあるが、大砲が収まっている穴は残念ながら砂土で埋められてしまった。

天候が回復して、ダイバーシティ号とアノマリー号が難船の発見された地点へ引き返し、砂土を吹き飛ばしてまた大きな穴を掘ると、件《くだん》の大砲は海底に沈んでから二度目の確認がなされた。そこで、大砲はリフトバッグもろとも三・六メートルの穴から引き揚げられて、海底の表層に安置された。

翌日、ケビン・ウォーカー隊長は親切にも沿岸警備隊による援助を申し出、本人は全長一七メートルのブイ整備船で現場に登場した。ブイの引き揚げに使われるクレーンが作動し、大砲が二〇〇有余年ぶりに陽光の中に引き揚げられ、甲板に下ろされた。その場から、大砲はポート・オコナーにある沿岸警備隊の基地へ搬送され、さしあたり保管のために浅い水中につけられて、転送が可能になった時点で、砲弾と一緒にテキサス農工大学に送られて保存されることになった。

その保存研究所のジェームズ・ジョブリングは、やがてイギリス海軍の二四ポンド・

カロネード砲と見なされると推定し、時代的には一七世紀後半から十八世紀前半と見なした。数ヶ月後に、ジョブリングから電話があって、自分と農工大は保存費用三〇〇〇ドルの小切手を受け取っていないと知らされた。私がグロンクイストに確かめたところ、ポート・オコナーの指導者たちが費用の面倒は見ることになっていると請け合った。さらに三ヶ月後、ジョブリングがまだ払ってもらっていないというので、私は小切手を送った。今度は、テキサス文化遺産委員会のスティーブ・ホイトに電話を掛けた。大砲の最終設置場所に関する決定権は州に帰属するのは承知のうえで、どこに収めようと結構だがポート・オコナーだけはやめてくれ、こと支払いに関しては決まって雲隠れするからだ、と私は丁寧に頼んだ。最後に聞いたところでは、大砲は依然としてテキサス農工大学保存研究所にある。

またも失敗。

しかし、完全な敗北ではない。

伝説的な海賊ジャン・ラフィット（訳注 フランスの海賊。一八一二年の米英戦争で米国に味方し、ニューオーリンズ防衛のために戦う）は一八二一年にガルベストンから追放を命じられたときに、何度か海賊まがいの行動を起こして、アメリカばかりでなくイギリスも怒らせてしまった。テキサスの沿岸で両国の連合艦隊に追いつめられて、彼は窮地に陥った。カヴァロ水道に達した彼が率いる海賊船団は、イギリスのフリゲート艦五隻《せき》とアメリカの武装スループ帆船数隻に追跡された。海賊の一行は絶望的な状況に置かれていた。慎重さなどかなぐり捨てて、猛烈な嵐《あらし》の最中に、入り口の浅瀬を走破して水道の中に入れと彼は船団に命じた。不屈の精神と強運によって、ラフィットは一隻も損なうことなくマタゴーダ湾に入港した。イギリスのフリゲート艦が追走したが、座礁《ざしょう》して姿を消してしまった。

ラフィットは、流布《るふ》する話によれば、短い執行猶予《ゆうよ》期間が終了すると、略奪品を手下たちと分け、海賊船を焼き払って姿を消した。噂《うわさ》では彼はサウスカロライナに現われ、チャールストン在住のエマ・モーチマーと結婚した。彼女は自分の夫を、商売上手なジーン・ラフリンと思いこんでいた。南部で数年暮らした後に、彼は妻とともにセントルイスに移り住み、その地で火薬を製造していたといわれている。彼は死の床で、自分は海賊のジャン・ラフィットだと妻に告白し、一八五四年某日、イリノイ州のオールトンに埋葬された。

燧発銃が見つかった物標二とイギリスの大砲をもたらした難船物標四は、みんなの関心をひいた。それらは消息不明になったままの、イギリスのフリゲート艦のものだろうか？　いずれも、初期の軍艦のものであることにまず疑いはない。テキサスの考古学者たちによってさらに研究と発掘がなされるなら、正体が判明する可能性は十分ある。

われわれに残っているのは、物標八だけとなった。

これは異常反応のうちでも、いちばん捉《とら》えがたく魅力的で気をそそられた。五六〇ガンマもの強力な磁気シグネチャーは、船上に三ないし五トンの鉄金属を搭載している難船に相当する。ラルフ・ウィルバンクスは手持ちのプロトン磁力計を携えて、四度の水中調査を行った。いずれの潜水の場合にも、磁気を帯びた塊はまったく同じ場所で捉えられた。そこで、その場所を全長ほぼ八メートルのジェットプローブで探査した。数回試みた末に、プローブは砂土の下のなにかに突き刺さってしまい、放棄された。

その地点はレマブル号の緯度とほぼ合致しているし、ラルフが発見したほかの難船よりはるかに深く埋もれており、一七世紀の古い船舶であるあらゆる可能性を秘めていることを、まぎれもなく示唆《しさ》している。この難船は数ある中でも依然としていちばん有望であり、同時に触手をもっとも頑固に拒んでいる。掘り起こして正体をつきとめるためには、本格的な掘削作業が不可欠と思われる。

よく言われるように、近くて遠い存在というわけだ。

ツタンカーメン王の墳墓の発見など、ラ・サールの旗艦レマブル号探索に較《くら》べるなら、アイスクリームを掬《すく》うようなものだ。この探索は、NUMAがこれまで取り組んだなかで、いちばんの難物だった。碑銘のない墓ばかりの墓地で、特定の死体を探しだす作業にしたところで、今回の探索に較べればさほど手強《てごわ》くも困難でもない。ラルフ・ウィルバンクスは信じられないほど作業に打ちこみ、当分比肩できそうもない遺産を海洋調査探究にもたらした。

彼の長期にわたる克明な調査によって、六六の物標が確認された。カヴァロ水道全域において磁気に反応したあらゆる異物は、沿岸の物標も含めてGPSで探査され、それぞれの位置は正確に押さえられた。うち一八個は、難破船ないしは難破船の残骸の有力な所在地と確認された。難船一〇隻の年代は二〇世紀、五隻は一九世紀、二隻は一八世紀で、もう一隻の物標八は一七世紀の難船である可能性を秘めている。もしもレマブル号なら、その難船は手招きをして、下りてきて触れてくれとそそのかしているのだ。

いまやわれわれがなすべきは、戻っていってもっと大きな穴を掘ることだけだ。

第二章　汽船ニューオーリンズ

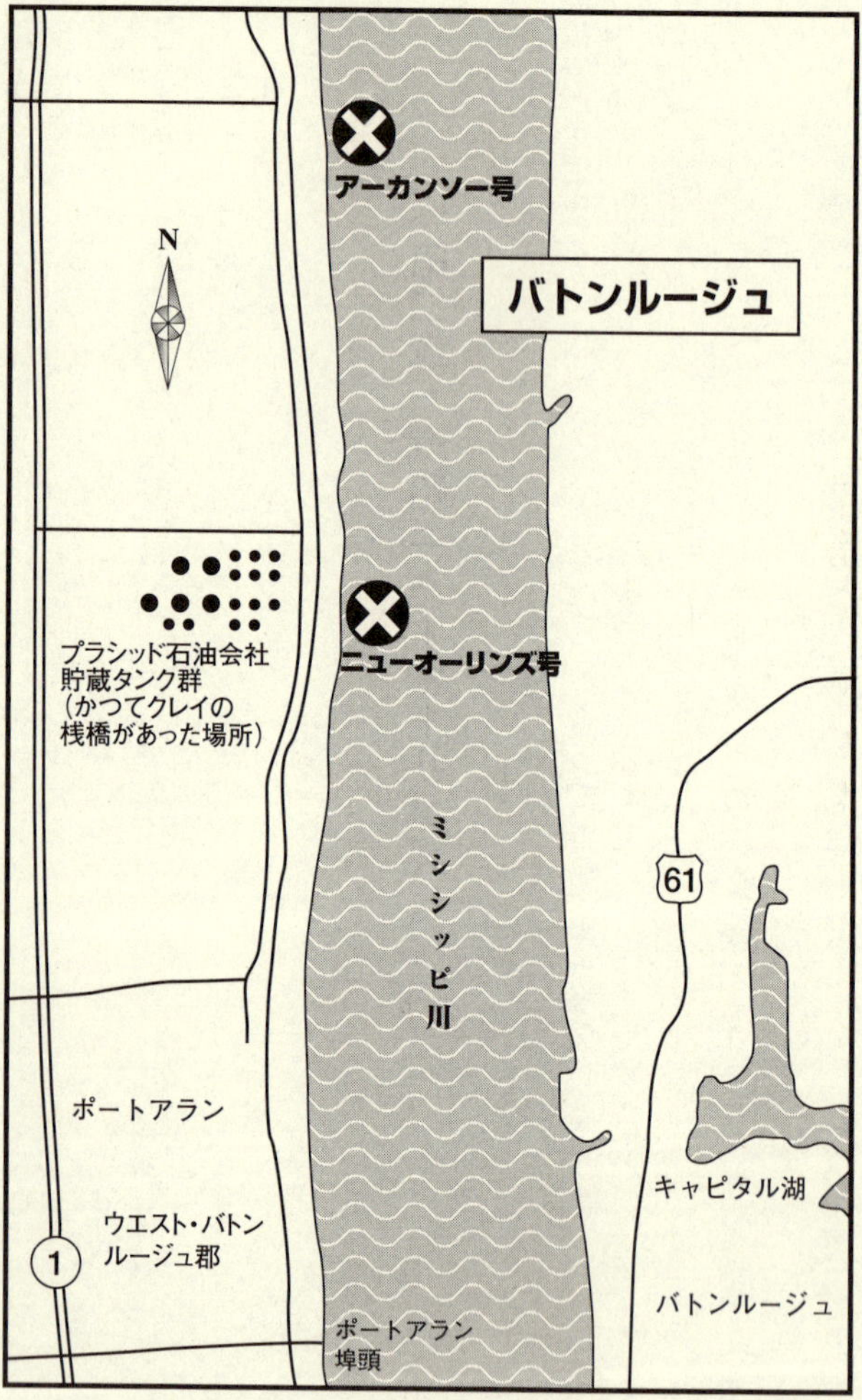

アーカンソー号
N
バトンルージュ
プラシッド石油会社
貯蔵タンク群
(かつてクレイの
桟橋があった場所)
ニューオーリンズ号
ミシシッピ川
61
ポートアラン
キャピタル湖
ウエスト・バトン
ルージュ郡
1
バトンルージュ
ポートアラン
埠頭

1

ペネロレ――火を噴くカヌー
一八一一―一八一四

「なんとしたことだ」ニコラス・ローズベルトはつぶやいた。

巨大な彗星《すいせい》が太陽方向へ戻る楕円《だえん》軌道に乗って宇宙空間を疾駆していた。球体の直径は六四〇キロ以上と推定されたし、ガス状の尾は一億六〇〇〇万キロ近く伸びていた。その彗星は軌道をゆっくり着実に移動していた――その軌道を周回するのには三〇〇〇年以上要した。彗星が地上で最後に目撃されたのは、古代エジプトのラムセス二世（注訳紀元前一二二九〇〜一二二四）の統治時代だった。

その日は一八一一年一〇月二五日だった。時刻は午後一〇時三八分。

ローズベルトは中肉中背で、身長はおよそ一六五センチ、体重は六八キロ前後だった。髪は茶色で金髪に近くも黒髪寄りでもなく、ニスを塗ったクルミの丸太さながらに一色だった。興奮すると煌《きらめ》く目は緑色で、金色の点が散っている。全体的に、彼の容姿は並みだった。ローズベルトを仲間から際立《きわだ》たせていたのは、型にはまらぬいわく言いがたい物腰にあった。生きる歓《よろこ》びが彼から樹液のように滲《にじ》み出ていた。自信、物腰、あるいはエゴ——なんであるにせよ、ローズベルトはそれを確かに持っていた。

汽船ニューオーリンズ上に立って、リディア・ローズベルトは畏《おそ》れに打たれながら頭上を見つめていた。

リディアはハイネックのドレスにフープスカートを身につけ、野の花を折りこんだ白いストローハットでアクセントをつけていた。その服装は、荒々しい周囲には場違いだった。彼女は造作の立派な顔に恵まれていた。目は大きく、口はふっくらとした唇に囲まれており、鼻は平均より少し幅が広かった。彼女は若く、生気に満ちていた。胸は分厚く幅があり、ヒップは広めだが贅肉《ぜいにく》はなく、脚は太いが形がいい。彼女はデリケートな小ぶりなバラではなく、満開のふくよかなヒマワリだった。リディアは二番目の子を身ごもって八ヶ月だった。ローズベルトのはじめの子どもは、ロゼッタという名の女の子で、三歳だった。夫婦は結婚してから五年たっていた。ニコラスは四三歳で、リディアは二〇歳だった。

もう一時間近く、ニューオーリンズの乗組員たちは、神自身の感嘆符のごとき巨大な球体が東から西へ過《よ》ぎる様を見つめていた。彼らは彗星が音もなく宇宙を移動する壮観なさまを、驚き呆《あき》れて呆然《ぼうぜん》と眺めやった。ローズベルト夫妻が飼っているニューファンドランド犬のタイガーまで、奇妙に黙りこくっていた。

「また一つ、異様な現象ね」リディアは彗星が視界から消え失《う》せると言った。「最初は、北極光と河川の氾濫《はんらん》、つぎがリスとハト。今度はこれ」

リディアは最近たてつづけに起こった、不思議な現象を並べ立てたのだった。

一八一一年春の洪水は、例年より大規模だった。ようやく水が引くと、後に残された淀《よど》が原因の病気が一帯を席巻《せっけん》した。その直後に、北極光がいつもよりはるか南寄りの土地で見られるようになった。天変地異を人心に焼きつけるかのように、異様な揺らめく光は何ヶ月も姿を見せた。やがてもっと奇妙な現象が、いくつも現れた。ニューオーリンズ号がピッツバーグを出港した日に乗組員たちは、何千ものリスがあたかも連携したイヌの群れに追いたてられているように、うねる毛皮と化して南へ移動しているのを目撃した。リスたちはなにかから必死で逃れようとしているらしく、その光景に船上の者はみないささか動揺した。

それから数日後、乗組員たちはまた気味の悪い現象に出くわした。ニューオーリンズ号の全員が眠っている折に、リョコウバトの群れの先端がミシシッピ川の上空を横切った。その群れは北から南へ飛んでいて、リョコウバトの集団はヴァージニア州のエリー湖からほぼ四〇〇キロ繋《つな》がっていた。翌朝、乗組員たちが目をさますと、ニューオーリンズ号のデッキは鳥の糞《ふん》で汚れ、上空はいまだに暗く蓋《おお》われていた。

「どう思う？」ローズベルトは水先案内人のアンドリュー・ジャックに訊《き》いた。

「こうした渡りは通過し終わるのに数日掛かることもある」とジャックは知らせた。

リディアが通路を心許《こころもと》なげな足取りで近づいてきて、ドアの外に並んで立った。

「あの音、いやね」彼女は言った。「小さな太鼓の響きに似ている」

「あと数分で、船は出ます」ジャックは伝えた。「いったん下流へ数キロ行くと、渡りの通り道から逸《そ》れるはずです」

その夜、川沿いに係留してから、ローズベルトはニューオーリンズ号を船首から船尾まで洗っている甲板員たちを監督した。翌日彼らは、友人たちを訪ねるために、ケンタッキー州のヘンダーソンで何日か停泊する予定になっていた。ローズベルトはニューオーリンズ号のベストの姿を見せたかった。異様なことばかり続いていたが、彼の意気はいっこうに衰えなかった。

ニコラス・ローズベルトはつねに楽天的だった。

ニューオーリンズ号の旅程は、ピッツバーグ発ニューオーリンズ行きだった——それはこれまで一度も汽船で試みられたことのない旅だった。今回の旅は、ローズベルトとその仲間たちのために、潤沢な資金を用意したうえで綿密に練りあげられた計画だった。彼らの目的は、西部における汽船往来の特許権を得ることだった。彼らが航行していた当時、汽船に関する法律はまだ揺籃期《ようらん》にあった。ニューヨーク州では、ロバート・フルトンの会社がハドソン川での汽船往来の特許をすでに獲得し、少なくとも一時期、大変儲《もう》かる独占状態を現出していた。いまやフルトンは、仲間のロバート・リヴィングストンやニコラス・ローズベルトと組んで、ミシシッピ川でまったく同じことを再現したいと望んでいた。ローズベルトの航行計画は綿密なものだった。まず、航行は成功裏に完結する必要があった。かりに沈没などしたら、資金を提供する投資家など現われるわけがない。つぎに、航行は短期間に完結させなければならなかった。外輪船より汽船のほうが金銭的な旨味《うまみ》が多いことを、投資家たちに証明するためである。

世界初の実用に耐える汽船を考案したロバート・フルトンはニューオーリンズ号を設計し、ニューヨークの富裕な実業家でトーマス・ジェファーソンの親友であるロバート・リヴィングストンが資金を出していた。ローズベルト本人も、有力者とのコネ造りにかけては抜け目がなく、マンハッタン島を先住民から買い取ったオランダ人入植者の子孫である彼は、ジョン・アダムズとも親しかった。昨年、ニコラスとリディアは平底船で川を下る試験航行をし、その途中で停泊しては有力者を訪ねていた。なにごとも成り行き任せにはしなかったが、予測し得ない事態もあるものだ。

ニューオーリンズ号は全長ほぼ三五メートル、船幅六メートルだった。マツ材造りで――ローズベルトの当初の希望とは違っていたが、急を要する予定内に確保できるのはそれしかなかった――船体はマスのように丸い腹部をしていた。

ニューオーリンズ号の中央部のデッキは露天で、一六〇馬力の蒸気エンジン、銅製のボイラー、それに動力を一対の側輪の水掻《みずか》きに伝える移動ビームが収められていた。機械類を露天に置いてあるので、船は未完成の感じを与える。帆を巻き取った二本のマストは、露天のシリンダーブロック両側に配置されている。船尾のマストには赤、白それに青の地に、一七の星と一七本の筋をあしらった合衆国の旗がひるがえっていた。前方は男子、後方は女子用として一対の長方形の船室が、シリンダーブロックの両側のデッキにある。前方の船室には鉄製の料理用レンジが一つ置かれており、婦人用の船室の上にはテーブルに椅子《いす》が添えられて、天幕が覆《おお》っていた。船尾には、常時減りつづける燃料用の薪《まき》が積まれていて、荒削りな船という印象を与えた。全体的には、ニューオーリンズ号は不細工だが機能的な姿をしていた。

彗星が通過したつぎの朝、ニューオーリンズ号はミシシッピ川を下りつづけた。その朝一〇時ごろには、シンシナティから八〇キロの地点を、ほぼ時速一三キロで汽走していた。ピッツバーグを出港してから三日目で、乗組員たちも船上での手順に慣れてきていた。最新鋭の汽船の川下りを誘導する水先案内人のアンドリュー・ジャックは背が高く、作業ブーツを履くと一九〇センチ余りあった。痩《や》せているうえに、長い細い脚をしているので、いささかコウノトリを連想させる。頬骨は張っており、顎《あご》は四角で画然としている。薄茶色の髪は左へ分けてある。眉毛《まゆげ》はもじゃもじゃで、その下の薄い灰色の目ははるか遠くを見つめている。年は二三歳だった。

船底のデッキは、ニコラス・ベーカーの領域だった。黒髪で、身長は一七三センチ、体重は六八キロ。顔は角張ってがっしりとしているが、彫りは深くない。地味な風采《ふうさい》の部類だろうが、笑顔は明るく、眼差《まなざ》しには温《ぬく》もりがある。ケージャン（訳注　カナダ南東部の旧フランス植民地アカディア人の子孫で、ルイジアナ州の住民）とケンタッキー人六名から成る甲板員の協力を得て、ベーカーはエンジンを管理し、ボイラーの火を掻きたて、常時二七キロの蒸気を確保した。

少なくともニューオーリンズ号は、経験豊富な乗組員に恵まれていた。

珍しく空色に塗りあげられたその船は、汽走してシンシナティの北側に位置するオハイオ川の左側の湾曲部を迂回《うかい》した。後部デッキの薪の山は、一・二メートル四方たらずで、一日に六コード燃やすニューオーリンズ号が同市の桟橋につくのがやっとだった。薪の体積の一コードは、高さ一・二×幅一・二×長さ二・四メートルである。まる一日分の薪を積みこむと、この汽船はまるで製材所へ向かっている材木運搬用の艀《はしけ》のように見える。

「樹皮の屑《くず》を掃除しろ」ローズベルトはケージャンの甲板員の一人に命じた。「それから後部デッキを整頓《せいとん》しろ」

「はい、了解」彼は母音を長く引いて答えた。

「この船を最高の状態で見せたい」ローズベルトは前方へ歩いていきながら言った。「この瞬間にも、西部領地でいちばん有名な船だからだ」

そのとたんに、甲高い汽笛が空気を引き裂いた。

「シンシナティ、針路正面」ジャックが操舵室《そうだしつ》の戸口から叫んだ。

ニューオーリンズ号が栈橋にしっかり係留されると、住民の群れが珍しいもの見たさで、波止場に集まってきた。ニコラス・ローズベルトは上機嫌で、これまでの船旅で出合った一連の異様な現象など忘れてしまったようだった。彼はショーマンさながらに熱を入れて、いくつものグループの先に立って船を案内して歩いた。

「みなさん、いらっしゃい」彼は叫んだ。「未来の旅をじかにご覧ください」

人の群れが続々と乗船してくると、機関手のベーカーは蒸気エンジンの仕組みを説明し、ジャック船長は操舵室で模擬操船をして見せた。見物客たちが船室や食堂を歩き回るのすら、ローズベルトは許した。人の興奮に水を差す連中に、こんな船では流れに逆らって川を遡上《そじょう》などできるわけがないと難癖をつけられはしたが、今回の訪問は成功だった。

最後の客が立ち去るころには、日が暮れて寒くなってきた。

肌寒い風が東から吹きつけた。身重のリディアは疲れて身体《からだ》が冷えた。彼女は食堂で、脚を毛布でくるんで休んでいた。脚は椅子に載せてあった。ローズベルトは最後の客をニューオーリンズ号から送り出すと、渡り板を船上に引き戻した。食堂へ入ると、妻のほうへ歩いていった。

「船内に大勢の人がいたので、料理用レンジに火を入れられなかったわ」リディアは知らせた。「だから夕食は、コールドローストビーフのサンドイッチよ」

ローズベルトはくたびれたようにうなずいた。

「だけど、コックが陸《おか》に下りる折を見つけてミルクを買ってきてくれたので」リディアは告げた。「冷たいミルクを呑《の》めるわよ、サンドイッチを食べながら」

ローズベルトが金側の懐中時計の留め金を押すと、蓋《ふた》がはじけるように開いた。内側のローマ数字を見ると、午後も七時近かった。「パイプ煙草《たばこ》を買いに、陸まで行ってくる。店はもうすぐ閉まる。なにかいる物はないか？」

リディアは微笑《ほほえ》んだ。「ピクルスを売っていたら、キュウリのを少し」

「赤ん坊だな、おまえ？」ローズベルトは訊いた。

「そうなの」リディアは認めた。「彼は酸《す》っぱいものが欲しいらしいの」

「すぐ戻ってくる」とローズベルトは応じた。

「あなたのサンドイッチを用意して待っているわ」リディアは出かける夫に声をかけた。

ローズベルトは間近な桟橋に飛び下りると、店を目指して玉石を敷いた通りを急いだ。

シンシナティは開拓前線の町だった。街灯に縁取られた大通りとは無縁で、道沿いの商店内のロウソクや燃料油ランプの放つわずかばかりの灯りが頼りだった。店の半分がすでに夜の店仕舞いをしているせいで、玉石通りは灯りの斑《まだら》模様を描いていた。探していた店が見つかったので、入って買い物をすませると、船に向かって引き返した。

ローズベルトは疲れきっていた。この数日間の興奮は、まだ夕食を取っていなかったこともあって、彼を疲労困憊《こんぱい》の極みに引き寄せつつあった。彼は頭を垂れ、丘を下って川へ向かっていた。

ローズベルトはぶつかりそうになるまで、男が近づいてくるのに気づかなかった。

「終末は近い」その男は、ローズベルトが危うく鉢合わせしそうになると叫んだ。

ローズベルトは視線を上げて、見知らぬ男を見つめた。その男はうす汚く、風呂《ふろ》に入る必要が大いにあった。まるで戸外で暮らしているように、顔に日焼けが染《し》みついていた。わずかに残っている何本かの歯は、嚙《か》み煙草のせいで汚れている。ローズベルトは相手の目に注意を引かれた。強烈な確信というか狂気に燃え立っていた。

「下がりたまえ、君」ローズベルトは男がさらににじり寄ってきたので制止した。

「リスたち、ハトの群れ、火を噴く彗星《すいせい》」男はつぶやいた。「このうえどれだけ証拠が必要なんだ？ 悔い改めよ。悔い改めよ」

ローズベルトはその男の脇《わき》を通りぬけ、丘を下りつづけた。

「悪《あ》しきさまざまなことが近づきつつある」男は彼の背中に呼びかけた。「私の言葉に留意せよ」

不気味な出会いに不可解なほど動揺してしまい、ローズベルトはニューオーリンズ号に戻ると手早くサンドイッチと牛乳をすませ、ベッドにもぐりこんだ。四時間たってやっと、眠りが訪れた。それから二ヶ月近くたって初めて、彼は異様な男が言わんとしていたことを思い知らされることになる。

二日後、ニューオーリンズ号はシンシナティに別れを告げて、ケンタッキーのルイヴィルへ向かった。当時オハイオ川の治水は行われていなかった。水が白く泡立ち、小さな滝が点在する幾筋もの支流に枝分かれしていた。幸い、ジャックはさまざまな平底船や艀を操縦して、川のこの一帯を航行していた。彼は舵輪の前に立ち、正しい水路へ針路を取った。急流を縫うカヤックのように、汽船は自前の動力が出せる二倍の速さで狭い水路を駆けぬける奔流を、威嚇《いかく》する岩を躱《かわ》しながら走りぬけた。

婦人用の船室で、リディアは平然と編物をしていたが、彼女つきの召使たちは船がひどく揺れるので、船室内で手荒に投げ出されていた。蒸気船がついに穏やかな水域に再度たどり着くと、全員がホッとしてためいきをもらした。

大渦巻きを乗り越えたニューオーリンズ号は、青白い中秋の名月に照らされながらルイヴィルに到着した。

「よし」ジャックは都市《まち》の正面に接近しながら言った。「やったぞ」

そう言い終わると、彼は汽笛のバルブをゆるめた。甲高い音が空中に満ちた。ルイヴィルの市民たちは不自然な物音に、ベッドから抜け出した。寝巻きを着たままロウソクを持つと、眠気を我慢しながら川へ向かい、真夜中に到着した無様な代物《しろもの》を見つめた。

「君は町中の人を起こしたようだぞ」ベーカーは話し掛けた。

「ローズベルトさんは物々しい登場が好きだから」とジャックは応じた。

翌日、ルイヴィルのすぐ手前で、ローズベルト、ジャック、それに同市の市長は、都市《まち》のすぐ外れにあるオハイオ川のいくつかの滝を立って見つめていた。

「あなたの船を拝見しました」市長は発言した。「それに、ジャック氏と意見が一致しました。喫水が深すぎるので、いくつもの滝を無事に乗り切るのは難しい。私なら水が増すのを待ちますね」

「それはいつですか？」ローズベルトは訊《き》いた。

「十二月の第一週です」市長は答えた。

「冬の雨と雪が水位を上げるのですか？」ジャックが訊いた。

「おっしゃる通りです」市長は応じた。

「それだと今から二ヶ月近くある」ローズベルトは言った。「それまで、われわれはどうしよう？」

「ニューオーリンズ号の乗組員を、われわれのお客様としてお迎えします」と市長は言明した。

その通りに、彼らは過ごした。

航海に出発した時点から、ローズベルト夫人のメイドのマギー・マーカムと、ニコラス・ベーカーとの間にロマンスが花開きつつあった。船上にある時、二人は折を見つけてさっとキスを交わし、ひそかに愛撫《あいぶ》しあった。もっと激しい肉体への求愛は、日ごとの郊外散歩のさいに行われた。彼らは熱愛していたので、船に乗りこんでいるほかの者が気づかずにはいなかった。

彼らの恋愛沙汰《ざた》だけが、ニューオーリンズ号がルイヴィルに係留している間に起こったわけではない。

初めて川船の上で誕生することになるヘンリー・ラトローブ・ローズベルトは、日の出とともに生まれてきた。

その後、ルイヴィルでの数週間は、清掃と整備に明け暮れた。ニューオーリンズ号の灰青色のペンキは修復され、金属製の部品は磨きあげられた。まだ使った例のない帆布は開いて、破れや虫食いがないか点検し、再度巻き取られてマストに固定された。アンドリュー・ジャックは一枚の用紙の上で測定法を検討すると、一本の棒を一連の滝の真中にひょいと投げこみ、その流される速さを注視した。一一月下旬で少し肌寒く、空気が凍えていた。

「やってのけられますよ」彼はやがて言った。「ただし、全速で流れを横切って、舵輪のコントロールを確保する必要はありますが」

ニコラス・ローズベルトはうなずいた。何日か前に、彼はオハイオ汽船水運会社の同僚たちから、一通の手紙を受け取っていた。彼らは遅れを案じていた――独占権が危うい。ニューオーリンズ号は出港する必要に迫られていた。一連の滝さえ通過してしまえば、穏やかな航行になるはずだった。

あるいは、少なくともローズベルトはそう思った。

ローズベルトは食堂で腰を下ろして、鹿《しか》のシチューをスプーンで口に運んでいた。布のナプキンで唇を軽く押さえると、ブリキのカップで湯気を立てているコーヒーをすすった。

「川は二時間ほどしたら、水位がもっとも高くなる」と彼は言った。「甲板員の一人に、君たちを滝の下まで馬車で送らせる。そこで会うとしよう」

「それは私たちの安全のためなの？」リディアは訊いた。

「そうとも」ローズベルトは答えた。

「では、船が転覆する恐れがあるのね？」リディアは訊《たず》ねた。

「そんな恐れはわずかだ」ローズベルトは認めた。「だが、起こるかもしれない」

「すると、あなたは命を落とし、私は生まれたばかりの赤ん坊と一緒に残されることになる」とリディアは言った。

「そんな事になりはしないさ」ローズベルトは応じた。

「分かっているわ、そんなことくらい」リディアは憤然と言った。「私たちはあなたと一緒に行きます。みんなで行くか、だれも行かないかだわ」

そういうことで、話は決まった。ニューオーリンズ号は午後早く桟橋を離れた。

「二キロほど遡上させます」ジャックは知らせた。「そこで下流に向かわせ、全速で走らせる」

ローズベルトが操舵室の外に立っていると、ニューオーリンズ号は流れの中へ引き出されて行った。ジャックの顔は緊張と懸念《けねん》の仮面と化していた。汗が細く一筋、彼の首筋を伝って落ちた。外気は五度前後なのだから、ただごとではなかった。

汽船は異様に静まり返っていた。甲板員たちは前部船室で、身体を固定していた。女性たちは後部船室で身を寄せ合って窓際《まどぎわ》に並び、目を見張っていた。赤ん坊のローズベルトは、隔壁に固定された幌《ほろ》つき籠《かご》ベッドで安らかに眠っていた。

「さあ、向きを変えますよ」ジャックは知らせた。

彼は舵輪を回した。ニューオーリンズ号はゆるやかに弧を描き、下流を向いた。そこでジャックは汽笛の紐《ひも》を引き、ベルを鳴らして全速前進を命じ、祈りを唱えた。

一連の滝の南側にある岩の露頭の上に、マイロ・ファイファーといちばん仲のいいサイモン・グランツが、金物屋から盗んできたバケツの中の赤いペンキを水の流れに注ぎこんでいた。染め上げられた細い水流は、滝の頭に近づくにつれて幅を広げ、やがて水面一杯に広がりながら落下し、二キロ近い下手に流出した水は薄いピンク色に完全に染め上げられていた。

「いいぞ」マイロは声をかけた。「今度はよく見守るんだぞ」

「あれはなんだ？」サイモンは上流から聞こえてくる物音を聞きつけて口走った。

「ペンキを捨てろ」マイロは命じた。「大人たちがやってくる」

サイモンは盗んできたペンキを隠すと、滝にゆっくり近づいてくる人の群れのほうに向き直った。

桟橋を出発した。ルイヴィルの選りすぐりの市民三〇人は、ニューオーリンズ号に先だって見だった。彼らは汽船が滝を乗り切るか、ばらばらに破壊されるのを拝見する了

「なにかあったんですか？」サイモンは訊いた。

「汽船が滝を通り抜けようとしているんだ」ある男が答えた。

マイロが上流へ走りつづけるうちに、川を猛然と下ってくるニューオーリンズ号が目に止まった。船体の灰青色が流水の青と溶け合っているように見えた。煙突から吐き出される火花と煙はかき乱された狼煙《のろし》さながらに、船尾方向に棚引いていた。一対の水掻《みずか》き用の外輪は川面《かわも》を叩《たた》き切り、水の帳《とばり》を空中高く投げ上げていた。甲板には人の姿はまったくなく、黒い大きなイヌがただ一匹、船首で大気を嗅《か》いでいた。事実、その船は幽霊船を思わせた。不意に、甲高く汽笛が鳴った。マイロが見つめているうちに、ニューオーリンズ号は一連の滝の中央水路に入っていった。

「左の外輪、逆進」ジャックは叫んだ。「全速、右舷《うげん》」

ニューオーリンズ号は横へ飛んだ。

「両舷の外輪全速」ジャックは一瞬後には伝達した。

水飛沫《みずしぶき》が後部船室の開け放った窓に打ち寄せ、リディアとマギーの顔を濡《ぬ》らした。船の左右は岩で、水が逆巻いていた。彼女たちは足を踏ん張った。ニューオーリンズ号が左から右へ急激に向きを変えたのだ。操舵《そうだ》室《しつ》では、ニコラス・ローズベルトが下流を見つめていた。

「いけそうだ」彼は水の轟《とどろ》きに負けぬよう叫んだ。

機関長のベーカーが操舵室を覗《のぞ》きこんだ。「あと何分ぐらいだ？」

「二分、三分かな」ジャックは答えた。

「助かった」とベーカーは応じた。「もっと長くかかったらボイラーが破裂してしまう」

「二〇メートルたらず前方に、避けて通らねばならぬ丸石がひとしきりある」ジャックは知らせた。

「手順は？」ローズベルトが叫んだ。

「急角度で左折、右に半転、左に半転、つぎに右側へ全転。そして川のその側に沿って開けた水域へ出る」

「奴《やつ》ら、いよいよ突っ込むぞ」マイロは叫んだ。ニューオーリンズ号が最後の急流に立ち向かう体勢を整えたのだ。

「左側に寄ったほうがいいんだが」サイモンがつけ加えた。

ルイヴィルの市長は岩場の上に立った。登ってきたために息を切らしていた。呼吸を整えるために立ち止まり、チョッキのポケットから吸い差しの葉巻を取り出して口の端にくわえると、話しはじめた。

「とても信じられぬ」と彼は言った。「彼らはやり遂げそうだ」

操舵室の中の空気は、緊張してはいるが楽観的だった。一連の滝の八割がたは、すでに乗り切っていた。残っているのは、川面に露出している岩の小さな連なりだけだった。

そこを過ぎれば川面は開ける。

「ほぼ通過したも同然だ」ジャックは知らせた。

「川が少し前方で狭まっているぞ」ローズベルトは知らせた。

「したがって、流れが強くなっている」ジャックは注目した。「あの露頭で右へ舵《かじ》を切り、流れに船首の向きを変えさせる。船体が正面を向いたら、蒸気圧を最大限に上げる。ちゃんと向う側にたどり着くはずだ」

「はずだ？」ローズベルトは聞きとがめた。

「当然たどり着く」ジャックは応じた。

後部船室では、リディア・ローズベルト、マギー・マーカム、それに、ドイツ人で体つきのがっしりとしたコックのヒルダ・ゴットシャクが、抱き合って右舷の窓際に並んでいた。赤ん坊のヘンリーが目を覚ましたので、リディアは息子を抱き上げて様子を見た。

「無理なことに挑んだみたいね」リディアは赤子をさらに引き寄せながら言った。

ゴットシャクは自分の聖書を抱きしめた。「この先旅が、なにごともなく行くようにお祈りするわ」

「お祈りしなさいな、エンジンが回りつづけるように」リディアは彼女に命じた。

その瞬間に、川の流れが船首を捉《とら》え、船の向きをぐるっと変えた。

「見事やってのけたじゃないか」ローズベルトは最後の滝を切り抜けると口走った。

「君のためにブランディを一杯、マックスウェルに持ってこさせよう」

「この川は、ここからミシシッピ川まで穏やかだ」ジャックが告げた。

「ヘンダーソンまでどれくらい掛かるだろう？」ローズベルトは訊いた。

「なにごともなければ、明日の午後には着くでしょう」とジャックは答えた。


「静かに」ルーシー・ブラックウェルは注意した。「でないと、脅《おび》えて逃げてしまうわよ」ブラックウェルはリディア・ローズベルトの親友だった。彼女は画家のジョン・ジェームズ・オーデュボンの妻でもあった。彼は後に鳥類のスケッチ、素描、さらには絵画で有名になる。リディア・ローズベルトはアメリカ合衆国の公有地監督官ベンジャミン・ラトローブの娘だった。ローズベルトはリディアが生まれる前からラトローブ家と付き合いがあり、リディアが大人の女性に成長するのを見守ってきた。二人の間には二〇以上の年齢の開きがあったが、リディアは妻として幸せだった。

「カロライナインコよ」ルーシーは知らせた（訳注　一九〇四年、絶滅）。

「きれいね」リディアは言った。

八〇〇メートルほど離れた、ケンタッキーのヘンダーソンにあるオーデュボンの店で、ローズベルトはチェッカー盤に向かって坐《すわ》っていた。オーデュボンのほうを見やると、駒《こま》を動かした。

「われわれはルイヴィルの二四〇キロ下流にいる」ローズベルトは話し掛けた。「これまでのところ、まあ順調だ」

オーデュボンはローズベルトの駒の進め方を検討した。テーブルに手を伸ばすと、鹿皮の煙草《たばこ》袋を引き寄せ、煙草をパイプに詰めた。煙草を押し固めると、手近なロウソクで火をつけた。「この先の下流は」オーデュボンは知らせた。「幅が広がり、流れはゆるやかだ」

「すると君は、われわれがニューオーリンズに着けると踏んでいるわけだ？」ローズベルトは確かめた。

「そうとも」オーデュボンは答えた。「私はかつて、カヌーでメキシコ湾まで行ったことがある」

ローズベルトはうなずき、オーデュボンが自分の駒を飛び越して取るのを見つめた。

「そこにあるペリカンの絵を描いたよ」彼は勝負に決着をつけた。「嘴《くちばし》から魚を垂らしているところを」

一二月一六日、ニューオーリンズ号はヘンダーソンを出港して、川下りを続けた。

現在のミズーリ州のイースト・プレーリー（大草原）にほど近い、バッファローの皮で作ったティピ（テント小屋）の中ではスーインディアンの族長が、長いキセルから煙を吸いこみ、キセルを来客のショーニーインディアン（訳注 オハイオ川の中流に居住）に手わたした。

「ハリソン将軍は、ティペカヌー川でショーニーインディアンを負かしたのか？」スー族の族長は訊《き》いた（訳注 ハリソンはインディアン・テリトリーの総督。後に、第九代大統領）。

「そうなんです」ショーニー族の使者は述べた。「白人たちは、中秋の満月の翌朝に襲ってきた。テカムセ族長は配下の勇士たちを糾合したが、白人たちは襲いかかってプロフェットタウン（予言者の町）を焼き落とした。一族はインディアナから退却しました」（訳注 プロフェットタウンは、テカムセ族長の予言者と呼ばれていた弟が設立した）

スー族の族長は差し出されたキセルを受け取り、改めて煙を吸いこんだ。「私は昨日、幻影を見た。件《くだん》の白人は大地の力を自分の悪《あ》しき目的のために利用している。彼は己の動機のために獣たちを糾合するばかりか、天上の彗星《すいせい》まで支配している」

「私が訪ねて参った理由の一つは」ショーニー族の使者は説明した。「われらの勇士たちが、この川の上流でペネロレを目撃したからです。あれが百川の父に入りこもうとする恐れがあります」

「火を噴くカヌーか？」スー族の族長は訊いた。「あの燃える星の一部に違いない」

ショーニーインディアンは肺から煙を吐き出すと答えた。スー族の煙草は強烈で、頭がくらくらした。「一〇〇ものティピからのように、カヌーの真中から煙が棚引いていた。それに、手負いの熊《くま》のように吠《ほ》えたてていました」

「その獣を最後に見た場所は？」スーインディアンは訊いた。

「私が出立《しゅったつ》した時点では、あの町の滝の脇《わき》にいました」ショーニー族の使者は答えた。

「わが川に下ってきてみろ」スー族の族長は言った。「われわれが殺してくれる」

そう言うと、うずたかく積まれたバッファロー製の衣類に寄りかかり、目を閉じた。

霊魂に力を得ようとしているのだろう。ショーニーインディアンはティピのフラップを開けて、新雪に明るく照り映える光の中へ出て行った。


ミズーリ州ニューマドリード直下の地球内部の状態は、全面的に変調をきたしていた。地殻の最初の三〇〇メートルを形成している表土は、怒り狂ったライオンのように痙攣《けいれん》性の引きつりを起こしていた。地下の強烈な熱に温められた溶岩が、ミシシッピ川沿いの何千もの泉と十指にあまる支流の水と交じり合った。その過熱された黒く平滑な液体は、強大な緊張状態の下で所定の位置に収まっている地球のプレートに潤滑油の働きをする。地球はやがてぶちまけたい怒りを、これまでにかなり予告していた。鳥や動物たちは、すでに危険を感じ取っていた。地球内部からの巨大な噴出が形成されつつあった。しかもその噴出は、いまにも炸裂《さくれつ》しようとしていた。

ニューオーリンズ号はまさに、避けがたい炸裂に向かって汽走していた。

オハイオ川の流れは、ミシシッピ川に近づくにつれて速くなったが、ニューオーリンズ号は穏やかに汽走していた。あとほんの少しで、予定より何時間か早く、二つの川の合流点に達するはずだった。汽船は満ち足りた雰囲気に包まれていた。甲板員たちは勇んで任務に取り組んでいた。マーカムはすでに船室の掃除を終わり、部屋の間に張ったもの干し綱にシーツをかけていた。アンドリュー・ジャックは船首部で短い仮眠を取っており、その間ローズベルトが舵を取っていた。合流点に差しかかったと彼が知らせると、ジャックは操舵室へ行って航路の指揮を執ることになっていた。ヒルダ・ゴットシャクは昼食用の、一〇個あまりのミートパイの最後の仕上げに掛かっていた。

「どうかしたの、おまえ？」リディアはイヌのタイガーに訊いた。

ニューファンドランド犬は鼻を鳴らしはじめた。リディアは調べて見たが、これといった傷は見当たらなかった。タイガーは低く、執拗《しつよう》にうめきつづけた。リディアはいずれおとなしくなるだろうと、イヌを無視した。

操舵室の片隅で、ローズベルトはニューオーリンズ号がもたらす利益を計算していた。彼は初めから、ミシシッピ州のナッチェズ発ニューオーリンズ行きの航路を思い描いていた。そのルートなら常時積荷の需要があった——棉《わた》の梱《こり》、それに相当数の乗客が見こまれた。ローズベルトとその仲間のロバート・フルトンは、一八ヶ月で建造費を払い終わる計算をしていた。ローズベルトは今回の航行で、自分の考えを変える必要性にまったく迫られなかった。何枚かの水路図を拾い上げると、それらを革の手提げカバンに滑りこませた。

ミートパイの匂《にお》いが、彼の食欲を刺激した。ローズベルトはジャックに改めて舵輪を委《ゆだ》ねたら台所へ入り込んで、昼飯までの繋《つな》ぎに、ヒルダになにかもらうつもりだった。

最悪の局面は切り抜けたと安堵《あんど》するとともに、食欲が異常なほどぶり返していた。彼広大な川を目《ま》の当たりにすると、ジャックは舵輪をローズベルトから受け継いだ。彼が船の向きを急速に変えて、北から流れこむ泥まじりの水域に乗り入れていると、ローズベルトの赤ん坊が泣き叫びながら目を覚ました。ほとんどそれと同時にタイガーが、虎《とら》ばさみに尻尾《しっぽ》を挟まれでもしたように吠えたてはじめた。その騒ぎに輪をかけるように、川の流れがふだんより荒々しくなり、船はにわかに前後左右に揺さぶられた。操舵室のドアから踏み出して、ジャックは空を見上げた。ミソサザイの群れが、リーダーが飛んで行く方向の見当識を失ったように、前方へ突進しては逆戻りをしていた。川辺の木立ちは、目に見えぬ強風にさらされているように揺れ出した。

まだ正午にもなっていないのに、西寄りの空はこの世のものとも思われぬオレンジ色に染まっていた。

「いやな感じがする」ジャックは叫んだ。「なんとなく――」

しかし彼は、口にしかけた言葉を言い終えられなかった。

陽の光が差した例がまったくなく、涼しいそよ風が吹き抜けたこともない地中の深部では、温度が三二〇度あった。直径三〇メートルあまりの湿性溶岩流が轟音《ごうおん》もろとも、まさに口を開いたばかりの裂け目へ疾走した。あふれ出て開口部に滑りこんだ湿性の熱流は、ガラス板の上のワセリンさながらに作用する。地殻は、その時点では一定の場所に辛うじて留まっているにすぎず、透き通った氷上のスケーターのように滑った。

地殻は裂け、地表を刺激した。

「いったい、なにごとが起こった――」ニコラス・ローズベルトは言いかけた。

彼は台所に立って、一切れのチーズにありつこうとヒルダに掛け合っていた。一瞬、窓の外を見つめると、茶色い水が二五メートル近く空中に噴き上げられた。つぎの瞬間、水柱はニューオーリンズ号の甲板の上空で弧を描き、数十匹の魚、亀《かめ》、サンショウウオ、さらには蛇が降り注いだ。そのうえ、船全体がガタガタと音を立てた。

後ろの操舵室《そうだしつ》では、ジャックが汽船の針路を保つために苦闘していた。

岸では、何者かがベッドカバーを振っているように、うねる波が大地を過《よ》ぎっていた。堤防沿いの木々は前後に揺れ、枝が絡《から》み合ってほどけなくなってしまった。やがて樹木は、万力に挟まれたスティックパンのように、ぽっきり折れてしまった。枝は槍《やり》と化し、矢の長い列のように、水面を飛び越えた。川沿いの地面のそこここが裂けていた。何本もの水流が、低地に注ぎこんでいた。やがて、数秒後に、大地は頁岩《けつがん》や土砂を奔流のごとく吐き出し、水が空中に噴出した。

「左右の堤防から、川があふれ出ている」ジャックは叫んだ。

機関長のベーカーは歩いて操舵室に入っていった。

本来の水路下の深い場所から、水分を吸ってヘドロの中に沈み、腐敗しつつある黒ずんだ木の幹が、腐肉に似た臭《にお》いもろとも空中に飛び出してきた。ポプラの樹冠に身を隠して惨害をやり過ごそうとしているアメリカクロクマの一家を、ベーカーは見つめた。不意にその樹木が、根元で爆弾が炸裂したように叩《たた》きつぶされてしまった。見守っていると、クマたちは地面に転がり落ちた。彼らは脚を引きずるようにして、西へ向かって精一杯速く駆け出した。

その瞬間、ローズベルトが操舵室に飛びこんできた。

「地震だろう」彼は口早に言った。「さもなくばこの世の終わりだ」

「前者でしょう」ジャックは応じた。「数年前に、バハ・カリフォルニアで地震にあったことがある」

「それはどれくらい続いた？」ローズベルトは訊いた。

「あれは小さかった」ジャックは答えた。「一〇分くらいしか続かなかった」

「私は家内の無事を確認してくる」ローズベルトは断りを言い、向きを変えて立ち去ろうとした。

「ミス・マーカムに、ここへ来るように言ってもらえませんか？」ベーカーは頼んだ。

「承知した」ローズベルトは飛び出しながら伝えた。

まさにその瞬間に、大地は引き攣《つ》れ、川は南から北へ逆流しはじめた。

マーカムは操舵室のドアの内側に首を突っ込んだ。彼女の顔は恐怖で白茶けていた。

「もしこれを切り抜けられたら――ぼくと結婚してもらえないだろうか？」ベーカーは訊いた。

「いいわ」マーカムはベーカーの腰にしっかり腕を回しながら、なんの躊躇《ためら》いもなく答えた。

川のはるか下では、プレートの間から溶岩が搾《しぼ》り出され、荒々しい岩盤のせめぎあいは止まった。最初の衝撃は収まったが、その後何度となく繰り返されることになる。

ジャックは舵輪を限界一杯まで回した。ミシシッピ川がまた向きを変えて、北から南への流れに戻ったのだ。操舵室の窓越しに注視すると、汽船はある農場を横切っていた。船体の右一五メートル先は、大きな赤塗りの納屋《なや》の二階だった。乳牛数頭と一頭の馬がその二階にかたまって、殺到する水を避けていた。農家は跡形すらなかった。

ローズベルトが操舵室に入っていくと、ジャックは右舷《うげん》船首のはるか前方に目を凝らしていた。前方の地表は口を開けていて、川の水流の大半を飲みこんでいた。開口部の向う側が視野に入ってくるにつれ、かつての川底にいくつもの水溜《みずたま》りと広大な面積の泥地を見届けることができた。

ニューオーリンズ号は深い亀裂《きれつ》から一〇〇メートルたらずで、そこに吸い寄せられつつあった。ほんの数秒の間合いしかなかったが、ベーカーは後進するためにどうにか左右の移動ビームをセットし直した。じりじりと、汽船は河川の荒れた地域から後退をはじめた。二〇分後、ニューオーリンズ号は、一・六キロ近く上流にあった。ジャックはこの世離れした光景を眺めわたし、かつての湾曲部を直線状に浸食している一本の支流を見つけた。汽船をその流れに滑りこませ、操舵して汽船を大きな亀裂の脇を通過させ、それから本流に改めて誘導した。

ウルフ島の密生した藪《やぶ》の中で身を屈《かが》めていたインディアンの勇士たちは、石化樹木のように身を固くした。彼らがカヌーを漕《こ》ぎ出して島へ向かったのは、地震の最初の衝撃が襲う前だった。最悪の揺れに見舞われると、彼らの決意はいっそう強まった。ペネロレは彼らの大地の隅々にまで大混乱をもたらしており、なんとしても止《とど》めを刺さねばならない。神経を集中すると、上流から下ってくる聞き覚えのないかすかな音が族長の耳を打った。彼はひとしきり手で合図を送り、襲撃のためカヌーに乗れと勇士たちに伝えた。

リディアは操舵室へ駆けつけ、戸口から首を突き出した。「赤ちゃんが泣きだしたし、タイガーも悲しげにひどく鼻を鳴らしているわ」

ローズベルトはジャックのほうを向いた。「そいつは、また揺れが来る前兆だ。中央の水路を維持して、できるだけ行動の余地を保つがいい」

ジャックは操舵室の窓越しに指さした。「島が接近中」

ローズベルトは『ナビゲーター』にざっと目を通した。それはゼイドク・クレーマーが記したミシシッピ川の水路帖《ちょう》だった。「地震ですっかり様子が変わってしまった」彼は知らせた。「しかし目星をつけるとなると、ウルフ島と思うが」

「どちら側の水路がいいだろう？」ジャックは訊《き》いた。

「左の水路のほうが深い」

「では左の水路に」

「つぎの揺れまで、どれくらいだろう？」ローズベルトはリディアに訊いた。

「タイガーの吠えかたからすると、長くはないわね」

おぞましい音が、ウルフ島に潜んでいるスー族の戦士たちの耳に届いた。金属の嚙《か》み合う音、蒸気のシューッという音、移動ビームの打ち据えるような音。巨大な獣は近づくにつれて、一段と大きくなった。その獣は大空のように青い色をしていた――だがこいつは、天上とは無縁の代物《しろもの》だ。醜悪で、先のとがった鼻は、獣の胴体の半ばにある二つの水車に繋がっている。そのすぐ後ろには二本の黒い管があって、地獄の業火《ごうか》の煙が噴出している。

白人が二、三人、甲板の上を歩いている――この邪悪な生き物の悪辣《あくらつ》な主《あるじ》たちだ。

まず、白人たちを殺す。つぎに、獣を陸上に追い上げて、その外皮に火をつける。ペネロレが上流二〇メートルたらずまできたら、長《おさ》の合図とともに、戦士たちはいっせいに立ちあがる。雄叫《おたけ》びとともに、川を目掛けて突進する。

地下を走っているミシシッピ川が、拮抗《きっこう》するプレートの騒乱がぜひにも必要としている潤滑剤を補充した。大地はまたしても痙攣《けいれん》を誘発した。今回の揺れは前回より長く続いた。

スー族の勇士たちが川を目指して飛び出したまさにその瞬間、付近の地面が一〇〇本もの槍に貫かれたように、ぽっかりと口を開けた。地表にできた漏斗型のいくつもの穴から熱湯が噴出し、頭上三〇メートル近い弧を描いた。もっと大きな穴も地表に開き、ありとあらゆる形の木製の物体が吹き上げられた――樹木、枝、木炭。異様な光景だった。

「インディアンたちが島から近づいてくるぞ！」ローズベルトは叫んだ。

ジャックがウルフ島の方をちらっと見やると、勇士の一団がカヌーを担《かつ》いで川を目指してひた走っていた。頭飾りをつけ、弓を背負っている。

やがて、出し抜けに、島の下手の先端が水中に陥没してしまった。スー族の勇士たちの悲鳴が空中を満たした。大地から噴出する熱湯に火傷《やけど》を負い、彼らはカヌーを投げだし、けつまずきながら冷たい水に入りこんで救いを求めた。勇士のうち二〇名はなんとか数艘《そう》のカヌーを無傷で進水させ、天地騒乱の元凶である怪獣を殲《せん》滅《めつ》せずにおくものかと、あらん限りの力を振り絞って櫂《かい》を漕ぎ、川に乗りだした。

彼らは間隔を狭め、ニューオーリンズ号に近づいてきた。

「蒸気を上げろ！」ローズベルトはベーカーに叫んだ。「奴《やつ》らはおれたちの頭皮を剝《は》ぐつもりだぞ」

ベーカーとその配下の火夫たちは狂ったように火室に薪《まき》を投げこみはじめ、蒸気圧を最高まで持っていった。徐々に、ニューオーリンズ号は速度を上げはじめた。しかし、インディアンたちは迫ってきた。彼らは力をこめて、カヌーを猛烈なスピードで漕いだ。あるカヌーに乗りこんでいる何人かが櫂を落としたために速度が衰えると、彼らは弓を手に取ってひとしきり汽船に矢を射たてた。数本の矢が突き刺さり、後部船室はヤマアラシの様相を呈した。タイガーは威嚇など無視して船尾に立ち、襲撃者たちに吠《ほ》えつづけた。

いまや先頭のカヌーは、船尾のわずか六メートル背後に迫っていた。ローズベルトと三名の乗組員は燧発《すいはつ》式マスケット銃に弾丸《たま》をこめて、インディアンたちが横に並んだら直射する準備をした。

乗船しての襲撃は行われなかった。ベーカーが蒸気圧をレッドラインすれすれに保ち続けたので、ニューオーリンズ号は煙突から黒い煙を吐き出しながら引き離しはじめた。苛立《いらだ》っているインディアンたちが後退するのを目《ま》の当たりにして、彼はタイガーの吠え声に、ひとしきり甲高い汽笛を添えずにはいられなかった。

ほどなく、ペネロレはつぎの湾曲部を回って姿を消し、もはやスー族には獣を捕らえる術《すべ》はなくなった。

一連の予期せぬ危険が去ったので、ジャックは前方の流れにちらっと視線を向けた。太陽は紫がかったぼやけた大気に囲まれた、燻《いぶ》っている銅板さながらであった。ジャックは前方の川辺をちらっと見た。偉大な川に沿った東側の丘陵の連なりは、津波に襲われた砂の城のように崩れ落ちていた。泥炭質《でいたんしつ》の土壌の大きな塊が、倒木、住宅の一部、大地から毟《むし》り取られた漂える棺らしき物と一緒に浮かんでいた。

「水路が変動している」ローズベルトがさりげなく言った。「わたしならここで、右舷に舵《かじ》を切る」

ニューオーリンズ号は揺れが止まるまでに、さらに数キロ川を下る。驚くなかれ、彼らは天変地異を最小の損傷で切り抜けたのだった。

ミシシッピでは、一月でも汗をかきかねない。独立戦争当時の名残の、楽団員用のウール地の制服を着こんでチューバを抱えていればなおさらだ。クリタス・ファイエットとにわか編成のバンドのほかの面々は河岸《かし》へ急いだ。

チューバ一管、大太鼓一つ、それにフィドル一丁——バンドというよりはトリオだ。ニューオーリンズ号の波乱万丈の船旅の噂《うわさ》は、三日前にナッチェズに届いていた。市長は時を無駄にすることなく、しかるべき歓迎会の準備に取りかかった。バンドに加えて、市長のタイタス・ベアードは、ローズベルトに市の鍵《かぎ》を与える計画を立てていた。市会議員二名が祝辞を述べる役目を押しつけられた。地元の数人の娘が、船上の勇敢な女性たちに花を贈呈する役に選ばれた。夕べには、引き続き晩餐会《ばんさんかい》がおこなわれる。

一〇〇人近い市民が丘の上に立ち、汽船の気配を求めて上流を見やった。

「そうとも」ローズベルトは言った。「ナッチェズには少なくとも一週間は滞在することになるだろう」

「では、火を埋《い》けるとしよう。ボイラーも一休みしなくちゃ」

「いいね」ローズベルトは答えた。「桟橋に着くだけの蒸気は十分あるはずだ」

ローズベルトはシリンダーブロックから上って、風景を眺めた。オハイオ川上流の未開の森林、ルイヴィル近郊の一連の滝、何週にもわたった地震がもたらした恐怖の大変動が、まだ記憶に鮮やかに焼きついていた。彼が率いる船と乗組員は、勇気と信念を持って試練を切りぬけたのだった。彼とリディアはいっそう親密の度を増したし、機関長のベーカーは依然として、ニューオーリンズに着いたらマギー・マーカムと結婚する計画を立てていた。アンドリュー・ジャックは隠されたユーモアのセンスを現わしはじめていた。

ニューオーリンズ号が最後の湾曲部を回りきったので、ローズベルトはナッチェズのほうを見やった。

ベアード市長は汽船が視界に入ってくるとさっそく、バンドに演奏開始の合図をした。バンドが知っているただ一つの曲、英国国歌〝ゴッド・セーブ・ザ・クイーン〟のへたくそな演奏をなんど繰りかえしても、どうしたわけか、汽船は向こうに留まったままだった。

ベアード市長が見つめていると、汽船はドック入りするために向きを変えたが、やがて流れに乗って川を下りはじめた。

「蒸気不足でドック入りは無理だ」ジャックは知らせた。

ニコラス・ローズベルトは声を立てて笑うしかなかった。この汽船は艱難辛苦の一六〇〇キロの旅をみごと乗り越えてきたのだ。ほんの目と鼻の先まで無事来たのに、彼らは蒸気を切らしてしまった。間抜けぶりを通りこして滑稽《こっけい》だった。ベーカーが操舵室《そうだしつ》に入ってきた。彼はすでに清潔な白いシャツを着ており、顔は洗い立てのようだった。その顔に宿っている憮然《ぶぜん》たる表情は、とうてい隠しようがなかった。

「わたしがなんとかする」彼は低い声で言った。

クリタス・ファイエットの頭はくらくらした。チューバをこんなに長く演奏しつづけるのはどだい無理な話で、一息入れて葉巻をくゆらしたかった。ファイエットは限界に達してしまっていた。

「休憩させてくれよ、ベアード市長」彼は叫んだ。

「いいとも、クリタス」とベアードは応じた。「しかし、急いでくれ。煙突からまた煙が出ている」

一五分後、ニューオーリンズ号はナッチェズの桟橋に係留された。疲労困憊《こんぱい》の乗組員は道板をくだり、歓迎委員会の前を通りぬけて、英雄歓迎会場にあてられた地元のホテルへ向かった。残りの旅は、簡単なはずだった。

冬の最中なので、ナッチェズ周辺の森の木々に葉はなかった。町外れの断崖《だんがい》から、ニコラス・ベーカーは北を眺めた。ミシシッピ川は大きな輪を描いてから市内を流れ、下流へ下っていた。強い東風が吹いていて、アラバマ州での野焼きの臭《にお》いが風に運ばれてきた。

「この町の牧師に話はつけてきた」ベーカーは熱をこめて言った。「今日の午後には結婚できるんだ――ただし、まだぼくが君の望みなら」

「もちろんよ」とマーカムは答えた。「だけど、なぜそんな気になったの？」

「このうえ待つのが、断じて嫌なのだ」ベーカーは告げた。

「ローズベルト夫妻に話したの？」マーカムは確かめた。

「まださ」ベーカーは打ち明けた。「だけど、一人でいまから話せばいいじゃないか」

「これから？」マーカムは訊いた。

「ああ、これから」ベーカーは言った。「君が彼らに出席してもらいたいのなら」

一時間少し後に、ナッチェズのすぐ外れに碇泊《ていはく》したニューオーリンズ号の甲板で、ニコラス・ベーカーはニコラス・ローズベルトの隣に立っていた。リディア・ローズベルトは清潔な白い毛布に包まれた赤ん坊のヘンリーを抱いて、マギーの隣に立っていた。

「あなた、マギー・マーカムは」牧師は厳かに言った。「ニコラス・ベーカーを正式に結婚した夫と認めますか？」

はいと言う答えとキスで、結婚は成立した。

汽船上での最初の結婚は、短命に終わることになる。

数日後、綿花の荷がはじめてニューオーリンズ号に積みこまれた。綿花の梱《こり》が甲板上に固定され、ボイラー用の薪が船倉に確保されると、ほかにすることはほとんどなかった。彼らは一八一二年一月七日、ニューオーリンズを目指して出港した。

一八一二年一月一二日は穏やかに明けた。後部船室の屋根に一人で坐《すわ》っていたニコラス・ローズベルトを、澄んだ青空が出迎えた。空気は爽《さわ》やかで、ときおり吹きぬける小さな突風に、穏やかな川面《かわも》に小波《さざなみ》が立つだけだった。さまざまな事態に直面してきただけに、ニューオーリンズ号がその名の由来の都市《まち》になんとも穏やかに到着できそうなので訝《いぶか》しげな思いがした。ローズベルトは西のほうを見つめた。総数三五羽ほどのペリカンの群れが、頭上を西から東へ飛んでいる。五キロほど先にある、ポンチャトレーン湖を目指しているのだ。ニューオーリンズは、その先のわずか三キロあまりにあった。

「なにを考えているの？」リディアは屋根に上りながら声をかけた。

ローズベルトは坐りこんだまま微笑《ほほえ》むと、しばし無言ののちに答えた。

「この愛すべき船は将来どうなるのだろう、と思い巡らせていたのだが」と彼はいい添えた。

「ニューオーリンズ号はあの悪神《あくじん》と敢然と戦ったわ」リディアは言った。「私たちがみまかった後もきっと長く、この川に浮かんでいるでしょう」

「そうだといいが」とローズベルトは応じた。

「さまざまなことを切り抜けてきたのだから」リディアは言った。「容易なことで痛めつけられるものですか」

ちょうどその時、アンドリュー・ジャックが叫んだ。「ニューオーリンズだ！」

しかしやがて、リディア・ローズベルトは間違っていたことが証明されることになる。ニューオーリンズ号は三〇ヶ月後に沈没する。同船は一週間がかりの、利潤の多いナッチェズ－ニューオーリンズ間の船旅を何度となく行い、ニューオーリンズの戦い（訳注 一八一二年に行われたイギリス軍との最後の戦い）の際には短期間だが川下のアンドリュー・ジャクソン指揮下のアメリカ軍に兵員や補給品を移送する任務を果たし、一八一四年七月一四日の夕刻には、バトンルージュの対岸であるミシシッピ川西岸のクレイの桟橋という場所にいた。

ジョン・クレイは木を切り終えると積み上げて、いつものように待っていた。全部で一〇コードだった。一〇ドル払ってもらえる計算だった。クレイが近くの木の下で雨宿りをしていると、ニューオーリンズ号が川辺から伸びている桟橋に近づいてきた。見つめていると、ある甲板員がミシシッピ川の泥の中深く立っている柱の一本にロープを投げ掛けた。さらに待っていると、船長が操舵室から頭を覗《のぞ》かせた。

「ジョン」船長は叫んだ。「薪は用意できたか？」

「すっかり切って積んでありますとも」クレイが木の下から出て行こうとすると、三〇メートルほど上手の別の木に雷が落ちた。髪の毛は静電気を帯びて逆立ち、彼は木陰にうずくまった。

船長は甲板の上をうろついている甲板員たちに向かってうなずいた。「日が落ちるまで、まだ三時間はある。薪を船に積んでしまおうぜ」そう言い終わると、クレイのほうに向き直った。

「私の船室に来てくれ」船長は話し掛けた。「薪代を払うから」

クレイは船長にしたがって船室へ行くと、彼がフランスの金貨を数え終わるのを待った。クレイは金貨を革袋にしまい終わると紐《ひも》をしっかり締め、その生皮の紐を首に巻きつけた。

「一杯やらんか？」船長は訊《き》いた。

「少し寒気がしているんです」クレイは応じた。

そこで二人は一杯やり、薪が積み終わるのを一緒に待った。少し経《た》って、クレイが桟橋に下りて空を見上げると、船長もそれにならった。

「あんたの薪を今夜積んでしまえば、明日の朝早だちが出来る」

「それは理にかなっている」クレイは桟橋の内陸側へ歩きだした。「大雨で、川は雑多な破片で埋め尽されるはずだから」

「お休み」船長は遠ざかる樵《きこり》に声をかけた。

「落潮流に用心なさって」クレイは叫び返した。

しかし船長はすでに中に入っており、警告を聞かずじまいになってしまった。

ミシシッピ川が堰《せき》や余水路で治水管理される前は、大雨の直後に水位がにわかに数十センチも下がることがあった。雨でふくれあがった何本もの支流があふれ出てミシシッピ川に流れこみ、深さが最大限に達すると川は下流へ疾走し、水は吸い取られて水位は下がってしまう。半日程度経つと、たいていは元の状態にもどる。翌朝、最初の陽の光とともに、船長はニューオーリンズ号を桟橋から後退させろと命じた——しかし船は、沈んでいる木の切り株にがっちり引っ掛かっていた。前後に何度か動いているうちに、船底に穴が開いてしまった。

乗客の一人はこの悲しい出来事を、一八一四年七月二六日付のルイジアナガゼット紙に次のように記している。

七月一〇日の日曜日、ニューオーリンズを発《た》つ。一三日の水曜日、バトンルージュ着——船荷の一部を陸揚げする。夕刻に出港して、クレイの桟橋に着く。反対側の川岸の三キロほど北寄りにあって、通常ここで薪《まき》を積みこむ。その夜は暗くて雨が降っており、船長は夜のあいだ船を固定しておくのがいちばん賢明だと判断した……朝早く出発の準備が行われ、夜明けとともにエンジンが掛けられたが船体は輪を描いて振れるだけで、蒸気の力でも前進させることが出来なかった。水位は夜間に四〇センチから五〇センチ近く下がってしまっていた——そこで船長は、切り株に船体が引っ掛かったものと断定し、円材で桟橋を押して船を離脱させようとしたが、なんの効果もなかった。船長はたちどころに切り株だと納得し、長さが四・五メートルから六メートルほどのオールで探って、左舷《さげん》の外輪付近に見つけた。そこで彼が切り株を船外に投げろと命じ、錨《いかり》を右舷後部から放り出させ、蒸気式キャプスタンも投げ捨てると、船はその途端に水漏れを起こし、流入する水量が急激に増えたために、改めて急いで岸に向かったのだが、乗客たちは手荷物を持って船を脱出し、乗組員たちは河岸《かし》の協力を得て船荷の大半を助け出すのが精一杯で、船は沈んでしまった。

かくして、西部河川を最初に航行した汽船の冒険物語は終わりを告げた。

2

あの船はどこへ行ってしまったのか？

一九八六、一九九五

ミシシッピ川の汽船に関する本を最初に読んだのがいつだったか思い出せないのだが、小学五年生のときに『トム・ソーヤー』の感想文の提出を求められた時のような気がする。両親は土曜日の夜に町へ出掛けるとき、いつも私を古いアルハンブラ公共図書館に置いて行った。私はそこで想像力を掻《か》きたてられ、トム、ハック・フィン、それに彼らの友だちと一緒に偉大な川を筏《いかだ》で下るのを夢見た。

どういうわけか、私は以前からずっと南部に強い愛着を感じている。それはメーソン―ディクソン線（訳注　メリーランド州とペンシルヴェニア州との境界線。南部と北部の境界を意味する）の南に親類や先祖、あるいはルーツを持たない人には、きっと奇妙な感じを与えるに違いない。私はイリノイ州のオーロラでこの世に生を享《う》け、南カリフォルニアで育った。父親はドイツの出身、母親の祖先はアイオワ州の農家で、北軍で戦った。

にもかかわらず、私はコーヒーにチコリを欠かせない。朝食には挽《ひ》き割りトウモロコシとレッドアイグレービー（訳注 ハムで作ったソース）を、デザートにはペカンパイをぜひ所望したい。私たち人間は、自分の人となりと理想としている人物像に、ほぼ同じくらい拘泥《こうでい》しているようだ。いずれにしろこのことは、よく考えてみるに値する。

姿を目の当《ま》たりに出来る南部の象徴となれば、汽笛を鳴らしながら湾曲部を回って現れる、外輪の汽船以上のものはないだろう。わずかばかりの遊覧船を除けば、黒い煙を吐き出し、外輪で泥まじりの水を掻き、甲板という甲板に綿花の梱《こり》をうずたかく積み上げた汽船の姿は、蒸気機関車や乗用車のランブルシーツ（訳注 後部の折畳式無蓋席）やステップと同じように、過去のおぼろげな記憶でしかない。

アメリカの史上には、有名な汽船が数多くある。ナッチェズ号とロバート・E・リー号の古典的な競争は誰でも知っているはずだ（訳注 一八七〇年六月三〇日、ニューオーリンズを出発。ロバート・E・リー号が同七月四日、セントルイスに先着）。つぎに、ロバート・フルトンが設計したクラーモント号がある。この船はハドソン川で客船業務についた、アメリカで最初の汽船である。さらには、イエローストーン号がある。こちらはミズーリ川のはるか奥まで遡上《そじょう》し、ミシシッピ川を下ってメキシコ湾へ出て、その地に進撃してくるサンタ・アナ軍からテキサス共和国の新しい大統領サミュエル・ヒューストンとその議会を避難させた。新生共和国の最初の議会は、イエローストーン号上で実際に行われたのである。その後同船は、サンジャシントの戦いで負傷したサミュエル・ヒューストンを治療のためにニューオーリンズへ移送している。

私はイエローストーン号の最終章を掘り起こすためにずいぶん努力をしたものの、まったく成果を得られなかった。あの船は一八三八年にオハイオ川の閘門《こうもん》を通過した、と言われている。その後、同船は売り払われて船名を変えられた可能性がきわめて高く、川岸の樹木に係留されたまま、信じがたいほどの歴史を無視され忘れ去られたまま遺棄船として生涯を終えた恐れが多分にある。

ところで、どんなフィクションライターでも太刀打ちできそうにない歴史を持っている一隻《せき》の汽船がある。ニューオーリンズ号がたどった大冒険物語は、オハイオ川とミシシッピ川の急流下り、ニューマドリード地震（訳注　ミズーリ州の同地で震度八ないしそれ以上）の走破、敵対するインディアンたちからの脱出、船上での新生児誕生、頭上に筋を描いて飛んだ彗星《すいせい》など、どれを取っても真実とはとても信じがたいほどだ。しかしそれは記録に留められているし、ニューオーリンズ号の最期《さいご》は詳細に述べられている。

一九八六年の夏、それほど魅力一杯のボート（原注　内陸水路を航行する船はすべて、常にボートと呼び、シップとは言わない）の探索熱に抗しがたく、私はそのボートの消失にまつわるある新聞記事の調査研究をはじめた。

あの船が切り株に絡《から》まって沈没した朝に乗り合わせた一人の乗客は、地元紙にことの顚《てん》末《まつ》を報告している。いちばん肝心なのは、船の沈没個所をほぼ正確に述べていることである。

クレイの栈橋はミシシッピ川の西岸、バトンルージュの少し北寄りにある。

私は持ち前の楽観主義を頼りに――わが頭脳は失敗ずれして自信とは無縁なのだ――クレイの栈橋の探索に乗り出した。

その試みは、思いのほか手ごわいことが証明された。

その間に、私はメアリー・ヘレン・サマセットが記した、『ニューオーリンズ』という大変楽しい本に出合った。私は早速、文通をはじめ、サマセット夫人が問題の船に関する情報をたっぷり握っていることを知った。

ニューオーリンズ号の所有者たちが、エンジンや金属製の機材の大半をサルベージしたことを、わたしは知らされた。エンジンは高価だし、あの当時としては複雑な機械だった。しかしボイラーとなると、めったに引き揚げられなかったが、それは長期使用のために磨耗しており、通常必要とされる修理費が出なかったためである。錨《いかり》、操舵《そうだ》機構、舵柄《だへい》あるいは機材はすべて回収された。それらはみんな、名前もニューオーリンズ号とつけられた新造船に取りつけられた。

このように装置が取り払われてしまったので、磁力計が探知できるものはさほど残されていないが、われわれは探知できる鉄分はまだ十分残っているると信じているし、船体の一部が土砂の上に姿を見せていてサイドスキャン・ソナーで捉《とら》えられる望みは常にある。

これほど由緒《ゆいしょ》ある船を誰も探索しないのはなぜだろう、と私は訝《いぶか》りはじめた。幸いなことに私は、当時バトンルージュのセブンシーズ・ダイブショップに勤めていたキース・スリマンから連絡を受けた。キースは時間を割いて、ルイジアナ州の州都バトンルージュで不動産の記録を調べあげ、謎《なぞ》の欠けている部分を突き止めるための仕事を気持ちよく買って出てくれた。だがそれは、容易なことではなかった。川の両岸の所有権についてはかなりよく文書化されていたが、大半の記録は一八一四年までは遡《さかのぼ》っていなかった。これまでのところ、クレイの桟橋に関する文書は誰も見つけていない。はじめのうち、件《くだん》の西岸の堤防一帯はドクター・ドゥーサンの所有と思われたが、現在はアンカレッジ埠頭《ふとう》と呼ばれている。これはありがたい情報とは思えなかったが、やがてキースはジョン・クレイからドクター・ドゥーサンへの土地所有権譲渡証書を掘り起こしたし、それにはその土地の一八二〇年の土地測量図が一枚含まれていた。

キースのお蔭《かげ》で、われわれは三塁を回ってホームに突入しつつあると思いこんだ。クレイグ・ダーゴと私は、問題の川岸を調べクレイの桟橋の正確な地点を突き止めるためにルイジアナへ飛んだ。バトンルージュは立派な州都だが、八月の湿気のために火星の表面のようだ。なぜわたしが南部へ出掛けるのはいつも八月なのだろう？　まだ虫や暑熱がひどくない春のうちに出かけることを、私はまるで思いつかないようだ。

ＮＵＭＡは難船の探索計画をどうやって決めるのかとよく訊《き》かれる。必要な許可がそろうと、参加できる人員と干満や気象条件に基づく科学的な方式を用いる。しかし主な要因は、私が著作の間に出掛ける時間が取れるかどうかに懸かっている。

バトンルージュ空港に降りたち、車を借り出し、モーテルにチェックインをすませると、われわれは車を走らせてミシシッピ川西岸の州都の向かいにあるウエスト・バトンルージュの上流寄りの沈没場所に向かった。芳《かんば》しい出だしではなかった。

かつてクレイの桟橋があり、あの有名なニューオーリンズ号が水中の障害物にからまって沈没した場所には、プラシッド石油会社所有の巨大なタンク施設が建っていた。堤防の片側には、タンクとポンプ室が群がっていた。反対側の堤防沿いと水中まで、すべて鋼鉄製の揚油プラットフォーム、パイプライン、タンク用艀《はしけ》が埋め尽くしていた。広さ一〇〇エーカーのスクラップ置場よりも大量の金属が散らばっているので、われわれの信頼の置ける傾度測定器でもニューオーリンズ号の残骸《ざんがい》を識別するのはまず不可能だった。

今回のはじめての予備的な現地調査では、徹底した探査は計画していなかったが、クレイグと私は一つ試してみることにした。

その日の午後と翌日の大半、かつてクレイの桟橋があった場所とわれわれが限定した土地を、碁盤目にしたがって順に歩き回った。細い直線状の反応が現れるのでかなり識別しやすい、埋設されているパイプラインを除くと、関心を引かれる物は見つからなかった。あたり一帯を詳しく調べた結果、問題の汽船の残存物を突きとめる作業が並大抵でないことがかなりよく分かった。

バージェロン保安官と彼が所轄《しょかつ》するウエスト・バトンルージュ保安官事務所には、かつて一九八一年に実に快く協力してもらったし、ウォルター・ショウブと私で南軍の甲鉄艦アーカンソーの沈没個所を見つけた実績もあり、われわれは改めて彼らに助力を願った。すると彼らはまた協力を買って出てくれ、アルミニウム製の河川捜索艇を貸してくれたが、それは殺人罪で服役中の模範囚によって見事に細工され溶接されたボートだった。一人の保安官助手が、操縦士として来てくれた。

われわれは日の出の直後に開始した。クレイの桟橋の位置が川岸から特定されると、われわれは前後に走査をはじめた。その朝の九時ごろには、すでに暑かった。ミシシッピは鏡のように平らで、われわれがありつけたのは走るボートがもたらす風だけだった。それから数時間、およそ二〇〇メートル先から川岸へ向かって走査を続けた。数ガンマ以上の反応は得られなかった。沈泥に埋もれているハンマー程度の反応でしかないのは明らかだった。岸寄りで、異常なほど安定した磁気反応を得たが、その時点ではそれがなにを意味するのか私たちは気づかなかった。

私が傾度測定器を引きずっている間に、クレイグは暇つぶしに捜査艇の日誌に目を通していた。面白い読み物だった。というのも、その小型艇は川からの死体回収にもっぱら使われていたからだ。回収法は繊細さとはまったく無縁だった。ロープに結わえつけた大きな引っ掛け鉤《かぎ》を船尾《とも》から投げこむと、助手たちがなにか引っ掛かるまで引きまわす。

「引っ掛かったのが死体か、それとも大きな魚か、どう見分けるんです？」クレイグは助手に訊いた。

「水に漬かった死体の引きはものすごいですよ」助手は答えた。「この船外モーターの速度ががくっと落ちるからね」

クレイグはステンレス鋼の鉤を両手で持つと、しげしげと眺めた。「見つかったとき、死体はだいたいどんな状態です？」

「ほんとに熟れきっているね」助手はさりげなく答えた。「皮膚はミカンのようにつるりと剝《む》ける」

クレイグは顔をしかめると、そそくさと鉤を所定の場所に戻し、ぼろ布で両手をぬぐった。

「浮上した時、ややもすると死体にはガスが充満していて、まるで人間爆弾のように炸《さく》裂《れつ》してしまう」助手は淡々と話し続けた。「しかし、大半は魚や亀《かめ》にすっかり食いあされている。ときにはボートが死体の上を走ってしまい、船外モーターのスクリューが切り刻んでしまう。一度だけど見たことがあるな、頭部と、それに両肩と胸の一部を。死体の残りがどこへ行ってしまったものやら、まったく見当がつかん」

クレイグはさきほどまで弄《もてあそ》んでいた引っ掛け鉤を見つめた。

私は誘惑に負けた。

「昼飯どきだぞ」私は知らせた。「生のビーフにとろけるチーズと、腐ったツナのサンドイッチ、どっちがいい？」

クレイグは首を振った。「あとにするかな」彼はやっと鉤から目をそらして答えた。

私たちが探索を打ち切ったのは四時だった。何隻もの鋼鉄製の艀のせいで傾度測定器の指針が振り切れてしまうので、川岸の近くでは磁力探査はできなかった。ニューオーリンズ号を見つけたことを示唆《しさ》する磁気特性図を、私たちは一つも得られなかった。そのうえ、私たちの飲み水は二時間も早く底をついていた。

保安官助手がトレーラーを置いてくれているボートランプへ向かって走り出すと、クレイグは私のほうを振りかえって訊いた。「あんた、汗をかいているか？」

確かめて見ると、肌は乾いていた。おかしいぞ、と思った。大気は蒸し風呂《ぶろ》も同然だったからだ。「いや」私は答えた。こいつはうまくないな」

「私は三〇分前に止まったことに気づいた。

「脱水症だ」

「それに違いない」

ボートランプに到着し、ボートをトレーラーに乗せる保安官の手伝いをし終わるころには、私たちの口の中はタルカムパウダーを一杯詰められたように感じられた。二人の顔は陽に焼け、目つきは砂漠で乾きのために瀕《ひん》している男たちのように虚《うつ》ろだった。日向《ひなた》に放置してあった、すっかり炙《あぶ》られた車に乗りこんだために、事態はいっそう悪くなった。われわれが一軒の住宅で車を止めて、庭のホースで水を飲ませてくれないかと家主に頼もうとした折に、私はあえぎながら隣の角にあったコンビニのサークルKを指さした。

「あそこにある！」

クレイグは猛然と駐車区画に乗りつけた。私たちはまだ止まるか止まらないうちに車から飛び下り、店の中に駆けこんだ。これは一九八九年の話なので、今日のようなボトル入りの冷たい水などなかった。当時は一ガロン（約三・八リットル）入りのプラスティック容器に詰めた蒸留水しか売っていなかった。私たちはソーダ水売り場で、いちばん大きなカップをひったくると、縁ぎりぎりまでソーダ水を注いだ。ほんの数秒で飲み干すと、私たちは二杯目を注ぐために栓の下にカップを差しだした。私たちはほぼ完全な脱水症状だった。

「おい」店員は私たちに向かって叫んだ。「そんなことは止《よ》してくれ」

クレイグはかなり大柄な男で、相手を睨《にら》みつけた。「飲み終わったら、好きなだけ請求するさ。われわれはここで死に掛けているんだ」

店員はうなずき、引き下がった。彼はたぶん、私たちのみすぼらしい形《なり》からして、払う銭はないものと見当をつけたことだろう。やがて私たちは飲み終わり、クレイグが店員に一〇ドル札を一枚渡した。「釣りは取っておくがいい。そして今度、咽喉《のど》を嗄《か》らした旅人たちが現れたら、一杯おごってやってくれ」

エアコンの利《き》いた部屋で爽《さわ》やかなシャワーを浴びると、私たちは夕食で顔を合わせ、その日一日の検討をした。自然と人間が、私たちの行く手にありとあらゆる障害を投げこんでいた。最初の現地探査でニューオーリンズ号を見つけることなど、私たちは本当に期待していなかった。そんな事はめったにない。しかし、長方形のフットボールの競技場ほどの面積内に所在を限定できることが明らかになっている船の探査に、これほど手を焼かされるとは思ってもいなかった。

いまは住みなれた塒《ねぐら》へ引き返し、下調べをする時だ。

今回は基本に立ち戻って、私たちは古い何枚もの水路図に新しいのを重ね合わせた。堤防が建造されてからの汀線が判然としないように思えた。私たちが得た結論では、川岸は長年の間に後退していた。しかし、どれくらいなのか？

やがて、数ヶ月後に一通の報告書を陸軍工兵隊から受け取り、そのせいで私たちは危うく探索を中止するところだった。一九七一年に、堤防強化策の一環として、工兵隊は水位のすぐ下に当たる堤防の基部沿いに、連結式のコンクリート・マットレスを敷いた。そのマットレスには鉄筋と鋼鉄製のヒンジ継ぎ手が内包されていた。これが西岸近くで、連続する磁気反応を私たちに送ってよこしたのだった。問題のマットレスは、かつてのクレイの桟橋の真上に敷かれているようだった。

この窮状に、川沿いの鋼鉄製の艀やドック、それにパイプラインがからんでいるので、ニューオーリンズ号の残骸を探知するのは不可能になってしまった。塞《ふさ》ぐ気持ちで、私は探索データを〝実現不能〟と記入されたファイルにしまいこみ、所在不明のほかの何隻《せき》かの船に思いを向けた。

三年後に、あるカクテルパーティーで、私の本の愛読者だという方を紹介された。遺憾ながらその方の名前が思い出せないし、その後連絡を取ったこともまったくない。年配の方で、禿《は》げあがった頭を白髪が取り巻き、濃いブルーの目が縁なし眼鏡の奥に収まっていた。

話をしているうちに、彼はウエスト・バトンルージュに住んでいるといった。私はあの町でのアーカンソー号とニューオーリンズ号の探索について触れたし、ミシシッピ川の歴史について彼と少しばかり話し合った。彼は長年にわたって、ミシシッピ川でときおりダイビングを続けてきたそうだが、それはルイジアナ州やミシシッピ州の大半のダイバーなら遠慮させてもらいたい類の離れ業だ。彼は時速七キロあまりの水流に二キロ近くも水中を引きずられたり、薄暗い流れのなかで不意に全長二・五メートル、体重二三〇キロ近いナマズと出くわした話を聞かせてくれた。奇妙な現象も教えてくれた。いったん二五メートルほどの深さに達すると、ミシシッピ川の視程はにわかに六〇センチから三〇メートルに広がる。

彼に求められるままに、私は失敗に終わったニューオーリンズ号探索について詳しく話した。

彼は微笑《ほほえ》みながら私を見つめた。「あなたは正しい場所を探していない」

私は相手の言わんとしていることを摑めず、言いよどんだ。「私たちはクレイの桟橋を、一〇〇メートル以内まで絞りこんだのですよ」私は反論した。

「方向が正しくない」

「どこに目を向けろというのです？」

彼は背もたれに寄りかかり、スコッチの水割りを舐《な》めると眼鏡越しに見つめた。「川岸の上でも下でもないことは確かだ」

「ほかって、いったいどこなんだろう?」にわかに関心を強く引かれて、私は訊《き》いた。

「流れの中寄りです。私の少年時代以降に、西側の川岸は二〇〇から最大三〇〇メートルほど後退しています。クレイの桟橋はずっと前方にあったに違いない」

その言葉を咀嚼《そしゃく》しているうちに、啓示が広がり私の頭を満たした。「すると、コンクリートのマットレスの向うだ」

「ずっと向う」

突然、ニューオーリンズ号のセイレーンの歌声が、またまた響きはじめた。テリューライドで行われたカクテルパーティーの席において、たまたまある未知の方と出会ったお蔭《かげ》で、私たちはミシシッピ川最初の汽船を見つけ出す機会を改めて与えられたのだった。

一九九五年八月に、私たちは再挑戦した。私たちはどうして毎回毎回、八月に南部へ出掛けるのだろう? ガルベストンの沖合で、テキサス共和国海軍の旗艦インビンシブルと思われる難船を掘り起こしたものの確証を得られぬまま、ラルフ・ウィルバンクス、クレイグ・ダーゴ、息子のダーク・カッスラー、それに私は、ダイバーシティ号と必要な計器類を後ろに引いてバトンルージュへ向かった。現地に到着し、やっとの思いで稼いだ少なからぬ金を川船のカジノでむしり取られると、私たちは夜を過ごすために引きこもった。大金を張るばくち打ちなので、われわれの負けの総額は三〇〇ドルにも達した。もっと損をするところだったが、ラルフはがっちり二ドル儲《もう》けたはずだ。面白いことに、ルイジアナの法律では、その川船は川岸沿いに係留してはならず、水中の竜骨に取りつけられているレールにしたがって移動しなくてはならない。私の勘繰りでは、その策略を活用することによって、見識の備わった州議会議員たちは、賭博《とばく》のもろもろの悪は聖なるルイジアナの大地を蚕食《さんしょく》していない、と大見得を切れるというものだ。

探索に先立って、ラルフと私はウエスト・バトンルージュ郡の年長者数人にインタヴューを行った。彼ら全員の意見は、これまで暮らしてきた間に川は西岸を浸食してきたし、現在の汀線は三〇〇メートル西にあったということで一致した。翌朝、私たちはミシシッピ川に架かっている橋の下に進水斜路《ランプ》を見つけ、ダイバーシティ号を発進させた。

私たちは探索グリッドの走査を、ミシシッピ川のほぼ中央から始めて西岸へ向かった。走査は厳密をきわめ、磁力計とサイドスキャンソナーを使用した。長い一日になった。ラルフとその大きなアイスボックスのお蔭で、クレイグと私はまた脱水症状に陥らずにすんだ。

六時間後に、私たちは探索グリッド全体を三度走査し終わった。何度か小さな反応はあったが、追究するに値するものはなに一つ磁力計に記録されなかった。サイドスキャンソナーは川岸からはほぼ正しい距離に物標を一つ捉《とら》えたが、かつてのクレイの土地の南端から二〇〇メートルほども下流に位置していた。

時間切れになったし、みんな家で仕事が待っていたので私たちは引き揚げ、問題の物標はつぎの機会に調べることにした。それに、私たちは流速七キロあまりの薄暗い水中でダイビングをした経験を持ち合わせないので、状態をよく知っている地元のダイバーたちを集めていっしょに作業をするのがいちばんだと判断した。

いまや、ほぼ該当する区域で物標を一つ得ていたので、私たちの気分は楽観的だった。悲しいかな、私たちは藪《やぶ》から棒にまた落胆を味わわされた。

磁力計とソナーのセンサーを取り入れていた私たちは、陸軍工兵隊のすこぶる大きな浚渫船《しゅんせつせん》が川を下ってくるのを愕然《がくぜん》として見つめた。そのバケットは川の沈泥《ちんでい》を深く掘り、艀《はしけ》の中に吐き出していた。私たちの物標とは一〇〇メートルは離れていたが、これがニューオーリンズ号の最後の命取りになるのではないか、と案ぜずにはいられなかった。

かつて私は、到着が数時間遅かったばかりに、北軍の甲鉄艦カロンデレトの残骸《ざんがい》を救えず、まったく同じ失望を味わわされていた。私たちが探索を始める日——オハイオ川で沈没してから一一〇年後——の前日に、大型浚渫船が沈没個所の上を通過して、船体をずたずたに引き裂いてしまったのだ。

有名な古《いにしえ》の汽船ニューオーリンズ号が消失してしまった恐れは多分にある。しかしあの船は多彩な財産を遺贈したし、私たちのたった一つの物標がどんぴしゃり遺骸であるチャンスは、わずかながらないとは言えない。その見こみは少ないにしろ、希望はつねに湧《わ》きあがってくる。いつの日にか、私たちは戻っていって確かめるつもりでいる。

第三章　甲鉄艦マナサスとルイジアナ

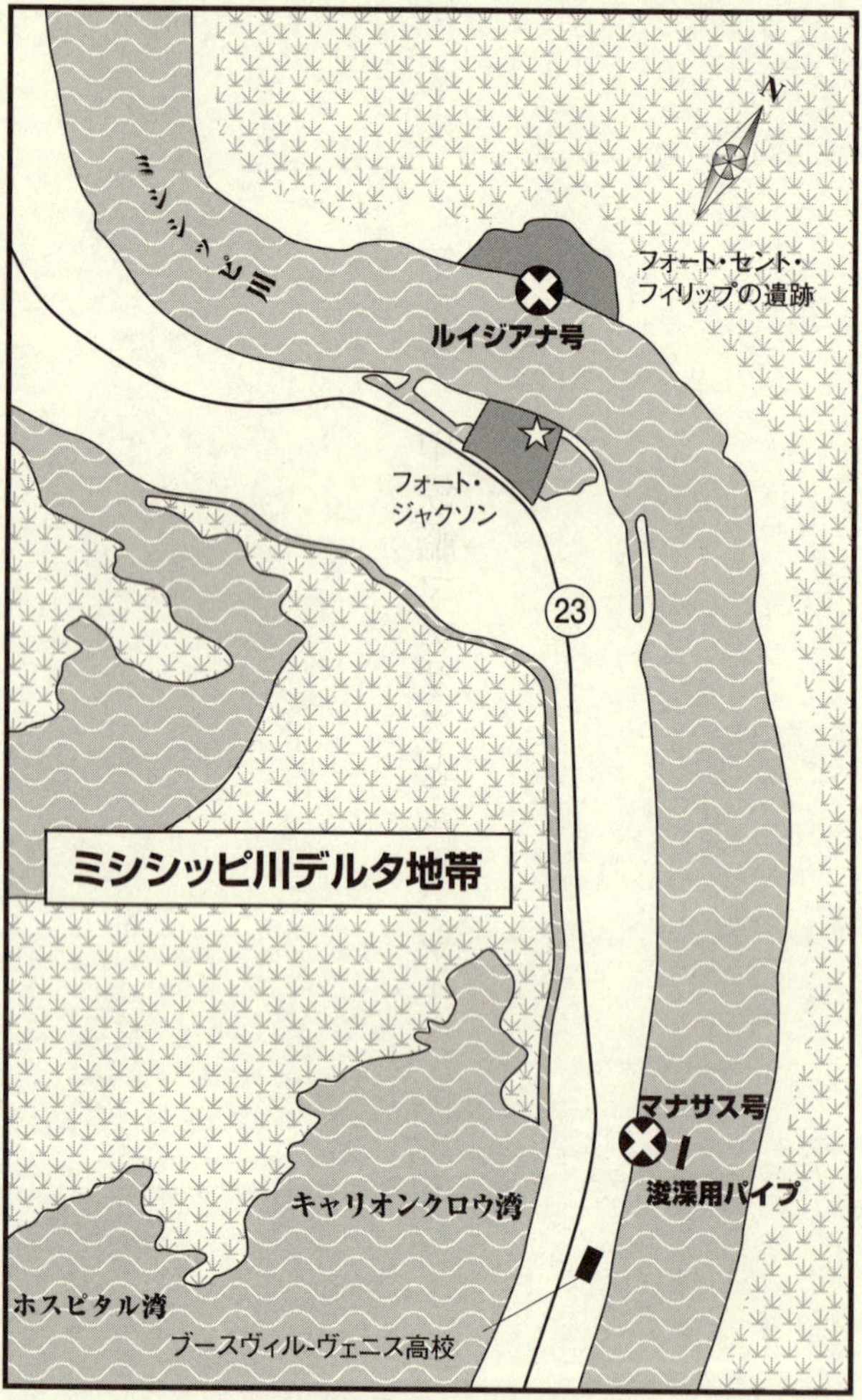
N
ミシシッピ川
フォート・セント・
フィリップの遺跡
ルイジアナ号
フォート・
ジャクソン
23
ミシシッピ川デルタ地帯
マナサス号
浚渫用パイプ
キャリオンクロウ湾
ホスピタル湾
ブースヴィル-ヴェニス高校

1

南北戦争時の亀《かめ》
一八六一―一八六二

「ろくでもない船だ」アレグザンダー・ウォーリー大尉《たいい》は大声で言った。「これでは、まるで遮眼帯をつけられた馬だ」

彼が指揮する南軍の甲鉄艦マナサスは、フォート・ジャクソンのわずか五〇メートルたらずの下流、ニューオーリンズの南一二〇キロの地点にいた。ウォーリーは艦首の単一の砲門越しに、靄《もや》のかかった夜の闇《やみ》を覗《のぞ》きこんだ。機械類の放つ騒々しさに、ボイラーから漏れる蒸気の音があいまって、ウォーリーをすでに囚《とら》えていた緊張感はいやがうえにも募った。この南軍の甲鉄艦は試験航走を行っていなかったし、完成から数週間しかたっていなかった。それに、一八六一年一〇月一一日の夜は季節はずれの過ごしやすさだったが、ウォーリーは汗をかいていた。

マナサス号は四メートルあまり水中に沈んでおり、隆起している船殻の高い部分は二メートルたらずで、二本の煙突だけが空中に突き出ていた。小春日和《びより》のせいで、ミシシッピの気温は日ごろより遅くまであたたかかった。温《ぬる》んだ水に船殻をくるまれているうえに、ボイラーの熱が加わるので、マナサス号は外側と内側から温められていた。流れに乗って滑るように下って行きながら、ウォーリーは自分と乗員がここにいたるまでの経緯をふと思い返した。

はるか南寄りの、水流が三本の水路に枝分かれしているミシシッピ川デルタ地帯、ヘッド・オブ・ザ・パッシズでは、大砲を一〇門搭載した北軍のスループ型砲艦、プレブル艦上のヘンリー・フレンチ中佐が日誌を書き終わり、床につく準備をしていた。インクが乾くのを待って日誌を閉じるとインク壺《つぼ》の蓋《ふた》をし、羽根ペンを筆立てに収めた。椅《い》子《す》の上で伸びをすると、立ちあがって鯨油ランプを吹き消そうとしたが考えを変えた。ランプを点《つ》けたまま、通路を通りぬけると、梯子《はしご》を上って甲板に出た。甲板の見張りに敬礼をすると、上着のポケットから革袋を取り出して、いちばん新しいパイプの火皿に煙草《たばこ》を詰めはじめた。

木製のマッチをすると、強烈な硫黄の臭《にお》いを風がさらって行くのを待ってマッチを火皿に押しつけ、パイプを吹かして火種を起こした。そこで、川面《かわも》を見渡した。月のない闇夜で、水面低く靄が懸かっていた。大砲を二二門搭載した旗艦リッチモンドの甲板のいくつかの角灯と、並んで係留していた北軍のスループ砲艦、ジョゼフ・H・トゥーン艦上のわずかな角灯が薄ぼんやりとした灯りを投げ掛けていた。このスループ砲艦はリッチモンド号のボイラーに供給する石炭を下ろしている最中で、フレンチは積み込み作業が終わっていればよいのにと思った。

艦長は誰しも、自分の艦の行動性能を拘束されるのを喜ばない。フレンチのそうした思いは、自分が内陸水路の河口におり、彼好みの海のずっと沖合に出ていないために、いっそう強められた。河川は平底船や艀《はしけ》向きで、軍艦には適しない、とフレンチは胸のうちで思った。口一杯に煙を吸い込んだ。

「船影なり物音は？」彼は煙草を吹かしてから見張りに訊《き》いた。

「船影はありません、艦長」水兵は告げた。「目下、燃料庫に補充が行われているので、上流の物音を捉《とら》えるのは困難です。もっとも、静かな夜になる保証は何一つありませんが、艦長」

フレンチは顎鬚《あごひげ》をなでつけながらパイプを吹かした。「出身地はどこだ、水兵？」

「メイン州です、艦長」若者は答えた。「ロックポートです」

「それなら、船の生活にはいくらか慣れているわけだ」フレンチは言った。

「おっしゃる通りで」水兵は答えた。「魚とロブスター捕りの一族です」

フレンチは煙草を吹かし終わり、燃えかすを叩《たた》いて舷側《げんそく》越しに水中へ落とした。

「私は下へ行く。油断なく見張ってくれ」彼は声をかけた。

「アイ、サー」水兵は答えた。

ちょうどその折に、湾のはるか沖合から寄せてきた一連の波にリッチモンド号が揺さぶられ、同艦はトゥーン号に押しつけられた。両方の船腹がぶつかり合う音が、遠い雷鳴のように水面を渡ってきた。

フレンチは先ほどの梯子を下りて、プレブル号の自分の居室に入っていった。指先をなめてランプの芯《しん》をつまむと、ベッドにもぐりこんだ。楽な姿勢になると、眠りに落ちた。

ウォーリー大尉は咳《せ》きをすると、涙ぐんだ目をこすった。一対の煙突はボイラーで発生する煙をうまく吐き出していなかった。これはウォーリーが、やがて戦闘にのぞむ北アメリカ最初の甲鉄艦マナサス号に気づいた数多くある問題点のもう一つに過ぎなかった。まずはじめに、出力不足が立証されていたが、それにはなんの不思議もなかった。

南部連合国海軍は予算不足で、甲鉄艦の一対のエンジン——いっぽうは高圧で、もういっぽうは低圧——は、据えつけられた時点で使い古されていた。これは共通する問題だった。南部連合国は、新しいエンジンを自力で作り出す資金と鋳造所を欠いていた。それに連邦国なみの、大規模な現代的な造船所を持っていなかった。

マナサス号の船殻は、ニューイングランドのイーノック・トレインという名称を持つ砕氷船から引き継いだもので、最終的には河川用曳《ひ》き船をしていた。ルイジアナの行動的な企業家のあるグループがイーノック・トレイン号を買い取り、そのうえミシシッピ川を挟んでニューオーリンズの向かいにあるアルジアズのお粗末な造船所で、その船を取り壊す費用を出した。マストと上部構造は切り取られ、船体の長さと幅は増し、艦首は伸ばされて堅牢《けんろう》な材木で作りなおされた。しかるのちに、くたびれたエンジンや機械類が取りつけられた。それから、木部に裏打ちされた凸状の鉄の蓋《おお》いが上部甲板として作られた。艦首内の上のほうには丸い開閉式の砲門が切りこまれ、煙突のための穴が甲板に穿《うが》たれた。最後になったからといって重要度が劣るわけではないが、船大工たちは鋳鉄製の衝角を喫水線のすぐ下の艦首にボルトで留めた。

関係者たちは、南部連合国陸軍が最近勝利を収めた戦闘の地（訳注　ヴァージニア州の北東部）にちなんで、マナサスと命名した。

つぎに、企業家たちは他国商船拿捕免許状を申請した。南部連合国政府が発行する書類で、彼らは北軍の船舶を沈めてその積荷を戦利品として没収する権利を得た。

彼らが描いた愛国心をしのぐ壮大な夢は、長続きはしなかった。ジョージ・ホリンズ司令官は、予期されるデイビッド・ファラガット提督率いる艦隊との対決に備えて、軍艦の艦隊を編成する責任者だった。武装可能なあらゆる船舶を必要としていたので、ホリンズはマナサス号を南軍のために押収《おうしゅう》する目的で、南部連合国艦船マクレイの一部の乗員をつけて、ウォーリー大尉を派遣した。

甲鉄艦上の作業員たちは海軍軍人たちに公然と反抗し、最初に乗船しようとする者は殺すと叫びたてた。ウォーリーはリボルバーを振りまわし、負けずに脅しを掛けた。怖《お》気《け》づいた作業員たちは、船主の一人と一緒に船を捨てた。この船主は陸に誘われて行くとき、目に涙を浮かべていた。後日報じられたところでは、南部連合国政府は船の補償金として、企業家たちに一〇万ドル支払った。

現にウォーリーは、艦長に任命された当日というのに気が重かった。さらに悪いことに、彼はマナサス号の針路制御にすこぶる手を焼かされていた。舵輪《だりん》を支配するには、少なくとも時速にして数キロ水流を上回る必要があった。いまのところ、ウォーリーはどうにか下流へ這《は》いずり下りている状態だった。

「機関長を呼んできたまえ」ウォーリーは近くに立っていた甲板員に叫んだ。

彼はそそくさとハッチを通りぬけ、機関室へ入っていった。ウォーリーが規律に厳しいことはよく知られていたし、彼の声の調子は機嫌よさには程遠かった。頭をぶつけないように屈《かが》みながら、甲板員は蟹《かに》歩きで船尾へ行くと、機関長のウィリアム・ハーディがスクリューに繫《つな》がっているシャフトにグリスを塗っていた。

「艦長がお会いしたいそうです」甲板員は騒音に負けぬよう大きな声を出した。

「すぐ上がって行く」ハーディはすでにグリスだらけの布切れで両手を拭《ふ》きながら伝えた。

制服のしわを伸ばすと、ハーディは木の櫛《くし》で髪を撫《な》でつけ、砲門に通じる梯子を上った。前へ進み出ると、ウォーリーに敬礼した。

「お呼びだそうですが、艦長？」ハーディは切り出した。

「そうなんだ」ウォーリーは応じた。「蒸気を何インチ起こしている？」

「およそ九です、艦長」ハーディは知らせた。

マナサス号は三〇インチ近い蒸気をあげても爆発はしない。

「なぜそんなに少ないんだ？」ウォーリーは訊いた。「操縦に支障がある」

「積んでいる燃料のせいです」ハーディは知らせた。「十分乾燥した薪《まき》いくらかと石炭半分は備えています――しかしそれらを燃やしてしまったら、戦いに突入した際には手許《もと》に残っていない恐れがあります」

「それで生木を燃やしているわけだ？」ウォーリーは鼻を拭きながら言った。煙のせいで、鼻が出てきたのだ。

「別命があれば、そのようにしますが」ハーディはさりげなく応じた。

ウォーリーはうなずいた。ハーディは人柄がよく、マナサス号の士官としても優秀だった。「君の判断は正しい、ウィリアム」彼は言った。「こんど出動する時は、ぜひとも最上の燃料を満載して航走したいものだ」

「まったくです、艦長」ハーディは応じた。「そうなりゃ豪気だ。しかしさしあたり、あと一五分ほど生木が続きますよ」

「では、そういうことで」とウォーリーは答え、きびきびと敬礼をしてハーディを引き取らせた。

舵輪を先任将校のチャールズ・オースチンに任せて、ウォーリーが下へ降りていくと、そこには九インチ単装砲が川下に向けて据えられていた。彼は夜の闇を見つめながら、澄んだ空気を吸いこんだ。

北軍は目と鼻の先にいるのだ。薪が乾燥していようがいまいが、いまや南軍が急襲をかけるときだった。

マナサス号が汽走して川を下って行く間にも、北軍艦隊の碇泊《ていはく》地点周囲の霧は濃さを増すいっぽうだった。艦隊はがっちり武装していた。リッチモンド号は、総計二六門の砲を備えていた。スループ砲艦プレブル号は三二ポンド砲七門、八インチ施線砲二門、それに一二ポンド砲を一門搭載していた。ウォーター・ウイッチ号の兵装は軽微で、小型砲が四門搭載されているだけだった。ヴィンセンズ号は三二ポンド砲一四門、ダールグレンの九インチ滑空砲二門、それに八インチ施線砲四門を完備していた。夜も更《ふ》けたので、北軍艦隊の甲板は静まり返っていた。

機関長のハーディはハッチから操舵室を覗きこんだ。「いい薪に代わったぞ。力づよくなったのが感じ取れるはずだが」

舵輪を握っていたチャールズ・オースチンは、声をはりあげて答えた。「数分前に、スピードが上がったのを感じたよ」

「そりゃいい」ハーディは言った。「案ずるには及ばんぞ――攻撃を加える際には、ちょいとした秘策を用意してあるから」

「いずれ、霊験《れいげん》のほどを君に知らせるよ」オースチンは遠ざかるハーディに叫んだ。

マナサス号は南軍の小艦隊の先頭に立っていた。

そのすぐ後方の左寄りには、二、三日前に川を下ってきた、南軍の小型曳き船アイビーが従っていた。そのアイビー号は、イギリス製の新しいホイットワース製施線砲を一門搭載していた。ホイットワース砲は南部海軍にとってはまれにみる高価な買い物だったが、精巧でよく出来ていた。この数日、アイビー号は上流に留まって、六キロあまりの距離から北軍艦隊に砲弾を浴びせて、北軍の封鎖船を悩ませた。

カルフーン、ジャクソン、さらにはタスカローラ号もフォート・ジャクソンを発《た》って、襲撃に参加するために川を下ってきた。カルフーン号は古い船で、移動ビーム式エンジンを用いていた。同艦に下った命令は、戦闘水域には近づかず、離れた地点から砲火を浴びせよというものだった。ジャクソン号はもう少し新しい高圧の外輪船だが、南軍はエンジンと外輪の音が北軍を警戒させるのを気遣い、いちばん後ろから川を下っていた。タスカローラ号は小型の曳き船で、北軍の艦隊を炎上させるために南軍が活用するつもりの焼き打ち筏《いかだ》を曳いていた。

マナサス号は北軍の艦隊に接近した。オースチンは霧を透かして見届けようと目を凝らした。

南部のスクーナーで、ロンドン行きの綿花を積んで封鎖線を突破しようとして北軍に捕まったフロリック号には、ほんの一握りの乗員しか配置されていなかった。同船は数週間後には北軍に移籍するべく北へ航行することになっており、維持管理に当たるわずか数人しか船上にはいなかった。

フロリック号の船長はニューヨーク出身のショーン・ライリーという無口な男で、不眠症に悩まされていた。ライリーは単調さに蝕《むしば》まれつつあった。ベッドで展転としたのちに、新鮮な空気が眠りをもたらしてくれるかもしれないと考え、主甲板に出てみることにした。薄手のウールの毛布を手に船尾へ向かうと、楽な姿勢をとった。

連続する低い音が彼の耳を捉えた。キツツキだろう、とライリーは思った。いや、キツツキではない――明らかに金属的な音色だった。リッチモンド号に違いない、近くに停泊していたのだ。ライリーは索具に上って調べた。

「前方に、おぼろげながら輪郭が見える」ウォーリーは砲門から引きかえすと、オースチンに知らせた。「北軍の艦船かどうか分からぬが、いくぶん左舷寄りに位置している」オースチンは舵輪を調整すると、小さな砲門から薄暗がりの奥を覗《のぞ》きこんだ。

「いったい何者なんだ」ライリーは思わず声に出した。

深みから現れた黒々とした巨大な海獣は、急速に近づきつつあった。丸い煙突と騒音がなければ、その得体の知れない物怪《もののけ》は方向感覚を失ってメキシコ湾から川を遡上《そじょう》中の鯨と見間違いかねない。獲物にしのび寄る食肉獣さながらに、黒い物体はリッチモンド号へ突き進んで行った。

時刻は、午前三時四〇分だった。

ロープを滑り降りると、ライリーはフロリック号の船鐘を鳴らしだした。そのうえ、水面ごしに叫んだ。「おおい、リッチモンド号、船が一隻《せき》川を下ってくるぞ」

燃料庫に補給をしている騒音のために、リッチモンド号上の者は誰一人として、彼の訴えを聞きとめなかった。

ライリーは照明弾を求めて、操舵室に駆けこんだ。

「敵艦、正面前方」オースチンはハッチ越しに下のハーディに叫んだ。

「さあ、その時が来たぞ、みんな」ハーディは機関室の全員に声をはりあげて下知した。機関室員たちは火室の扉を開けて、交代でタール、テレピン油、獣脂、それに硫黄の小さな樽《たる》を炎の中に投げ入れた。ほとんど瞬時にして、蒸気圧力計の針は這い上がりだした。舵輪を握っていたオースチンは、マナサス号が突進するのを感じた。

プレブル号上のある幹部候補生は、肉薄してくるマナサス号を目撃した。彼はフレンチ中佐に注進するために走った。間もなくフレンチは、長い下着姿で甲板に現れた。南軍の衝角艦は、リッチモンド号からわずか二〇メートルたらずまで迫っていた——警告を発する余裕などなかった。

マナサス号の火室に放りこまれた起爆性の燃料によって速度は増したが、艦内の温度も上がった。衝角艦の乗員たちは汗まみれで、暑さのあまり頭がくらくらした。乗員の一人が南軍の愛唱歌ディキシーを歌いはじめた。残る水兵たちは、さっそくそれに倣《なら》った。

マナサス号の艦内は混乱していた。水兵たちは声を限りに歌いつづけ、北軍の艦船は警報を発し、スクリュー・シャフトの振動が甲板を走りぬけ、オースチンの脚の感覚は鈍った。彼は小さな砲門越しにぼんやり頭上に浮かびあがる船殻を見つめた。

彼らとリッチモンド号の間隔が一〇メートルたらずになった時点で、ライリーの撃ちあげた照明弾が上空を指して筋を描いた。

「大砲を撃て」ウォーリーは砲術長に叫んだ。

大砲から放たれた弾丸はジョゼフ・H・トゥーン号の舷側《げんそく》に命中し、反対側から抜け出た。その時、リッチモンド号の船鐘が打ち鳴らされ、戦闘配置につけと命じた。混乱の最中にも、オースチンはなんの躊躇《ちゅうちょ》もなく前進し、針路を断じて逸《そ》らさなかった。舵輪をしっかり握りしめて、マナサス号をトゥーン号の真横に向かわせた。鋳鉄製の衝角は意図通りの働きを発揮した。それはフリゲート艦の厚板を、ナイフで魚の腹を裂くように切り開いた。衝角は喫水船下に位置する、分厚い一対の肋材《ろくざい》の間に食いこんだ。一五センチあまりの裂け目から、水が一気に艦内へ流れこんだ。

幸いにして、それは致命傷ではなかった。

マナサス号上では、オースチンが指先で額に触れた。指を離して灯りに照らして見ると、赤いものが見えた。衝撃で頭を隔壁に打ちつけ、傷が出来たのだ。彼はハンカチで傷口を軽く押さえた。傷の手当ては後でできる——いまはなにがなんでも北軍の艦にもう一度突入すべきだ。

「全速後進」彼はハッチ越しに下のハーディに叫んだ。

マナサス号の機関室では復水器の一つが漏れだし、室内は濃い蒸気に満たされてしまった。ある機関員はひどい火傷《やけど》をして、うめきながら片側に転がっていた。ハーディはマナサス号の側面に配列された砲門の一つから蒸気を逸らした——それは乗船をたくらむ敵勢力を、火傷を負わせる湯と蒸気の奔流で追い払うための仕掛けだった。裂けた復水器のパイプをぼろ切れで包みながら、彼は制御装置を全速後進に叩《たた》きこんだ。

しかしマナサス号は動かなかった。

北軍の将校たちが発砲のために部下の態勢を整えるが早いか、マナサス号が真横から舷側に斉射を浴びせられるのは必至だった。オースチンには、甲鉄板がそうした攻撃に耐えうるとの自信はなかった。彼は舵輪《だりん》を大きく右へ切って、操縦性を確保しようとした。

マナサス号は身を震わせた。スクリューが嚙《か》み合いだしたのだ。

「ここから脱出しろ」ウォーリーはオースチンに怒鳴った。

オースチンは衝角がトゥーン号の船殻に食い込んでいることを、いまも知らずにいた。トゥーン号上では、一人の水兵が黒色火薬を詰めたリボルバーでマナサス号に狙《ねら》いをつけた。彼がまさに引き金を引いてひとしきり撃ちまくろうとした瞬間、煮えくり返った細い一筋の熱湯が彼の顔を襲った。痛みに悲鳴を上げながら、彼は反射的に舷側越しに川へ飛びこんだ。その折に、マナサス号のスクリュー・シャフトの速度は落ちこみ、そのうえ逆転した。四枚羽のブロンズ製のスクリューは泥まじりの水を摑《つか》みはじめた。

トゥーン号の内部深くでは、衝角を堅牢《けんろう》な木製の艦首に固定している鉄のボルトが、サーベルで打ち据えられたブタのようにキーキー悲鳴を上げはじめた。どこかの部位が屈服を強いられることになるが、それが硬材を何層にも組み合わせて出来ている艦首ということはあり得ない。マナサス号は蟹行《かいこう》した。

すると、一連の爆竹が点火されたように、ナットが飛び跳ねだした。

かなりのボルトはまだはずれていなかったが、ナットはトゥーン号の船倉を瞬時に横切り、向かいの隔壁に食いこんだ。不意に、衝角がマナサス号の艦首から抜けた。舵輪を限界一杯まで回してあったので、南軍の衝角船は舵《かじ》に反応するしかなかった。いったん身動きが自由になったマナサス号はトゥーン号に真横から突入した。リッチモンド号とトゥーン号は流れに対して垂直に、上流に投錨《とうびょう》して碇泊中だった。そのために北軍の艦艇は攻撃する際、一定の安全を確保できた——大砲は上流の敵に向けられていた。

マナサス号は錨《いかり》を収納する片側の錨鎖管の下をすり抜けた。

その太い錨鎖は丸みを帯びた木製の甲板に投げ出され、ピンと張っていた。ミシシッピ川の深みでは、トゥーン号の錨が沈没したフランスのスクーナーの船体に引っ掛かっていた。その難船は一世紀近くも沈泥《ちんでい》の中に横たわってきたため、セメントの中に埋められたようにしっかり固着していた。

「ここから脱出しろ」ウォーリーはオースチンに怒鳴った。

オースチンはいまだに、衝角がトゥーン号に食い込んでいることにまったく気づいていなかった。

「後進中です」彼は叫んだ。「またあの艦に突入します」

マナサス号はよろめきながら後退した。艦内はたちまち煙に埋め尽くされた。

「火室の通風が得られない」ハーディは上へ向かって怒鳴った。「それに復水器の一つが吹っ飛ばされた。いまや頼りはエンジン一基だ」

オースチンは損傷の程度を確かめるために、操舵を交替した。

マナサス号がリッチモンド号と交戦を開始するとすぐさま、南軍の艦隊の残る艦艇が一挙に戦闘行動に踏み切った。曳《ひ》き船のワトソンとタスカローラが脇《わき》を猛然と通りすぎた。船尾には炎上中の計五艘《そう》の焼き打ち筏が繋《つな》がれていて、両方の曳き船は標的艦船を探し求めた。その瞬間に、リッチモンド号の砲門が火蓋《ひぶた》を切った。北軍の砲兵たちは闇《やみ》雲《くも》に撃ち出した——砲弾があらゆる角度から雨あられと降り注いだ。

マナサス号は霧をついて少し後退した。操舵にはウォーリーが当たった。それとほとんど同時に彼は、船体の反応が遅いことに気づいた。

「なにか変だ」彼はオースチンに叫んだ。

ちょうどその時、ハーディがエンジン室のハッチからひょいと首を突き出した。彼の顔は煤《すす》に蔽《おお》われていて、両の目はリンゴのように真赤だった。片手に斧《おの》を握っていた。

「甲板を見通せない」ハーディは叫んだ。「煙突はくっ付いたまま曳きずられている」

甲板が滑りやすいのでオースチンに支えてもらいながら、彼ら二人は煙突を叩き切った。それは少しの間浮かんでいたが、やがて沈んで姿を消した。

改めて操舵室に下りてくると、ハーディはウォーリーに話しかけた。

「艦長、われわれは手負いです」ハーディは言った。「衝角は持っていかれ、エンジンは一基になりました。単装砲を除くと、完全に無防備です」

ウォーリーはうなずき、半身不随の艦を上流に向けた。

「また戦う日もこよう」彼はゆっくり言った。

結局のところ、ヘッド・オブ・ザ・パッシズの戦いではほとんど何事も決しなかった。

連邦国海軍は損傷をこうむったが修復したし、封鎖線は突破されなかった。たとえそうであっても、南部連合国艦隊の戦闘ぶりは、ニューオーリンズの市民が切実に必要としていた自信を植えつけた。マナサス号の乗員は英雄として歓迎され、船殻は修復のために造船所へ曳航《えいこう》されていった。商船拿捕船として初めて戦いに参加した同艦は、正式に南部連合国海軍の艦艇に加えられた。機関長のハーディは昇進し、チャールズ・オースチンは正式に先任将校に任命された。

マナサスに必要な修復は四ヶ月に及んだ。いまや同艦の外観は変わった。細い煙突二本に代わって、こんどは太い煙突一本になっていた。


北軍の参謀たちにとって、ミシシッピ川は今回の戦争に勝つための要《かなめ》だった。この川は水運と通商の動脈であり、南部連合国の西部フロンティアを結びつけていた。一八六一年に、エイブラハム・リンカーンはその点を簡潔に要約している。「ミシシッピ川は南部連合国のバックボーンである。あの川は局面全体の鍵《かぎ》を握っている」

最も重要な都市はニューオーリンズである——反逆と社会的不安の温床であると同時に、増大一途の造船業と兵器産業の中心地でもあった。一八六一年までに、総計五ヶ所の造船所と一二のドックが操業中で、南部連合国の造船センターとしてはヴァージニア州のノーフォークについで二位を占めていた。ニューオーリンズには発明家や進取の気概に富む企業家が育っていた。南軍初の一連の潜水艦のテストはポンチャトレーン湖で行われたし、新しく開発された魚雷（水雷）は、同地で設計された。同様に重要な点としては、大勢の綿花取引業者が同市に住んでいる叛徒《はんと》たちに資金を提供していたし、封鎖線突破船は、波止場で彼らの綿花を積みこんでロンドンへ運んでいた。

同市はその防御を、ミシシッピ川の東岸に位置するフォート・セント・フィリップと西岸のフォート・ジャクソンにもっぱら求めていた。この一対の砦《とりで》は、下流一二〇キロほどの、ヘッド・オブ・ザ・パッシズの近くに位置していた。二つのうちではフォート・セント・フィリップのほうが強固だとみなされていた。煉瓦《れんが》と石造りで芝土に覆われており、最初に建てたのはスペイン人たちだった。総計五二門の大砲が、川に向けられている。泥まじりの水の広がりを挟んで向かい合っている西側のフォート・ジャクソンは、南北戦争前に合衆国によって建てられたもので、七五門の大砲を張りめぐらしていた。

この一対の砦に加えて、連邦国海軍に対する第二の障害が設けられていた。二つの砦が挟んでいる川を、犠牲となって沈められた六隻のスクーナーに支えられた頑丈な鎖が横切っており、上流へ挑む北軍の艦艇をからめ取る態勢にあった。

一見したところ、南部連合国は難攻不落の防御を敷いているような印象を与えた。

「シップ・アイランド（訳注　メキシコ湾内にある）だ」デイビッド・ファラガットは静かな口調で言った。

彼は真鍮《しんちゅう》製の小型望遠鏡を縮めると、制服の上着のポケットにしまった。ファラガットは連邦国海軍の数少ない艦隊司令官の一人で、彼の制服はその事実を誇らしげに示していた。肩章《けんしょう》には彼の階級を示す星が飾られていた。配下の大半の将校や水兵とは異なり、ファラガットの制服は念入りに仕立てられ、身体《からだ》にぴったり合っていた。背は高くはなかったが、背筋が伸びた姿勢をして肩が四角なので、実際より大きく見えた。自尊心が彼の日頃の振舞いに滲《し》みこんでいたうえ外へ向かって放射し、彼を取り巻いている者たちを包みこんだ。ファラガットは人を導くこと、決定を下すこと、さらには運命にも、苦もなく対処した。彼の率いる艦隊はヴァージニア州のハンプトンロードを、二月二日に出港した。九日後に、彼らはキーウエストで碇泊《ていはく》し、さらに九日後にはここミシシッピ川沖合のメキシコ湾内にいた。

「艦隊は集結のうえ投錨」ファラガットは副官に命じた。

ファラガットの艦隊がミシシッピ川を遡上《そじょう》する態勢を整えていることは、公然の秘密だった。四月一日に南部側の密偵たちは、砂洲《さす》を渡りきって実際に川に入りこんでいるのは、艦艇のうち二隻《せき》だけだと報告した。ニューオーリンズでは南軍の甲鉄艦ルイジアナとミシシッピ号を完成させるために、日夜兼行で作業が進められていた。

ルイジアナは大きな船で、全長はおよそ八〇メートル、船幅は一九メートルあった。兵装は七インチ施線砲二門、九インチ榴弾砲《りゅうだんほう》三門、八インチ榴弾砲四門、それに三二ポンド砲七門から成っていた。ミシシッピ号もけっしてひけを取らなかった。全長は七八メートルほどで、船幅は一七メートル近くあったし、さまざまな大きさの砲二〇門から成る砲郭を搭載することになっていた。
問題は、この二艦とも最終的な就役にほど遠い点にあった。

フォート・ジャクソンの塁壁の上に立って、デルバート・アントワンは西の空を赤く染める入日を見つめた。その光景にルイジアナっ子の彼は気掛かりなものを感じ、同僚のプレストン・キンブルに胸中を打ち明けた。四月一八日のことである。

「空のあの赤さ」アントワンは話し掛けた。「まるで血のようだ」

キンブルは煉瓦の通路の胸壁から身を乗りだして下の壕《ほり》につばを吐いた。「われわれの大砲がヤンキーを撃沈しなくても」とキンブルは応じた。「壕のワニが連中を食ってくれるさ」

キンブルとアントワンは、南部の独立のため早々に徴兵に応じた。彼らは南軍の初期に属する灰色のウール地の軍服を着ており、それもいまやくたびれた感じだった。アントワンは砦を眺めまわした。五角形をしていて、水面から七・五メートルの高さに達している。周囲の壁は赤煉瓦造りで、厚さは五〇センチあった。

重砲一六門が川を見据えているあたり一帯の塀の煉瓦は、花崗岩《かこうがん》の厚板で補強されていた。砦の内部中央は筋交《すじか》い式の防御を重視した兵舎で、被爆中は五〇〇人の兵員が避難できる。堅牢な建造物を目《ま》の当たりにしながらも、アントワンは安心できなかった。

「あいつらは、われわれに迫りつつある」アントワンは言った。「おれにはそれが感じ取れる」

「水上から吹き飛ばしてやるさ」キンブルは応じた。「池のカモを撃つみたいに」

アントワンはうなずいた。しかし、友人の言葉が強がりでしかないことを、彼は見ぬいていた。もしもキンブルが恐れを抱いていないなら、愚鈍であるに過ぎない――さもなければ頭がおかしいのだ。

フォート・ジャクソンの数キロ下流の、湾曲部を回った川岸に碇泊していたフランクリン・ドッドは、艀《はしけ》を樹木に結んであるロープを点検した。闇夜で、強い風が吹いていた。それでも、夥《おびただ》しいカエルがゲロゲロと鳴きたてており、その騒々しさにドッドはいらだっていた。

「忌々《いまいま》しいカエルどもだ」彼は弾薬運びの少年マーク・ハリットに話し掛けた。

「われわれが発砲を開始したら静まり返りますよ」ハリットは告げた。

数多い臼砲艇《きゆうほうてい》の一つに配属されることを、北軍の水兵たちは喜んでいなかった。彼らの任務は南軍の二つの砦の士気を阻喪させることで、しかる後にファラガット率いる艦隊が川を遡上する運びになる。彼らの任務は簡単だった。臼砲の装填《そうてん》を終えたら、鼓膜を破られないように口を大きく開けて突っ立っている。臼砲が火を噴いたら、また装填して発砲する。何百回も、まったく同じ作業が繰り返される。ミシシッピ川攻防戦が終わるまでに、乗員の大半が聴力を失うことは避けられまい。

四月一九日の早朝、臼砲艇隊は火蓋を切った。嚆矢《こうし》となる一連の砲弾が、フォート・ジャクソンの基部に撃ちこまれた。その後五日間、弾幕砲撃は四六時中行われることになる。初日の正午には、南軍兵士の半分は震えあがっていた。

ハリットは臼砲に発射火薬を装塡した。この二、三日、彼は払いのけようのない圧力を頭に感じていた。あくびをすると、その圧力は少し和らぐが、決して消え去りはしない。腕に手を載せられたのを感じ、ドッドを見つめた。友人の口は動いているのに、ハリットは言葉を聞き取れなかった。黒ずんだ顔の火薬をぼろ切れでいくらかふき取りながら、耳をドッドの口に近づけた。ドッドの息の臭《にお》いは感じ取れたが、爽《さわ》やかではなかった。

「噂《うわさ》だと、ファラガットは今夜、出動するそうだ」ドッドは叫んだ。

ハリットはその言葉に微笑《ほほえ》んだが、不安はぬぐえなかった。この二日間、彼は身体の震えを止められなかった。唯一《ゆいいつ》の気休めは、足の親指の付け根で身体を支えて前後にゆすることだった。それで、彼は身体をゆすりながら待つうちに、臼砲から弾丸が撃ち出された。すると彼は走りよって、また発射火薬を装塡した。

マナサス号上のウォーリー大尉《たいい》は、北軍が進航中であることを見ぬいていた。北軍側はまっさきに、川を遮っている鎖の妨材を破らせるために、艦艇二隻に遡上命令を出す、と彼は読んでいた。困ったことに、マナサス号はまだ上流に留まっていた。この数ヶ月の間に、マナサス号に対するウォーリーの評価は裏づけられていた。この船は動力不足で、兵装は貧弱なうえ、操縦性が劣っていた。たとえそうであっても、敵艦を目撃したなら、ウォーリーは衝角を叩《たた》きこむ気構えでいた。焦眉《しょうび》に迫った戦闘で、援軍は期待できなかった。ルイジアナ号とミシシッピ号は共に、依然として充分に行動できる態勢になかった。両艦そろって、ニューオーリンズから曳航されて川を下り、いまは浮き砲郭の役目を果たすために、二つの砦脇に投錨《とうびょう》していた。

北軍の砲艦ピノーラ号とアイタスカ号は、南軍の鎖防材を吹き飛ばす任務を与えられていた。密《ひそ》かに遡上し、アイタスカ号の一クルーが小さなボートを漕《こ》いで障害に向かい、爆薬を取りつけた。だが爆薬は起爆しなかった。幸いなことに、いっぽうの砲艦がからまって振りほどこうとしているうちに鎖がちぎれ、北軍の艦隊が通りぬけられる大きな穴が開いた。

ミシシッピ川は開けたが、北部海軍は凶暴な火力の試練に直面していた。

四月二三日、マナサス号とその補給整備艦フェニックスは、対の砦の沖合に到着した。依然として雨霰《あめあられ》と降り注ぐ、臼砲艇から撃ち出される弾幕を見事に縫って、ウォーリー大尉は持ち場についた。これまでのところ、フォート・ジャクソンは頑強に持ちこたえていた。硝煙を透かして、絶え間なく飛来する砲弾のために砦の外壁のところどころが痘痕《あばた》状になっているのが見分けられた。小型の望遠鏡で砦を眺めつづけていると、旗竿《はたざお》の一番上にいまも南部連合国の旗が翻《ひるがえ》っているのが目に止まった。

ちょうどその時、フォート・ジャクソンの大砲の一つが反撃した。

四月二三日は、いつしか四月二四日に移行していた。ファラガット提督は何枚もの水路図を丸めると、旗艦ハートフォード号の自分の居室のテーブルを囲んでいる部下たちを見つめた。

「ほかになにか質問は？」ファラガットは訊《き》いた。

部下たちは首を振って、ない旨《むね》を伝えた。

「ではみんな、私の合図は分かったな」とファラガットは確かめた。

将校たちはぞろぞろと部屋を出て、それぞれが指揮する異様に静まり返った艦へ戻って行った。

午前二時ちょっと過ぎに、ハートフォード号のミズンマストの先端に赤い角灯が二つ吊《つ》り下げられた。

その瞬間を境に、後退はあり得ない。

マナサス号はフォート・セント・フィリップとは目と鼻の先の堤防に繋留《けいりゅう》していた。以前にさまざまな問題を引き起こしたので、今では煙突は一本になっていたが、それでも問題は一掃されていなかった。かつて機関長は、復水器が十分に機能しないと報告していた。ウォーリーは今回の会戦前に、その交換を命じておいた。水先案内人はウォーリーが甲板を行きつ戻りつする傍らで、蒸気圧のテストをしていた。

「砲側員たちの準備はいいか？」ウォーリーはリード大尉に大きな声で話しかけた。

「はい、艦長」とリードは答えた。「三〇分前に点検しました、ご指示通り」

「機関兵と機関室の係員たちは？」

「全員、配置についています。コンデンサーの修復は完了――蒸気が上がっています」リードは知らせた。

「蒸気と噴射口は使えるか？」ウォーリーは確かめた。

「乗りこんでくる奴《やつ》らを追い返す必要に迫られたところで」リードが知らせた。「連中がショックに見舞われるのは必至です」

その時、水先案内人が口を挟んだ。

「艦長、ボイラーの蒸気が上がり、スクリューを回転させる力が確保されました」

「では、艦を出してくれ」ウォーリーは伝えた。

臼砲艇の弾幕砲撃は激しさを増した。デルバート・アントワンは薄暗がりを覗《のぞ》きこんで、北部海軍の船影はないか目を凝らした。大気には硝煙や煉瓦《れんが》の粉が立ちこめて重苦しかった。気温は涼しく、霊廟《れいびょう》の中のようだった。

「なにか見えたような気がする」プレストン・キンブルは叫んだ。

キンブルはアントワンから一五メートルほど離れた川寄りにいた。

黒衣に包まれた厄病神《やくびょうがみ》さながらに、ハートフォード号の輪郭が川面《かわも》に浮かび上がってきた。キンブルは胸壁の壁面に寝かせておいたピストルに腕を伸ばし、迫り来る生霊《いきりょう》にミニエ式(円錐《えんすい》形)銃弾を発射した。その効果は、ハエ叩きで鳥を殺そうとするのに等しかったが、キンブルは気にしなかった。

まさにその瞬間、フォート・ジャクソンの水上砲郭が轟音《ごうおん》もろとも火蓋《ひぶた》を切った。

戦闘は午前三時四〇分にはじまった。ウォーリー大尉はマナサス号の天井のハッチを開け、空を見つめた。火を噴く信管の光を煌《きらめ》かせながら、臼砲弾が空中に弧を描いて疾駆していた。砲弾の速度は、弾道の頂点に達すると落ちた。やがて砲弾は、七月四日の独立記念祭の回転花火のように、加速して南軍の二つの砦《とりで》に突入した。それは異様な光景だった。川面低くよどみ、海の波さながらにうねりながら打ち寄せる硝煙のせいで、大気はすでに煙っていた。

マナサス号の機関室では、タスカローラ号から転属してきた機関長のディアリング自ら、業火《ごうか》にも似た火を焚《た》いていた。この南部の衝角船が、自分が生み出せる限りの蒸気をそっくり必要としていることを、ディアリングは弁《わきま》えていた。ボイラーの力を最高に高めたまさにその瞬間に、北軍の一隻の軍艦が暗がりから姿を見せたのだった。

「ヤンキーの船に突進しろ」ウォーリーは水先案内人に怒鳴った。

水先案内人が針路を調整しはじめた際に、全速後進中の南軍の衝角船レゾリュート号が、真横に過《よ》ぎった。マナサス号は相手の操舵室《そうだしつ》のあたりに衝突した。

「後退しろ」ウォーリーは叫んだ。

レゾリュート号ともつれ合っているうちに、件《くだん》の北軍の軍艦は速度を落としてマナサス号の側面にひとしきり砲弾を浴びせてから、遡上《そじょう》を続けた。レゾリュート号を振り払って動きが自由になると、ウォーリーは中流に針路を取れと命じた。北軍の一隻の外輪船を、先刻目撃していたのだ。

見慣れた船の輪郭が、闇《やみ》の中から現われた。

「連邦国の軍艦ミシシッピだ」ウォーリーは叫んだ。

同胞同士が相争っている戦争では、感傷の入りこむ余地などない。連邦国軍艦ミシシッピは、ウォーリーが北部海軍を退役するまで乗っていた最後の艦だった。いまやウォーリーは、その艦を沈めることに全力を傾注していた。

連邦国軍艦ミシシッピの前檣楼《ぜんしょうろう》では、画家のウィリアム・ウォードが接近してくる忌まわしげな船を見つめていた。後に彼は、その船を水に濡《ぬ》れた鉛色の鯨になぞらえた絵を描くが、空中高く煙突がそびえていることで、わずかに船だと見分けることができる。さしあたり、彼は急がねばならなかった。ウォードはジョージ・W・デューイ大佐に叫んだ。後に彼は米西戦争の際、マニラ湾においてスペイン艦隊を撃破して有名をはせる。

「左舷《さげん》船首前方に、珍妙な格好の代物《しろもの》」ウォードは声を張りあげた。

デューイは針路を修正して南軍の軍艦に衝突させようとしたが、外輪船は流れに逆って川上を目指していたし、水先案内人は舵《かじ》を思うように操作できなかった。

デューイは発砲を命じたが、いずれの砲弾もマナサス号の背後へそれてしまった。

「あの船の操舵室に突っ込め」ウォーリーは、水先案内人に叫んだ。

マナサス号は流れを味方にしていたが、暗闇のせいで水先案内人は狙《ねら》いをしっかり定められなかった。

彼らはミシシッピ号の船尾四五度の方向から肉薄した。

「大砲を撃て」北軍の軍艦に突入しながら、ウォーリーは叫んだ。艦首の単装砲は、マナサス号が北軍軍艦に衝角を叩きこむなり火を噴いた。砲弾は引き裂かれた厚板張りの船殻から飛びこみ、艦内のある船室に食いこんだ。連邦国軍艦ミシシッピは自らの火器で攻撃に対応した。デューイは後退して闇の奥へ消えゆくマナサス号を見つめた。

北部海軍が上流へ汽走するのを目《ま》の当たりにして、南軍艦隊を不安と怒りが駆けぬけた。準備期間があと二、三週間あれば、五分に戦うことができたろうに。だが現実には、北部海軍の武力攻勢の前に、彼らの防衛線は言いようもないほど簡単に突破されてしまった。南部連合国の大半の衝角船は、艦長たちによって岸辺に座礁《ざしょう》させられ、乗員たちは沼沢地《しょうたくち》の中へ姿をくらました。巨大なルイジアナ号は建造の未完了と推進力の欠陥のために身動きがならず、川岸に繋留されていた。大砲を発砲しても、砲郭の設計上の不《ふ》手際《てぎわ》で、射角がひどく限定されていた。

北軍の一隻《せき》の艦が真横にきて、ルイジアナ号の船殻に砲弾を浴びせた。マナサス号の状況も代り映えしなかった。ミシシッピ川は煮えくり返る地獄と化した。硝煙がうねりながら川をよぎり、交差する艦艇の砲口に煌く光が炸裂《さくれつ》して照明役となっている。砲弾は鉛の雨となって空中を飛び、炎上する艦艇の炎が破壊の冷酷さをきわだたせていた。大きなオレンジ色の月が昇っていたのだが、息苦しいまでの分厚い煙にかき消されてしまっていた。

エンジンの騒音越しに、北軍の砲手たちの叫び声がウォーリーに聞こえてきた。彼らは実地の発砲訓練を続けていた。だがウォーリーは、断じて屈服しなかった。

「左舷へ」彼は水先案内人に叫んだ。

北軍軍艦ペンサコラ上の先任将校F・A・ポーは突進してくるマナサス号を視認した。衝角攻撃を避けるために針路の修正を命じたうえで、彼は最後のぎりぎりの瞬間まで待って、南部連合国の衝角艦に対して発砲を命じた。砲弾はマナサス号の背後で炸裂した。わずか数センチ右へ寄っていたら、砲郭を突きぬけて操舵室に飛びこんだに違いなかった。

そのころまでに、北軍艦隊の大半は通過してしまっていたので、ウォーリーはマナサス号に下流へ向かえと命じた。彼は下流にある臼砲隊《きゅうほうたい》に攻撃を加えて、南軍の二つの砦を砲火から解放することに専念していた。マナサス号がフォート・セント・フィリップの射程圏内に入っていくと、南部連合国の衝角船を損傷を受けた北軍の艦艇と勘違いして、味方に向かって発砲を開始した。

「ここから脱出しろ！」ウォーリーは水先案内人に叫び、上流へ転舵しろと命じた。

マナサスはまずなにより動力不足だったので、流れに逆らって上へ航走するのは並たいていでなかった。やがてウォーリーは救いを見つけた。北軍の軍艦が一隻、暗がりの中に姿を見せたのだ。ウォーリーはそれがファラガットの旗艦ハートフォードだと目星をつけ、向かっていった。しかし、救済にはありつけそうにはなかった。問題の艦はハートフォード号ではなくブルックリン号だったのだ。標的として不足はなかったが、ウォーリーの望んだ艦ではなかった。ブルックリン号は残っていた防材の鎖にからまり、束縛を振りほどこうと悪戦苦闘中だった。北軍の軍艦はフォート・ジャクソンの砲列の眼下で身動きが取れなくなっており、砲列が射程距離を探り当てつつあるいま、早く自由にならないと火の玉と化すのは避けがたかった。

「樹脂をボイラーに焼《く》べろ」ウォーリーは下の機関室に怒鳴った。

数秒後には、動力が増強された。ウォーリーはブルックリン号に衝角攻撃を加えろ、と水先案内人に命じた。北部海軍が戦闘開始前に、船殻を鉄鎖で装甲することを命じなかったならば、マナサス号の衝角の一撃で沈んだはずだ。実際には、衝撃は躱《かわ》され、損傷は最小限度に止《とど》められた。ウォーリーは水先案内人に後退を命じた。

激闘は数時間にわたってくりひろげられた。東の空が明るみはじめた。

ウォーリーは南部連合国の軍艦マクレイが、北軍の艦艇数隻を相手に一方的な戦いに巻きこまれているのに気づいた。マナサス号は援護にはせ参じ、北軍の艦艇を上流まで追っていった。乗員たちは何時間もの戦闘で疲れきっていた。マナサス号は夥《おびただ》しい数の砲弾を至近距離から浴びせられていた。負傷者は多かった。だがウォーリーは、依然として意気さかんだった。彼は水先案内人に、クォランティン岬周辺まで川を遡《さかのぼ》れと命じた。そのあたりに、ファラガットの艦隊の大半が待機していたのだ。

「蒸気が漏れている」ハーディが上の操舵室に向かって声をはりあげた。

「船足を保つのはとうてい無理だ」水先案内人は前方の小さな砲塔から近づいてくる北軍の艦艇を見据えながら、ウォーリーに叫んだ。

彼は無言のまま、しばらく立ちつくしていた。彼らはよく戦ったが、いまや彼の率いる艦は機能を失いつつあった。艦は死に瀕《ひん》しており、その事実を直視することを彼は強いられていた。砲塔甲板上の負傷兵の低い泣き声が、ウォーリーの耳に達した。接近してくる敵勢力と向かい合っていながら、彼には戦う兵力が備わっていなかった。

「川岸に乗り上げさせろ」彼は静かに命じた。

水先案内人は土手の方へ舵を切った。

「兵員に上陸の用意をさせろ」ウォーリーは叫んだ。

マナサス号は座礁し、乗員は退去した。土手を登り切ったウォーリーが見つめていると、ミシシッピ号が真横に現われ、搭載した砲列の総力をあげて放棄された衝角船に砲弾を集中した。昇る朝日の光を受けて、空は灰色がかった薄明かりに染められた。ウォーリーは自分の艦が砲弾に叩《たた》かれるのを見守った。

不意に、ミシシッピ号から放たれた砲弾がマナサス号の船尾の喫水線直下で炸裂し、その下部船倉はたちまち水に埋められた。水の重みで、マナサス号の船首は軽くなった。すると、流れに引きずられ、漂いながら川岸から離れた。

マナサス号はいまや幽霊船となって、ウォーリーやその配下の乗員から数十メートル下流を漂っていた。ミシシッピ号の砲手たちは、砲弾を込めなおして発砲した。砲弾は金属音を放って川面をよぎり、マナサス号の船殻を形成している厚板を分断した。

マナサス号が下流へ漂い流れている際にも、マクレイ号のリード大佐は同艦を護《まも》るために、最後の行動を起こしていた。彼は小さなボートで漕《こ》ぎ寄せると、マナサス号に乗り移ったが、ウォーリーとその部下が斧《おの》で蒸気パイプを切断したあとだった。同艦は使いものにならなくなってしまっていた。リードはやむなく船を放棄してマクレイ号へ戻った。

臼砲艇の指揮官で、後に著名な提督になるデイビッド・ポーターは川を下ってくるマナサス号を視認し、臼砲艇隊の破壊を意図しているのかと思ったが、マナサス号がほかの艦艇に被害を及ぼす恐れがまったくないことをたちどころに見破った。

「あの艦は砲郭からいくらか煙を吐きはじめていた」と彼は報告している。「それで、炎上中で沈みかけていることが分かった。パイプはみんな被弾して曲がったり蜂《はち》の巣になっていたし、船殻もかなり切り刻まれていた。同艦が遡上中のわがほうの小艦隊に痛めつけられたのは明らかだった。私は好奇心から、錨鎖《びょうさ》を同艦の船殻にからめて土手に固定して救おうと思ったのだが、その最中に艦はかなり激しい爆発を起こした。単装砲は吹き飛び、船首の砲門から巨大な獣のように炎が吐き出され、あの艦は水中に潜りこんで姿を消した」

マナサス号の生涯は短かったが、装甲艦の先駆を務めた。実戦に参加した初めての甲鉄艦マナサス号の後に、ほどなくモニターおよびメリマック／ヴァージニア号が続いた。マナサス号の登場によって海戦の様相は一変したのである。

2

これほど安上がりなことはない
一九八一、一九九六

失敗に終わった一九八一年のハンリー号探査から数週間後、私は机に向かって坐《すわ》り、NUMAチームの写真を見つめていた。われわれは自宅に引き揚げる前に、いつも全員で写すのだ。私は写真を仔細《しさい》に眺めた。こんなに大勢の献身的でよく働く仲間の顔を見ていると、胸の熱くなる思い出が甦《よみがえ》ってくる。やがてなぜとはなしに、私を見つめ返している彼らの数をかぞえた。私を除いて一七人いた。一七人！　この連中はみんな、水中一〇メートルたらずに横たわっている難船を探し出すことに批判的だったのだろうか、と私は訝《いぶか》りはじめた。三人でも、まったく同じ程度の結果だっただろうと私には思えた。

これは単純な事実である――このことは何度も繰り返してわが国の政府によって裏づけられてもいるが――人が多すぎるとたがいの邪魔になる場合があるのだ。官僚主義が官僚主義を育むのだ。大掛かりな遠征隊は、支援隊員に食事を与えて収容する施設を必要とする。朝食が終わると、隊員が多ければ、彼らとその計器類を送り迎えするレンタカーが少なくとも四台必要になる。それに、暗くなってから気晴らしに町へ出かける遠征隊の若手たちの輸送手段としての重要性も忘れてはならない。

ますます、規模は小さいほうがいいように思えてきた。

私はその思いに熱くなり、デイビッド・ファラガット提督が南軍の二つの砦脇《とりでわき》を遡上《そじょう》し最終的にはニューオーリンズを攻略した一八六一年の戦いの際に沈んだ艦艇を探しに行く、次回のミシシッピ川遠征の計画を練った。

今度、NUMAの代表は私たち二人だけになるはずだ。

NUMAの忠実なる柱石たる古馴染《ふるなじ》みのウォルター・ショウブは都合をやりくりして、遠征に参加してくれた。私たちが持って行ったのは、鉄分を含む金属を探知するためのショーンステッド傾度測定器とゴルフ用の距離測定器だけだった。ウォルトはデンバー空港で私と落ち合ったのだが、カリフォルニアのパームデールの自宅から飛んできた彼はひどく驚いた。私はギプスにくるまれた右足の踝《くるぶし》を側面から突き出して、小型のシャトルでゲートまで乗りつけたのだ。

彼に会う二日前、我が家の裏手の森を通っている道でジョギングしていてつまずき、踝をひねってしまったのだ。ボキッという音がはっきり聞こえた以上、骨が折れたことにまず疑いはない。足を引きずりながら道伝いに家へ行くと、妻は食糧品を買いに出掛けて留守だった。しかたなく、左足でブレーキとアクセルを使い分けながら、私は自分で車を運転して病院に向かった。

二〇年後に診断した整形外科医の言によると、その踝は骨がきっちり嚙《か》み合っていないし、ねじ釘《くぎ》で固定すべきだったし、二一世紀の同業者なら剝離《はくり》した骨をしっかり接合させるためになんらかの方法を取るそうだ。年をとるにつれて、患部は関節炎を起こしてしまった。私からのご忠告。なにをなさるのも結構だが、老《ふ》け込まないこと。

航空会社は私が足を伸ばせるように、隔壁に面した最前列の席を用意してくれた。信じられないことに、踝を折ったご同輩が通路の向かい側に陣取っていた。妙なことに、惨《みじ》めさは友を呼ぶ。彼の骨折は私のよりひどく、ギプスはほとんど膝《ひざ》まで達していた。私のほうは脹脛《ふくらはぎ》の半ばまでだった。

私はこの空の旅をいつも思い出す。それというのも、ウォルトが手持ちのバッグを足《あし》許《もと》の隔壁にもたせかけておいたためなのだ。さて、みなさんに覚えておいていただこう
――ウォルトはつむじ曲がりのユーモリストなのだ。問題の客室乗務員がやってきて、

バッグを座席の下か頭上の棚に移動してくれと彼に求めた。「いや、お構いなく、このままで結構ですので」

その客室乗務員は赤毛で射ぬくような黒目の、かなり魅力的な女性だったのだが、そのヒップは通路を歩く際に左右の座席に触れるほどだった。「申し訳ありませんが、FAA（連邦航空局）の規則でして。バッグはおしまいください」

ウォルトは悪意のない表情で見つめ返した。「FAAの規定に、私の足許の隔壁に寄せてあるバッグを収納する必要性に関する条項などありませんよ」

「片づけていただきます、お客さま、さもないとこの機は離陸できません」彼女は砕いた氷を一杯詰めたような声で告げた。

「お言葉に従いましょう」ウォルトは応じた。「その規定を引用していただければ。何条の何項かもどうぞ」

つけ加えておくべきだろうが、ウォルトは航空機事故調査官なのだ。FAAの規則に通じている者がいるとすれば、それはまさに彼だった。

いよいよいらだって、客室乗務員は答えた。「そんなことをおっしゃるのなら、機長に来てもらうしかないわ」

その女性は、拒否の返答を受け入れるつもりは毛頭なかった。

ウォルトは品よく微笑《ほほえ》んだ。「機長に会えるとは、うれしい限りです。離陸する前に、彼の経歴と飛行時間を知りたかったので」

私はお伝えしたろうか、ウォルトが退役空軍大佐で、戦闘機のパイロットとして数千時間の飛行経験を持っていることを？

彼女はものものしい勢いで操縦室へ向かい、ひどく不機嫌なパイロットを伴って戻ってきた。彼は離陸したくてじりじりしていたのだ。その間に、ウォルトはバッグをしまいこみ、ある航空機事故に関する調査報告書のコピーを読んでいた。

「こちらで、なにか問題でもおありなんですか？」灰色の髪をした人のよさそうな、制服姿の年配の男が訊《き》いた。

私はお気に入りのとぼけた表情で見上げた。「問題？」

「客室乗務員が言うには、あなたがバッグを片づけてくれないと」

「私は片づけましたよ」

「あなたじゃない、彼よ！」しびれをきらして、客室乗務員はマニキュアをした指でウォルトを指さしながら叩《たた》きつけるように言った。

読み物から目を上げぬまま、ウォルトは落ち着き払って知らせた。「あれなら片づけましたよ」

私の言った通り……つむじまがりなのだ。しかし、誰でもウォルトが好きになってしまう。彼を興奮させるなんてとても無理だ。いきり立っている彼に、私はお目に掛かったことがない。いつも絶やさぬ笑顔と、アンディ・ディヴァイン（訳注　アメリカの映画俳優。〝駅馬車〟などで有名）なみの甲高い声で、彼はみんなを虜《とりこ》にしてしまう――ほとんどの場合は。

ニューオーリンズ空港に到着すると、いまはもうそのモデルはなくなってしまったのだが、私たちはある大型のステーションワゴンを一台借りだし、九〇キロ川下のルイジアナ州ヴェニスへ行った。そこはデルタ地帯の真中にある、道の終点にある最後の町だ。そこからさらにボートで三三キロほどでメキシコ湾に出る。

ヴェニスにはさして見るものが無い……釣師、ボート業者、部品店、全長三キロあまりの桟橋。広大な駐車区画が、何エーカー分ものピックアップトラックで埋め尽くされているので、私たちは首をひねった。答えは、一機のベル・ロング・レンジャーヘリコプターが進入してきて、ホバリングの後で着陸したことでもたらされた。機体にはペトロリアム・ヘリコプターという社名入りの紋章がついていた。沖合で石油を掘削する作業員のちょっとした一団が、地上に吐き出された。受け持ちの作業時間に合わせて移送してもらう際に、彼らはトラックを乗り捨てて行くのだ。

私たちはあるモーテルにチェックインした。当時は、そこが唯一《ゆいいつ》のモーテルだった。モーテルの傷《いた》み具合から判断するに、油田の労働者たちは、かなりエキサイティングなパーティを重ねたに違いなかった。テレビの上の壁面にねじ釘で留められたアクリル樹脂の掲示を思い出すたびに、私はいつも愉快になった。

室内でのバッテリー充電やズック地のズボンの洗濯はお断りします。

私の節約遠征隊はいいスタートを切った。

ブーラスという町にあるトムの店という名のまことに結構なレストランのお蔭《かげ》で、私たちは倹約の美徳を発揮できた。トムの店の売り物はメキシコ湾産の牡蠣で、殻を剝《む》くとレストランの外に積み上げる。あの当時、蠣殻《かきがら》の山はレストランのとんがり屋根とほぼ同じ高さにまで達していた。私はいまでも、彼のママがこしらえたチリビネガー・ソースを楽しく思い出す。あれほど牡蠣の味を引き立てたソースは絶無だ。私は感激のあまり、『大統領誘拐の謎《なぞ》を追え』のダーク・ピットがデルタ地帯で悪人たちを追いまわす場面で、トムの店に彼を立ち寄らせて食事をさせている。

私たちは全長四・五メートルのアルミのスキフを、ジョンという地元のケージャンの漁師から借りた。彼は川のそばの移動住宅に、奥さんと大勢の子供たちと暮らしていた。最初の日には、ジョンはウォルトと私をすこぶる疑って掛かり、探索の間一言も口を利《き》かなかった。だが実に親切で、ローンチェアを用意してくれたので、私は傾度測定器の記録装置を膝にかかえ、ギプスにくるまれた踝を舷側《げんそく》に載せて、まるで衛角さながらに船首から突き出すことができた。

二日目になると、ジョンは少し気を許した。三日目になるころには、彼はその人柄の扉をすっかり開け放って、ケージャンのジョークやさまざまな物語をつぎつぎに聞かせて私たちを楽しませてくれた。思い出せたらどんなにいいだろう。けっこう陽気なものもあったのだ。

船尾から傾度測定器をひきずってミシシッピ川を上下に走りながら、わたしは測定器の目盛の針を見つめ、なにか鉄分の反応はないか録音機に耳を澄ました。ジョンがスキフの船尾で舵《かじ》を取り、中央部に坐りこんだウォルトが距離測定器を目に当てて川岸を観察し、おおまかながら直線状の航走を続けさせるうちに岸辺に接近したので、彼は目つきでジョンを誘導できるようになった。

遠征の初日、私たちはマナサス号に的を絞った。南北戦争当時のミシシッピ川に関する何枚かの水路図を定石通り現代の水路図と縮尺を合わせてみたところ、東岸と西岸の土手はこの一二〇年あまりの間、あまり変化していないことが明らかになった。フォート・セント・フィリップ前方に延びる東堤防の湾曲部だけが、四五メートルほどにわたって埋めたてられていた。マナサス号が西側の土手近くで沈んだことはきわめて確度が高い。なぜなら、放棄された炎上中の甲鉄艦は、臼砲艇隊《きゅうほうていたい》の脇を漂いながら通りすぎて強い注目を浴びたばかりでなく、ポーター提督が錨鎖《びょうさ》をからげて、同艦を好奇心の対象として救出しようとしたとも報告されているからである。残念ながら、まさにその瞬間に、内部で炸裂《さくれつ》が起こり、マナサス号は川の中に沈んでしまったのだった。ウォルト、ジョン、それに私は探索を東側の土手からはじめて、川を過《よ》ぎって西へ向かい、ヴェニスからフォート・ジャクソンのすぐ下に至ることにした。私は探索座標を拡大したが、それはマナサス号を見逃す危険をいっさい冒さないためだった。前にも触れたように、古い同時代の報告は、必ずしも絶対的な真理ではないことを私はすでに心得ていた。

のろのろと時間が過ぎ行き、私たちはニューオーリンズに往き来する外洋大型貨物船を躱《かわ》しながら、徐々に西岸に近づいていった。川のこの一帯には、難船がまったく沈んでいない。ときおり得られる一ないし二ガンマ以上の反応はなく、スティールドラムないしは錨《いかり》より大きなものの上は通過していないことを示唆《しさ》していた。土手べりの西岸に沿って走る岩の突堤すれすれに最後の航走をしている私たちは、かなり意気消沈していた。

出し抜けに、最後の格子の半ばに当たるブースヴィル－ヴェニス高校のおよそ四〇〇メートル上流で録音機が甲高い音を立て、目盛の針が振り切れてしまった。私たちは巨大な異物の上を過ぎったのだ。反応は川の中ではなく土手沿いで、一部は土手の下に掛かっていた。ふだんは水中三〇センチほどにあるのだが、一年のこの時期は川の水位が低いので、岩の突堤と土手の間が干上がっていた。そこでウォルトがボートから飛び下り、突堤のつけ根沿いに傾度測定器を携えて歩くと、私が携えている録音機に反応が現れ続けた。

むろん、これがマナサス号だと確言は出来ない。あの艦の沈没地点と記されているおよその区域内における大きな物標はこれ一つだけだという事実が、私たちの拠《よ》り所の総《すべ》てである。私はその地点を水路図に印し、反対側の土手の上の目印になる建物を書きとめると探査を切り上げた。

翌日の朝、私たちは川を横切って、フォート・セント・フィリップのすぐ沖の水域で南部連合国の甲鉄艦ルイジアナの探索を始めた。同艦は巨大な船で、南軍が建造した最大の船の一つだった。全長はほぼ八〇メートルで、船幅はおよそ一九メートルある。ニューオーリンズ攻防戦までに建造は完了せず、同市から曳航《えいこう》されて川を下り、フォート・セント・フィリップの少し上の土手に浮き砲台として繋留《けいりゅう》された。同艦のエンジンが作動したなら、戦いは異なる様相を示した可能性が多分にある。だがこの艦は、北軍艦隊が集中砲火を突破してニューオーリンズを攻略するのを防ぐためには、ほとんどなんの働きもしなかった。

戦いの後、南軍は同艦に火をつけた。繋留索が焼け落ち、この艦は少しばかり下流へ漂い下り、砦《とりで》の向かい側で強烈な爆発を起こして船殻は分断された。私たちは探索の最初の一時間内に、大きな異物の反応を得た。大いばりするほどの成果ではない。というのも、爆発する甲鉄艦の写生図を事前に研究してあったからにほかならない。それは〝ハーパーズウィークリー〟誌に寄せた南北戦争のスケッチで名高い画家アルフレッド・ウォードが描いた光景で、砲郭の上部から煙がもくもくと吐き出されている。そのスケッチはあの艦を、フォート・セント・フィリップの真向かいに置いている。同艦は川からそれた沼沢地《しょうたくち》にあるフォート・セント・フィリップの向かい側の、現在の汀線《みぎわ》よりずっと深い個所に横たわっている。船殻が大きいために、当初沈んだ湾曲部には沈泥《ちんでい》が溜《た》まっている。ニューオーリンズにオフィスを持つ考古学者クリス・グッドウィンは、その地点上で徹底した探査を行ったし、難船に達する試料採取《コアダウン》を実際にしたものと私は信じている。

三日目に、私たちは戦いで沈んだほかのボート二隻《せき》をミシシッピ川で探索した。南部連合国の砲艦ガバナー・ムーアと北軍の砲艦ヴァルーナで――ヴァルーナ（水の神）号はその名にふさわしくガバナー・ムーア号によって沈められた。ムーア号はヴァルーナ号に衝角を叩きこんだうえで、自らの船首を射抜いて発砲する武勲を立てた。なぜなら、砲郭から発砲すると、前面の大砲の砲弾が北軍の艦の上方に逸《そ》れて飛び去ってしまう恐れが多分にあったのだ。両艦は相互に一〇〇メートルと離れない地点に座礁《ざしょう》した。

私たちはヴァルーナ号が沈没を避けて座礁したとおぼしい東側の土手の南で大きな物

標を得たし、流れを遡《さかのぼ》っているうちにガバナー・ムーア号を見つけた。この艦の確認は簡単だった。ボイラーの上部を含む艦の一部が、土手沿いの水中から突き出ていたからである。地元の男の子たちは、このボイラーからしばしばダイビングをしている。ウォルトと私は、できることは全部達成した。ジョンに別れを告げると、私たちは豪華な宿泊施設をしぶしぶ後にしてバトンルージュへ向かい、南部連合国の甲鉄艦アーカンソーの最後の休息場所を発見した。

私が物標の位置を、本物のプロの考古学者ならたぶんするように、トランシットで確認していないのをお許しいただきたい。しかしながら、難船の場所を近くにある陸標とともに水路図に印《しる》すことによって、私たちは足跡をたどる人たちが物標を難なく再度突き止めるのを可能にしたのである。

遠征の全費用は？

三六七八ドル四〇セント。

さあ、これに太刀打ちできるだろうか？

ただし、マナサス号にまつわるお話は、これで終わるわけではない。

私が一連の記録を陸軍工兵隊の主任考古学者に引き渡すと、彼は沈没地点を磁力計で究明する契約をテキサス農工大学と結んだ。翌年、私は妻のバーバラと現地へ戻り、ウォルトと私が磁気反応をしたすこぶる大きい異物を発見した場所を正確に指摘した。調査は大学のアーヴァン・ギャリソンとジェームズ・ベーカーが行った。

探査は磁力計、サイドスキャンソナー、それに海底下プロファイラーで行われた。その結果、まぎれもなく、きわめて強烈な反応を示す異物が沈泥の上に形成された大きな浅堆《せんたい》一面に存在することが確定された。磁力計の反応は八〇〇〇＋ガンマで、海底下反射がマナサス号と同じ大きさのその物体が、同時代のいくつかの報告が甲鉄艦の位置と断定している浅堆に埋もれていることを示唆していた。彼らは同時に、沈没場所の真向かいで深さ五・五メートルほどの水中に、鋼鉄製の浚渫《しゅんせつ》用パイプを大量に見つけた。これには驚いた。ウォルトと私は川岸から離れた地点で、鉄分の反応をまったく捉《とら》えていなかったからである。

万事順調に運び、やがてギャリソンとベーカーは報告書を工兵隊の主任考古学者に提出した。すると彼はえらい剣幕で怒り、騒ぎを起こした。報告書はまるで要領を得ず、なにも証明していないと主張したのである。彼は報告書を否定するかのように、受け取るのをかたくなに拒んだ。

農工大学の優秀な方たちは唖然《あぜん》となった。彼ら二人は遠隔検出ではわが国の代表的な専門家なのである。私は報告書を丹念に読んだが、これまでに目を通したなかではもっとも簡潔にして細大漏らさぬものだと思った。私もギャリソンやベーカーと同じように解《げ》せなかった。

工兵隊の件《くだん》の考古学者は、地元の海洋考古学者を起用して、問題の地点を再探査させた。調査後、彼はテレビに登場して、磁力計に反応した異物はマナサス号ではなく古いパイプの山で、一九二〇年代に捨てられたものだ、と敗北者の無念さをぼやいた。

その釈明には、誰一人まったく納得できなかった。私たちの物標は実質的には土手の下にあるのであって、深さ五・五メートル、土手から約一〇メートル先にあるわけではない。パイプだったとしても、どこから運ばれてきたものなのか？　陸軍工兵隊が農工大学の磁力反応探査報告を拒絶したことに、私は釈然としなかった。その謎はずっと後に、はじめて解決を見ることになる。

一五年後に、私はマナサス号の沈没地点へ戻った。ラルフ・ウィルバンクス、ウェス・ホール、クレイグ・ダーゴ、ダーク・カッスラー、それに私は、テキサス共和国海軍の軍艦インビンシブルを発見するために遠征した直後だったが、さして成果は挙げていなかった。ラルフの持ち船ダイバーシティ号には暇をやり、私たちはガルベストン沖合のある地点で浚渫を行い、難船を確認したが、人工遺物がまったく見つからなかったために、それ以上なんの特定も出来なかった。テキサスから、私たちはラルフの船を曳《ひ》いてミシシッピ川のデルタ地帯へ向かった。

磁力計探査の技術は改善されていたし、ラルフとウェスはウォルトや私よりはるかにプロだから、そろそろ戻ってマナサス号の沈没地点を再度調べあげる時期だ、と私は考えていた。

私たちはダイバーシティ号をヴェニスのボートランプに下ろすと、最先端を行くラルフの磁力計でミシシッピ川の西側の川岸をのんびり調べ上げた。ラルフが操船をし、ウェスは磁力計を担当した。一五年前とまったく同じで、記録計の針は一定不変の線を描いており、その一帯に難船がないことを伝えていた。

私は注意深く汀線を観察し、川の向こうの、さまざまな陸標や沈没地点からさほど遠くない一本の大きなオークの頂をじっと注視していた。夥《おびただ》しい大きな岩石が、陸軍工兵隊によって川岸に敷設《ふせつ》されていることにも気づいた。

私が物標区域に入るぞと仲間に知らせようとすると、それよりさきにウェスが喘《あえ》ぎ声をもらした。磁力計がヒステリックな反応を示したのだ。

「示度はいくつだ?」ラルフは振りかえって訊《き》いた。

「一万一〇〇〇ガンマ」ウェスはつぶやくように言った。そんな大きな示度にお目に掛かるのはめったにない事だった。

「パイプとマナサス号の間を通過したのだ」私は説明した。

ラルフはフォート・ジャクソンの直前まで航走し終えると向きを変えて、川岸沿いに船を走らせてさらに探査を行った。今回は土手の付け根に即しており、記録装置は沈下しているパイプから遠ざかっているので、示度は低かった。

「なにやら大きなものが、土手の下にある角度を成して延びている」ウェスが磁力計の記録装置を点検しながら知らせた。

波が高すぎるし、川岸と土手との間が水に蔽《おお》われていたので上陸はできなかった。ヴェニスへ引きかえすと、私たちはダイバーシティ号を水中へ引っ張り出し、マナサス号の沈没地点まで走らせた。現場へたどりつくと、私たちは磁力計を携えて上下した。依然として反応はあったが、前回ほど強烈なものではなかった。

夕食後、われわれのうち何人かがヴェニスのボートマリーナのバーに坐《すわ》りこんでいると、一人の年配の男性が入ってきて、一杯おごると声をかけてきた。彼は数年前に陸軍工兵隊を退役し、ヴェニスのすぐ外れに暮らしているということだった。

「君たちなのか、あの昔の南軍の甲鉄艦を探しているのは？」と彼は訊いた。

「われわれです」私は答えた。

「ほかの連中があの船を探していたのを覚えている、ずいぶん以前のことになるが」

「私です、一五年ほど前に」

「まんまと工兵隊の報告書に嵌《は》められたんじゃないのか？」

私は相手を見つめた。「嵌められた？」

「そうとも、君がマナサス号を発見した後で、主任考古学者とそのボスから、大量の浚渫用パイプをその上に放りこめという命令が下った。まったく、あのテキサスの連中がパイプをものともせず、土手の下の沈船に注目したときには、彼は慌《あわ》てふためいたものさ」

「例のパイプは、私たちが難船を見つけた後に捨てられたのですか？」私は当惑して訊《たず》ねた。

「そういうことだ」

「だが、なぜ？」

「工兵隊は前々から、西側の土手を補強する大きな計画を立てていた。もしも州の考古学委員会が土手の下に古い難船があることをかぎつけたりしたら、彼らはそこを史跡に指定して、工兵隊がその上に岩石を投げこむのを禁止する恐れがある。そこで、あのテキサス農工大学の調査報告は拒否され、難船はなくて大量の浚渫パイプがあるのみ、と報告する別の探査隊と契約が結ばれたんだ」

私はヘルニアの手術後に麻酔から覚めた男のような気分を味わった。なぜ第一級の遠隔検出探査の報告が即座に拒絶されたのか、どうにも納得が行かなかった。当時は妙な話だと思った。いまや、理由が飲みこめた。

その年配の男性と私は夜遅くまで話し合った。〝年配の男性〟などと言うべきでない。私たちの年齢はほぼ同じぐらいなはずだった。あれほど満ち足りた宵は、ほかに思い当たらない。

目下のところ、ジョン・ハンリーと関心を寄せているルイジアナのある市民グループが沈没地点で試験的な掘削を行い、マナサス号が間違いなくそこに存在することを確かめる計画を進めている。間違いないとなれば、その移動と修復は南部連合国の潜水艦ハンリーのそれの隣で行われる予定である。あの艦はアメリカで最初に建造された甲鉄艦であるばかりでなく、戦闘に参加した最初の甲鉄艦でもある。モニター号とメリマック号の対決が行われたのは、その五ヶ月後のことである。

過去数年、件の主任考古学者とわたしはクリスマスカードを交換してきた。私は最後に送ったカードの裏面に、〝ペテン師め〟と書き記した。その上で手短に、工兵隊の退役工員から聞いた話を書き加えた。

二度と彼から便りはない。

第四章　連邦国艦船ミシシッピ

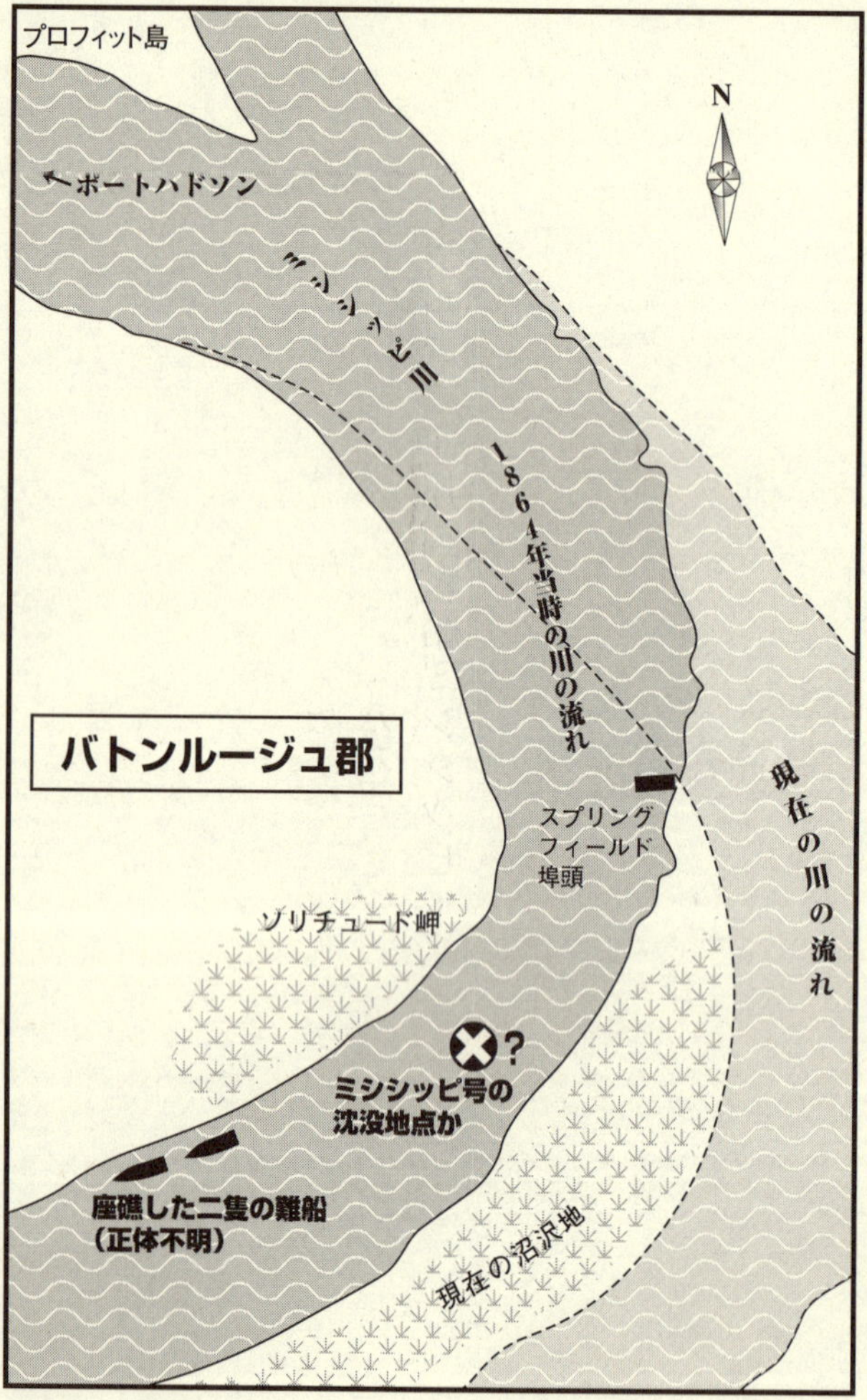
プロフィット島
←ポートハドソン
N
ミシシッピ川
1864年当時の川の流れ
バトンルージュ郡
スプリング
フィールド
埠頭
現在の川の流れ
ソリチュード岬
?
ミシシッピ号の
沈没地点か
座礁した二隻の難船
（正体不明）
現在の沼沢地

1

壮絶な最期《さいご》
一八六三

　ミシシッピ川を見下ろすポートハドソンの高台に陣取る南部連合国の砲台は、連邦国艦隊の終日にわたる砲撃に辛うじて耐えていた。そして迎えた一八六三年三月一四日の夜は、奇妙に静まり返っていた。ルイジアナ州の州都バトンルージュの三二キロほど上流の、ミシシッピ川が鋭く西へ折れている突端の高さ二五メートル近い絶壁の上に、川船用の小さな揚陸場が置かれてあった。狭い川辺が絶壁に沿って延びていて、ヤナギやハコヤナギの藪《やぶ》が大砲二門の砲台を覆《おお》い隠していた。

　フランクリン・ガードナー少将は夜の闇《やみ》を透かして、急流に照り映えている星々を見つめた。生まれついてのニューヨークっ子の彼は、メキシコ戦争（訳注　一八四六～四八年）に参戦し、開拓前線でインディアンたちと戦った。彼が南部連合軍の軍役についたのは、ルイジアナ州知事の娘だった妻に対する愛と、バトンルージュに長年住んでいるうちに育《はぐく》まれた友人や隣人への愛着ゆえだった。

ポートハドソンは戦略的にきわめて重要だった。南部連合国は断崖《だんがい》絶壁を要塞《ようさい》と化し、陸地側に土塁を設けて、ミシシッピ川ばかりではなくレッドリバーの制圧をも狙《ねら》った。レッドリバーを押さえている限り、補充品や兵員をメキシコ経由でテキサスから南部連合国に搬入できる。ガードナーは、いかなる犠牲を払おうと北軍のナサニエル・バンクス将軍率いる軍隊の攻撃に持ちこたえよと命じた。彼は四八日間、抵抗しつづけたが、七月の第一週に降伏した。

四十代前半のガードナーは中背でほっそりしており、髪は薄く赤味がかっていた。双眼鏡で闇の奥を覗《のぞ》いていたが、間もなく目から下ろした。「ファラガットが夜明け前に攻めてくるような気がする」

K中隊のウィルフレッド・プラット中尉《ちゅうい》はすぐそばにある大砲の指揮官で、その砲口は川の真中に向けられており、同意の印にうなずいた。「卑劣なヤンキーたちが、まだ暗い深夜に敢行したところで、通過させたりするものですか」

「きっとすごい戦いになるぞ」ガードナーはつぶやいた。一八を数える砲門は台座に取りつけられて掩蔽《えんぺい》されており、いつでも発砲できる態勢にあるので満足げだった。

　彼と彼が率いる七〇〇の将兵はほどなく、一八〇キロほど上流のヴィクスバーグの同僚たちと同様、北部陸軍に包囲攻撃される運命にあった。どちらの地点も、南部連合国にとってはきわめて重要だった。南軍がミシシッピ川上流のそれぞれの地点を支配している限り、北軍の砲艦や輸送船が突破する危険を冒すなら、多大な艦艇と兵員の犠牲を伴うのは必至だった。

　ガードナーはまた双眼鏡を持ち上げた。「何時になる？」

　プラット中尉は胸ポケットから金鎖を引っぱって時計を取り出してマッチをすると、文字盤を見つめた。「一一時三一分前です、司令官」

　その言葉が発せられるか発せられないうちに、二発の赤いロケット弾が夜空に舞いあがり、静寂《しじま》を引き裂いて爆裂しながら川の上空を飛び去った。ガードナー配下の通信隊大尉ホイット・ヤングブラッドが、自分の持ち場のわきを通過するファラガットの旗艦ハートフォードのマストヘッドに赤色灯を認めるなり、ロケット弾を撃てと命じたのだった。南軍は騙《だま》されも驚きもしなかった。巨砲一八門は轟音《ごうおん》と閃光《せんこう》を放ち、耳を聾《ろう》する霹靂《へきれき》は強まる一方で止《や》むときを知らぬげであった。

　ガードナーとプラットは催眠術にでもかかったように、北軍の艦隊が黒い船殻を黒い川に紛らせて、じりじりと遡上《そじょう》してくるのを見つめた。修羅場が一挙にくりひろげられた。北軍艦隊の総計一一二門の大砲と、甲鉄艦エセックスの大砲、さらには東岸に繋留《けいりゅう》している臼砲艇隊《きゅうほうていたい》が反撃に転じたのだ。一三インチ臼砲弾が導火線から火を噴きながら大きな彗星《すいせい》さながらに舞いあがり、南部連合国の砦内《とりで》に降下した。大空は巨大な打ち上げ花火の会場と化した。大地は地震に見舞われたように揺さぶられて震えた。砲口から眩《まばゆ》い閃光がほとばしり、砲側員が新たに装薬を詰め、煙を吐き出している砲身に装弾する一瞬、闇が辺りを彩《いろど》る。

たちまち、硝煙はすっかり濃くなり、両軍の砲側員たちは敵側の閃光頼みで、やっと自分の大砲を見極められた。南軍の射撃壕《ごう》に陣取っている狙撃兵《そげきへい》たちが、乗員を撃ち倒そうと艦艇に発射して、大混戦の喧騒《けんそう》をさらに煽《あお》った。

「あの湾曲部を回りきるのは容易じゃない」ハートフォード号上のファラガットの水先案内人は言った。ジョージ・オールダーはフリゲートの船殻脇《わき》を飛び去る黒い水をじっと覗きこんだ。やがて彼はフリゲートの左舷《さげん》に繋留されている砲艦アルバトロスを痛ましげにちらっと見た。「横に繋《つな》がれた二隻《せき》で、時速七キロあまりの流れに逆らって上るのはとうてい無理だ」

「私は水流などいっこうに心配していない」頼もしい返事が返ってきた。「川の中央に保ってくれればいいんだ」

常時微笑《ほほえ》みをたたえたタフなスコットランド人のデイビッド・グラスゴー・ファラガット提督は、平然と突っ立っていた。彼は激しい寄せ波に打たれる岩さながらに、微動だにしなかった——これがニューオーリンズ攻略戦で彼が目《ま》の当たりに見せたイメージだったし、後に彼を有名にする戦いの一つであるモービル湾の戦い（一八六四年）でも同様だった。その戦いの際に、南部海軍の機雷原でモニター艦の一隻を失うと、彼は叫んだ。「機雷などかまうな！　全速前進！」

ガードナーとは反対に、ファラガットは南部の出身だった。生まれはテネシーだがルイジアナで育ち、ヴァージニアに住んでおり、アメリカ合衆国に忠誠を誓っていた。家族が北へ移り住むと、彼は北軍に投じて将官に任じられ、ウエストガルフの封鎖船隊の指揮を取った。

ニューオーリンズ攻略戦で大勝利を収めると、彼は包囲戦を展開しているグラント将軍を援護するためにミシシッピ川を遡上させて、艦隊をヴィクスバーグへ送りこむ決定を下した。ファラガットは振りかえってハートフォード号の背後に並んでいる艦艇を検討した。フリゲート艦リッチモンドは、砲艦ジェネシーを艦側に伴って、艦尾の真後ろにいた。つぎはフリゲート艦モノンガヒーラで、砲艦キニイオと繋索で繋がっていた。そして最後に、〝昔風の紡《つむ》ぎ車〟が陣取っていた。フリゲート艦ミシシッピを、旧式な外輪にちなんで愛着をこめてそう呼んでいたのだ。

銃弾が何度もうなりを上げて索具の間を飛び去った。南軍の兵が硝煙ごしに狙いを高く取って発射しているので、ハートフォード号の乗員の死傷者は皆無に近かった。大砲を四二門搭載したスループ型軍艦は硝煙をついて突進し、最も激しい砲火をほぼ切り抜けたが、流れに押されて艦首がポートハドソンの砲台のほうを向いてしまった。

「いまいましい水流だ!」オールダーは叫んだ。「舵《かじ》が利《き》かん」

知らせはたちどころに舷墻《げんしょう》越しに大声で伝えられ、アルバトロス号の艦長はエンジンを逆転させ、ハートフォード号の機関長は全速前進に切り替えた。二つの艦は徐々に九〇度の角度に広がりながら遡上を続け、壊滅的な砲撃の射程外へ汽走して逃れた。

ファラガットは思慮深く、ハートフォードとアルバトロスが幸運だったことを見ぬいていた。南軍は仰角を十分に下げられないために、北軍のその二艦艇に打撃を与えられなかったが、縦陣の第二陣が射程内に入ってきたなら、彼らはまったく同じ過《あやま》ちを繰り返すつもりはないはずだ。

「残りの艦艇は、最悪の状況下に突入することになりそうだ」彼は西岸のある旧家から火が噴き出ているのを目に留めて、案じるように言った。川面《かわも》を照らして北部海軍の艦隊の姿を浮かびあがらせるために、南軍がその家に火を放ったのは明らかだった。

ファラガットは縦陣最後尾の艦のことをとくに心配していた。ミシシッピ号は北部海軍の就役艦のなかで、いちばんの老朽艦だった。歴戦の古強者《ふるつわもの》だけあって、ニューオーリンズ下流の二つの砦脇を突破する際には、それなりの働きをしてみせた。しかし、同艦が弾幕に突入するころまでに、南軍の砲員たちは照準を正確に絞りこむ時間を得るはずだ。ミシシッピ号は間もなく、全艦隊でいちばん艦影を露出する状況にその身を晒《さら》そうとしていた。

二五〇年近い歴史を持つ合衆国海軍は、その矜持《きょうじ》と華々しい戦歴を培《つちか》ってきた数多い艦艇に恵まれてきた。有名な艦艇としては、ボノム・リシャール、モニター、アリゾナ、それにエンタープライズ号などがある。しかし、ほかの数多くの艦艇は、実績においてけっして見劣りしないのに、ごく限られた海軍史家以外には無視され、忘れ去られている。そうした艦艇の一つに、連邦国艦船ミシシッピがある。

北部海軍の外洋武装汽船として二番目に建造されたミシシッピ号は、一八四一年一二月二二日、姉妹船ミズーリ号より少し前に就役した。マシュー・C・ペリー准将《じゅんしょう》がじかに建造を監督し、艦名は国の真中を走る大河にちなんで付けられた。

ミシシッピ号は側輪の汽船で、全長は約七〇メートル、船幅は一二メートル、喫水はおよそ六メートル。当初の砲郭は一〇インチ砲二門と八インチ砲八門から成っていた。最高時速は一三キロ近いからかなりのもので、乗員は二八〇名。

事実上の姉妹船であるミズーリ号は、就役してからわずか二年後の一八四三年に事故で火災を起こし、ジブラルタル沖で爆沈したが、ミシシッピ号は長く赫々《かくかく》たる戦歴を収めた末に、こちらも炎上のうえ爆発した。

同艦は初めの数年、蒸気式軍艦の進展に重要な研究とデモンストレーションに従事してから、建造の監督官を務めたペリー准将の旗艦になった。メキシコ戦争の際は時と場所を得て、ミシシッピ号はタンピコ、パヌコ、アラド、そのほか数ヶ所の沿岸港で交戦に参加し、入港する商船を阻止した。ヴェラクルスでは上陸作戦に深く係わり、ウィンフィールド・スコット（訳注　メキシコ戦争で海陸共同作戦の指揮を取り、メキシコシティを陥落させる。連邦国陸軍総司令官）配下の陸軍に重要な軍事物資を揚陸した。同艦は重砲を提供したうえ、乗員はメキシコシティまで攻めあがり、同市では砦に砲撃を加え、わずか四日で降伏させるうえで貢献した。メキシコ戦争の大半を通じて、ミシシッピ号は沿岸の町に一連の攻撃を加え、その後には重要な町トバスコの攻略に貢献した。

戦争が終わると、アメリカ艦隊とともに地中海沿岸を二年間巡航した後に、公表されたペリー准将の日本航海に備えるために本国へ戻った。ミシシッピ号は、西欧交易の門戸を日本に開かせるのを最大の眼目とした遠征隊の旗艦を務めた。史上もっとも研究され、評価もされている海軍の外交活動の一つにおいて、ペリーは国際貿易を目的とする外国勢力によって港の門戸を開かされることに断固として反対していた天皇や幕府と交渉をしたのだった。

ミシシッピ号はニューヨークへ回航し、後にジョサイア・タットノール（訳注 極東艦隊司令官）の旗艦として戻ってくる。タットノール准将は南北戦争初頭に〝南軍に投じ〟、メリマック／ヴァージニア号の指揮官としてモニター号と長い戦いを展開する。

一八五七年から一八六〇年にかけて、いまや老境にさしかかったミシシッピ号は、ブームを迎えたアメリカと中国や日本との貿易を支え保護した。また同艦は、天津市東部の河口の町大沽《タークー》に、イギリスやフランスの艦艇とともに攻撃を加え、上海の暴動鎮圧の要請を同市駐在のアメリカ領事に請《こ》われると、艦上の海兵隊員を上陸させた。

老練な蒸気船はボストンへ帰投するとドック入りさせられるが、南北戦争がはじまると現役に復帰する。いまやメランクソン・スミス少将の指揮下に置かれた同艦は、フロリダのペンサコラ封鎖作戦に起用されていた。一八六一年遅くにキーウエスト沖で、南部連合国の封鎖突破船二隻を拿捕《だほ》した後、ニューオーリンズ攻略のためにデイビッド・ファラガット提督の許《もと》に参加した。同艦はサウスパスの浅堆《せんたい》を通過したことにより、それまでにミシシッピ川に乗りいれた最大規模の艦艇となった。

先に触れたが、ニューオーリンズ攻略戦において、ファラガットの艦隊がフォート・セント・フィリップとフォート・ジャクソンの弾幕の強行突破をはかった際、ミシシッピ号は南部海軍のマナサス号を衝角攻撃で沈めようと図り、果たせなかったものの徹底的に痛めつけた。両砦から雨霰《あめあられ》と飛来する固体弾や榴弾《りゅうだん》を掻《か》い潜《くぐ》ったミシシッピ号は艦隊のほかの艦艇とともに意気揚々とニューオーリンズに入り、沿岸の建物に大砲の狙《ねら》いを定め、終《つい》には同市を陥落させた。

ファラガットは一年近く後に、ポートハドソンに陣取る南軍の砲門を突破し、ヴィクスバーグ包囲戦を展開中のグラント将軍の助勢に向かう艦隊にミシシッピ号を伴って参加せよとメランクソン・スミスに命じた。ポートハドソン断崖《だんがい》での戦いは、ミシシッピ号最後の栄光の瞬間となる運命にあった。

縦陣の二番手に位置していたリッチモンド号は、湾曲部を回りきった安全圏まで一〇〇メートル足らずの地点で、一発の固体弾に機関室を切り裂かれ、蒸気バルブとパイプを叩《たた》き潰《つぶ》された。左舷にジェネシー号を繋留した状態で、蒸気圧を維持して航走するのが不可能になったため、艦長はやむなく針路を逆に取って南軍の砲門の射程距離外まで下るしかなかった。

フリゲート艦モノンガヒーラ号も戦況には恵まれなかった。榴弾が一発命中して、フリゲート艦の脇を並走していた砲艦キニイオ号の舵柱を破壊したのだった。流れに逆らいながら両方の艦を操縦しかねて、モノンガヒーラ号は座礁《ざしょう》してしまった。不意の停船のはずみで、両艦を繋いでいたロープが切れた。壊滅的な火災の下でも、キニイオ号は雄々しく大索を大型フリゲート艦に掛ける努力を重ね、しまいにはモノンガヒーラ号を川底の泥地から引き出した。

どちらの艦も川を遡《さかのぼ》る針路を取り戻そうとしたが、固体弾を受けてフリゲート艦のエンジンが働かなくなり、両艦とも敵砲郭の激しい砲撃に耐えながら、なす術《すべ》もなく川を下った。

単艦で殿《しんがり》を務めるミシシッピ号は、いまや最大の標的にされた。砲火を単騎航走中のこの軍艦に絞って、南軍は老朽フリゲート艦に砲弾を矢継ぎ早に降り注いだ。間もなく、同艦は逆巻く硝煙の帳《とばり》に包み込まれてしまった。

メランクソン・スミス艦長は平然と葉巻を吹かしながら、ブリッジを行きつ戻りつしていた。一見、固体弾や榴弾の雨が自分の艦上や周囲で破裂していることなど眼中にないようだ。側輪は水を叩いてミシシッピ号を断崖沿いに航走させ、大砲は火を噴きつづけた。一三キロ近い最高速度が急速な水流のせいで六・五近くまで落ちてしまい、猛烈な速さで大砲を操作している砲側員は、通過するのに果てしない時間がかかるような心持ちがした。

彼らは徐々に移行しつつあった。水先案内人は分厚い硝煙のなか、手探りで操船をしていた。西岸の突端の岬と浅堆を無事通過したと信じて、水先案内人は声を掛けた。

「面舵《おもかじ》！　全速前進！」

ミシシッピ号の先任将校ジョージ・デューイは記している。「ところが実際は、岬などまるで通過していなかった。面舵を切ったため岬にまともに接近し、強大なはずみのついたまま突入した。船殻は激しく座礁し、傾いた」

デューイは後に自らの艦隊を率いてスペイン艦隊をほぼ壊滅状態に陥《おとし》れ（訳注　米西戦争の際に、スペインの艦八隻を撃破）、マニラ湾の英雄となるのだが、彼は海軍の歴史を通じて語り伝えられることになる名台詞の一つを吐いている。ジョン・ポール・ジョーンズは「戦いはこれからだ」。オリバー・ハザード・ペリー（訳注　米英戦争の際のアメリカ艦隊司令官）は「われら敵を発見、捕獲せり」。そしてジェームズ・ローレンス（訳注　米英戦争時のアメリカの軍艦チェサピーク号の艦長）は「船を見捨てるな」。米西戦争の大海戦が始まる直前、旗艦オリンピア号の艦長に転出したデューイは落ち着き払って命じた。「態勢が整いしだい発砲してよろしい、グリドリー君」

デューイはハンサムで、髪は黒くて癖がなく、幅の広い密生している頰髭《ほおひげ》と大きな口髭は一九一七年に死ぬまで蓄えていた。

大砲は火を噴き、エンジンは機関長になだめすかされてあらん限りの蒸気を活用して鼓動を打ち、左右の側輪が水を攪拌《かくはん》しても、ミシシッピ号はピクリとも動く気配を見せなかった。南軍は炎上する付近の家屋敷に照らし出されている身動きの取れぬ標的の弱みにつけこんで砲弾を注ぎ、ライフル壕《ごう》から銃弾をたっぷり見舞った。後退して浅瀬から脱出しようとなす術もなくもがいているうちに、死傷者の数はすさまじく増えた。

デューイがスミス艦長を探すと、彼はまるで園遊会場に立っているかのように、涼しい顔をして葉巻に火をつけていた。「まあ、離礁させるのは無理のようだな」スミスはまるで関心なげに言った。

「ええ、そのようです」デューイは答えた。

まさにその瞬間、赤熱弾が前部倉庫に突入し、可燃性の補給品や物資が炎上した。炎はたちまち上部甲板に達し、まもなく猛火は手の施しようがないほど広がった。破壊状況と致命傷を負った船殻を眺めやり、スミスは自分の艦を失う悲しい事態を直視させられた。

「乗員を助けられるだろうか？」

「はい、艦長」

敵側に面している三艘《そう》のボートは砲弾に叩きつぶされてしまったが、左舷《さげん》の三艘はまだ使いものになった。デューイは体力のある一部の水兵たちに、重傷者たちを最初のボートに乗せて、下流の艦艇の一つまで漕《こ》ぎ下れと命じた。

デューイは軽傷者や無傷の一部将兵たちの乗り換えを監督した。ボートの戻りはいかにも遅く、彼はいらだった。漕ぎ手たちは一時的であるにせよ、いったん敵艦から安全な地点に達すると、戻って行くことに明らかに気乗りしなかった。炎上中の艦へのボートへの戻りを早めるのは無理なので、デューイは乗員を乗せていままさに出発しようとしているボートに、一本のロープを投げ入れた。

デューイは艦を捨てるのに抵抗を感じたが、彼の決定が妥当だったことは後ほど明らかになる。彼と先任将校代理のジョージフ・チェースは、水兵たちに漕ぎ戻らせるためにリボルバーを使わざるを得なかった。もしもデューイが乗りこまなかったなら、ミシシッピ号に残された乗員の救出にはどのボートも活用できなかっただろう。

主甲板に戻りついたデューイはスミスに近づき、一時留守にした理由を手短に説明した。彼は舷側に繋《つな》がれた二艘の空の救命ボートを身振りで示し、自分の果断な率先と厳しさ抜きではその場所にはなかったはずだと示唆《しさ》した。

「心して、艦上に生存者を誰一人残さないように」スミスは淡々と伝えた。

強制されてはじまった探索は、たちまち冷厳な悪夢に転じてしまった。デューイはたちどころに五人の水兵を選び出し、彼らを引きつれて航行不能に陥った軍艦の中をくまなく探した。闇《やみ》と硝煙の中で死体を丹念に調べ、まだ息のある者はいないか確かめた。事切れてしまっているのか、あるいは哀れにも動く力もなく横たわっているのか見極めるために、火炎がますます身近に迫る中で細心の注意を払った。

船を放棄する時間はほとんどないぞと叫びながら、彼らは下部デッキへと移行した。幸い、キャビンボーイを一人発見した。彼は炸裂《さくれつ》した砲弾に吹き飛ばされた死体の山に埋もれてはいたが、まだ息があった。艦上に残っているのは死者だけだと納得したデューイは、今度は老残のミシシッピ号が南軍の手に落ちないよう間違いなく完全に破壊しろ、とスミスに命じられた。

デューイは自分の居室に駆けこみ、寝台のマットレスをひったくって上級士官室へ引きずって行くと、礼装用佩刀《はいとう》で切り裂き、その上に椅子《いす》やテーブルを重ね、それから古い石油ランプをがらくたの上に投げつけると、ほぼ瞬時に音高く引火した。そこで初めて彼とごくわずかな水兵たちは艦を離れ、最後の救命ボートに乗っている艦長スミスに合流した。

彼らは側輪後部の船殻を押して離艦すると、すぐさま強力な水流に捉《とら》えられ、急速に川下へもって行かれた。振りかえると、デューイが炎上させた高級士官室の天窓から猛烈な勢いで炎が吹き上げていた。南軍は救命ボート目掛けて発砲を続けていたが、ありがたいことに一発も被弾せずにすんだ。南軍は炎上中の艦を目《ま》の当たりにして、川岸にそそり立つ断崖の上で不意に勝鬨《かちどき》を上げた。勝利は彼らのものだった。

ファラガットの艦隊は全面的な敗北の一歩手前まで追いこまれていた。

スミスは救命ボートの後部に陣取り、依然として何食わぬげに葉巻を吹かし、デューイが舵を取り、水兵たちが水柱を立てる砲弾を縫って漕ぎつづけるうちに、安全地帯にいる戦闘で傷《いた》んだリッチモンド号にたどりつき、南軍の砲弾の届かぬ下流に投錨《とうびょう》した。

潰走《かいそう》中に、スミスは剣とリボルバーをはずして、川の中に投げこんだ。

「なぜそんなことをしたんです？」デューイは訊《き》いた。

「いずれも、南軍に引き渡すつもりはないからさ」彼は堂々と言い放った。それは早まった決断で、スミスは後で悔やむことになる。

笑いを誘う小事件が、ミシシッピ号の彼らがリッチモンド号に乗りこんだ時に生じた。デューイが運命の決した艦の上級士官室に火を点《つ》けている間に、ディーン・バチェラー少尉《しょうい》はフランシス・シェパード少尉と共用している船室のコートハンガーから正装用軍服をひったくってきた。ほかの乗員たちは、スミスやデューイも含め、着のみ着のままで脱出したのだった。

バチェラーは自慢げに制服をかざした。「少なくとも私は、ニューオーリンズのご婦人たちのために着ていくものを持っているわけだ」

同室のシェパード少尉は身を乗りだして制服をじろじろと見まわした。やがて顔を上げると、彼はにんまり微笑《ほほえ》んだ。「どうもありがとう、バチェラー、これはぼくの制服だぜ」

かくして、一件落着。

デューイはアナポリスにある海軍兵学校時代の親友ウィンフィールド・スコット・スライに出迎えられた。スライは後に艦隊を率いて、サンティアゴ・デ・キューバの沖合でスペイン艦隊を撃破するのだが、ほぼ同じ時期にデューイもフィリピンにおいて戦功を挙げることになる。

話を完膚なきまでに傷めつけられたミシシッピ号に戻すと、機関員たちが脱艦前に切断したエンジンの給水パイプを経て、川の水が艦内に流れこんだ。船首を少し持ち上げた角度で船殻が座礁していたので、入りこんできた水は船尾方向へ向かった。重量が増加したために船首は浮きあがり、船殻は滑りながら後退して浅堆《せんたい》から解放された。水流にぐるっと向きを変えられ、いまやミシシッピ号は艦首を下流へ向けて移動していた。装塡《そうてん》ずみだが発砲されていなかった左舷の砲列が、いまや南軍と向かい合っていた。火炎が導火線まで延びるにつれ、大砲は最後の抵抗としてまとまりの悪い片舷斉射を開始した。デューイはその光景を、「死せる兵士たちがつかさどる船は、いまだ敵陣に砲火を浴びせていた」と厳かに述べている。

打ちのめされた船内を荒れ狂う火炎の帳にくるまれて、ミシシッピ号は六・五キロほどの水流に乗って下流へ運ばれて行った。安全バルブから漏れる蒸気の放つ甲高い音が、砲声轟《とどろ》く喧騒《けんそう》を切り裂いた。索具が火を噴いて夜空に飛散し、揺らめくオレンジ色の強烈な光を投げかけて、左右の川岸を真昼のように明るく照らし出した。炎上しながら漂うピラミッドさながらのミシシッピ号は、艦上の死者を荼毘《だび》にふす薪であった。夜の闇の中で行われた同艦の火炎の葬送を目撃した北軍と南軍双方の将兵にとって、それはけっして忘れ得ぬ光景だった。ミシシッピ号の死は後日、壮麗に物語られることになる。戦火を交えた双方がもたらした数通の報告によると、フリゲート艦は午前三時に浅堆から滑り抜けて解放され、漂い下りながらプロフィット島を迂回《うかい》し、船殻の放つ炎は夜空を照らしつづけていたが、五時半になって火炎が艦内の弾薬庫にあった二〇トンの火薬に達し、壮絶な爆発を起こした。それに伴う震動は周辺の数キロ一帯を震わせ、北軍の艦艇をくまなく揺さぶった。それがかの勇猛な老いたる外輪船の最期《さいご》だった。

艦名にちなんだ川が埋葬の屍衣《しい》になったのは、なんとなく当を得たような感じがする。おそらくデューイ自身、リッチモンド号の甲板に立って、石のように固く深い悲しみをたたえた表情でミシシッピ号が身罷《みまか》るのを見つめながら、最大限の敬意を表したことだろう。彼は言っている。「あの艦は壮絶な死をとげた」

2

一九八九 万物は流転《るてん》す

この理《ことわり》は、とくに河川やその沿岸に当てはまる。数千年もグランドキャニオンのまったく同じ水路を下っているコロラド州の川を除けば、ほとんどの川、とりわけミシシッピ川は日々水域を変えている。川船サルターナ号は、『沈んだ船を探り出せ』で取り上げたが、一八六五年にメンフィスの数キロ上流で炎上して沈没、死者は二〇〇〇を数えた。私たちの磁力計による探索では、残骸《ざんがい》の所在地は現在のミシシッピ川水路から三・二キロはずれた、アーカンソーのある農家の大豆畑の地中五メートルあまりにある。

勇壮な老フリゲート艦ミシシッピは、一八六三年のあの修羅の夜以降ずっと無視され、忘れ去られたまま最終の安息地に横たわっているのだが、それもまた現在の水路の下にはない。ミシシッピ号が最後に目撃されたとおぼしき一帯は、川が西へ一・五キロほど移動してしまい、広大な湿原に成り代わっている。ミシシッピ号の墓碑銘が〝所在不明〟では相応《ふさわ》しいとも当を得ているとも思えないので、私はダーク・ピット・シリーズの新作を書き上げると机上を整理して、ミシシッピ号の探索に備えて調査を始めた。

ワシントン在住の研究家ボブ・フレミングに頼んだところ、古い記録を丹念に調べてくれたので、私たちはたっぷり資料を集め、最終的には二五センチもの高さに達した。そこで、ミシシッピ号の所在地のおおよその範囲を割り出す調査を始めた。私たちが真っ先に検討すべき一つは、すでにサルベージが行われている可能性だった。幸いにして、いくつもの海軍関連の公文書館で調べたが、そのような試みの示唆《しさ》はまったくなかった。その一半の理由は、あの艦は水路の真中で爆発して二四ないし三〇メートルもの深い水中に沈んだとある報告書が報じているためで、そうなると一四〇年前のサルベージ技術では実行不可能だったからである。

当時のどの報告書も、あの艦がばらばらに自爆して沈んだ正確な地点の手掛かりを与えていないし、現在なお存在する陸標までの距離も示されていないので、私は探索の拠《よ》り所を時間の要素に置かざるを得なかった。川の流速がほぼ六・五キロだったことはわかっているので、哀れなほど数学に不向きの私の脳味噌《のうみそ》をさほど痛めることもなく、ミシシッピ号は沈むまでに一六キロないし一八キロ漂流したと割り出せた。

南部連合国側の一、二の報告は、爆発地点はその数ヶ月前に乗員によって破壊された甲鉄艦アーカンソーの残骸の近くだとしている。しかし私たちは八年前に、甲鉄艦をポートハドソンの下流約二七キロ、流れがバトンルージュのほうへ撚《よ》れる湾曲部の手前にある入り江沿いの土手の下で発見していた。

一六キロという距離は、当時の資料と一致する。スピアが書いたファラガットの伝記には、「プロフィット島の足許《あしもと》に達したとき火炎が弾薬庫に達し、あの艦は爆発した」とある。

テキサス州コーシカナ出身の南軍の復員兵A・J・C・カーは、後日回顧録の中で、「ミシシッピ号はポートハドソンの一六キロ下流で爆発した」と述べている。リッチモンド号の日誌も、「ミシシッピ号は川を漂い下り、われわれの艦尾一六キロで爆発した」と述べている。

ジョージ・S・ウォーターマンは詳しく述べている。「ミシシッピ号が漂いながら艦隊の少し下流まで行ったとき、火の手が弾薬庫に回った」

そして最後に、ミシシッピ川とポートハドソンのある砲台の一枚のスケッチがある。それにはリッチモンド号に乗りこんでいた、戦争画家ウイリアム・ウォードの書きこみがある。「空中には硝煙が立ちこめている。ミシシッピ号は炎に包まれて漂い下り、陸上の橋脚の近くで爆発した」

最後の言葉は有力な手掛かりだが、一八六三年にはその区間に少なくとも橋脚が六基立っていた。それにウォードは、〝陸上の橋脚〟がなにを意味しているのかまったく示唆していないので、問題をいっそうややこしくしている。アッパー・スプリングフィールド埠頭《ふとう》が、想定される地点にいちばん近い。さらに、その水路図には、当時の二隻《せき》の難船が重なり合って、問題の湾曲部の下手にあたる西岸上に記されている。一世紀以上も経過するうちに、広がる一方の湿地帯がその二隻を蔽《おお》いつくし、それらの残骸は現在の水路からゆうに八〇〇メートルも置き去りにされた。どちらの艦名も言及されていないし、座礁《ざしょう》したように推察されるので、ミシシッピ号ではないと私たちは排除した。加えて、へかりにどちらかが北軍のフリゲート艦だったなら、水路図を描いたウォードはしかるべく明記したはずである。

こんどは、ミシシッピ川の現在の水流を示している新しい水路図と、一八六八年の水路図とを重ね合わせて比較検討する重要な段階になる。ミシシッピ号が横たわっていると私たちがはじき出したおおよその地点が、現在はソリチュード岬と呼ばれている広大な湿原の四〇〇メートルほど西寄りであることがたちどころに分かった。

その岬を取り巻いている一帯、スプリングフィールド湾曲部は東へ拡大しつつある。

それには力づけられたが、それでもやはり見こみは少ないと思っていた。出来るだけのことはやったと判断し、私たちは計器類を集めてルイジアナへ向かい、調査を始めることにした。

一九八九年五月、クレイグ・ダーゴと私はバトンルージュに到着し、ウエスト・バトンルージュ郡保安官事務所と交渉して、水路捜索用のアルミ製の立派な小型ボートをふたたび拝借することが出来た。保安官助手とその義理の息子一人を伴って、私たちは晴れ上がった暑く湿気の多い日にボートを出した。NUMAのEG&Gサイドスキャンソナーとショーンステッド傾度測定器を頼りに有力な物標を探すべく、私たちは最良の結果を望み、最悪の事態を予期しつつ、その中間のどこかに収まれば上々とばかりに出発した。

探査はポートハドソンの下流二キロほどの地点で始め、北へ走ってプロフィット島の脇《わき》を通りぬけ——この島は過去一〇〇年あまりの間、まったくといっていいくらい変化していなかった——ミシシッピ号が座礁のうえ漂流しはじめた地点のほぼ一〇キロ以内へ出た。ミシシッピ号が座礁した一帯を陸軍工兵隊が探査して、川床に大きな異物を数個記録したと私は聞かされていたが、私たちはそこがモハベ砂漠なみに不毛であることを突きとめた。わずかなりと難船らしきものはまったく見つからなかったし、どの物標も調べるに値しなかった。一八八〇年代のある古い水路図には、一隻の難船が東岸に描きこまれているが、その痕跡《こんせき》はまったく見つからなかった。驚くには当たらない。さまざまな記録が、はるか以前の浚渫《しゅんせつ》によって葬《ほうむ》られた可能性を示しているからである。

湿度一〇〇パーセントの揺らぎうごめく南部の熱風で、クレイグは倒れそうになった。毛穴から噴き出す汗を冷やしてくれる涼しい風がまったくないので、大気は責めさいなむほど息苦しい。暑い日和《ひより》には水上のほうが涼しいと多くの人が思っている——必ずしもそうではないのである。小型ボートの上には日陰がほとんどないし、湯気が立つほどの水はたちまち計測不能なほどに湿度を上げるが、雲ひとつない空から雨が落ちてくる気配はまったくない。

ソリチュード岬湿原は広大なばかりでなく、通過不可能である。徒歩、徒渉、あるいは泳いでも通りぬけられないし、ジェットスキーでの突破はなおさら無理だ。興味深いことに、一八三六年の水路図にはその存在がまだ知られていなかったために、湿原は記載されていない。その後に、湿原内で石油の掘削が行われ、パイプラインがクモの足のように外側に広がり、そのうちの三本はミシシッピ川を遡《さかのぼ》って北へ向かった。

湿地帯の地表からは磁力計で探査を行えないので、私はテキサス州ヒューストンにあるワールド・ジオサイエンス社のジョー・フィリップスに相談して、ヘリコプターによる地球物理航空磁気測量の手配をした。ベル206レンジャーヘリコプターにシントレックス社製の蒸気磁気感知機と、ピコダース社のデータ収集装置、それにGPS航法システムを搭載して、彼らは一九九九年八月に探査を開始した。

全長二七メートルの短い何本もの線上を三〇メートルたらずの高度で飛び、彼らはなんの苦もなく問題の地点の西側に件《くだん》の油田を見つけた。一八六四年の川の水路に細心の注意を払うことによって、彼らは問題の地点の下手の陸地に乗り上げた二隻の川船の発する異常な磁気反応を簡単に拾い上げた。つぎに、ミシシッピ号が漂着したと想定される一六キロ先とほぼ合致する地点で、磁力計の記録装置に大型の異様な反応が現れた。それは昔の水路の、ほぼ真中に位置していた。その物標は、ミシシッピ川の西岸に広がる湿地帯の内側一二〇〇メートルにあった。彼らはそればかりでなく、その物標が戦争画家ウォードの述べている、はるか昔になくなってしまったスプリングフィールド埠頭にきわめて近いと断定した。もう一つ心強い示唆がなされた。コンピューター処理されたミシシッピ号の縦断面図は大砲、固体弾、錨《いかり》、その他艦艇のハードウェアを含む大きな金属の塊を示していた。

それがミシシッピ号だろうか？　実際にその断片の一つに触れるまでは、シャンパンのコルクを抜くわけにはいかない。

私たちの探索では、このあたりがほぼ可能な限界だ。記録装置を取りこみ、計器類を詰めこむと、私たちはあるケージャン・レストランへ向かった。私たちは最善を尽くしたので、厭《いと》わしい沼沢地《しょうたくち》の深みの探索は未来の考古学者、歴史家、さらには難船渉猟家に委《ゆだ》ねることにしたい。

ミシシッピ号はサルベージされた例がないので魅力ある難船のはずだし、自爆によって損傷しているにしろ、かなり船体はまとまっているにちがいない。残念ながら、湿地帯の真中で二四メートルも掘り起こすのは、不可能ではないまでも極度の困難がともなうものと予想される。

ミシシッピ号はこの先長く、たぶん永遠に、ソリチュード岬の下に留まることだろう。それが最善の道かどうかは、誰にも分かりはしない。

第五章　チャールストン包囲戦
キーオカック、ウィホーケン、パタプスコ

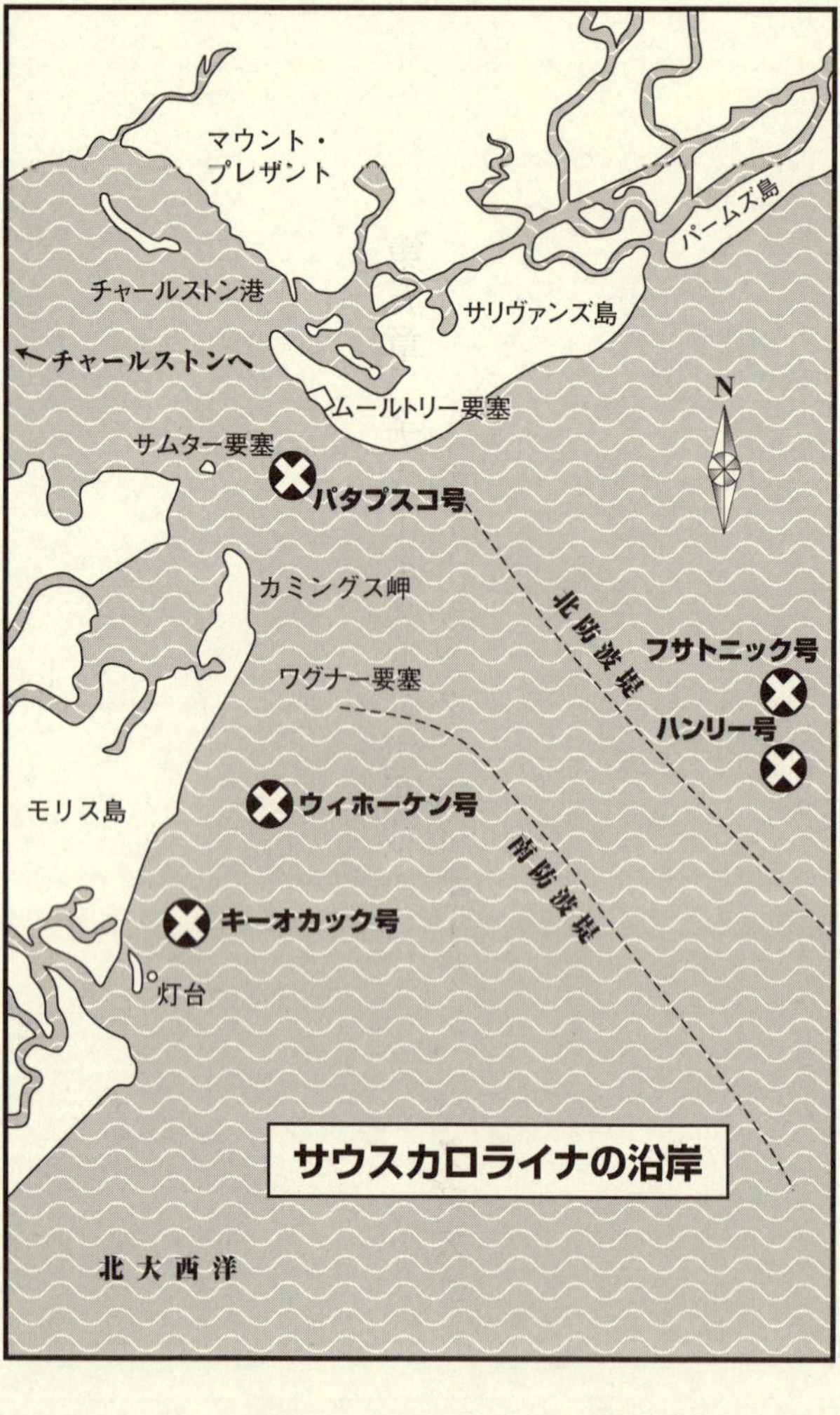
マウント・
プレザント
パームズ島
チャールストン港
サリヴァンズ島
チャールストンへ
ムールトリー要塞
N
サムター要塞
パタプスコ号
カミングス岬
北防波堤
フサトニック号
ワグナー要塞
ハンリー号
モリス島
ウィホーケン号
南防波堤
キーオカック号
灯台
北大西洋

サウスカロライナの沿岸

1

分離派の揺籃《ようらん》
一八六三―一八六五

サミュエル・F・デュポン少将は遠くを見つめた。指揮下の重装備フリゲート艦、ニューアイアンサイズの艦首は、チャールストンの方向を指していた。右舷《うげん》方向にはサリヴァンズ島が、左舷方向にはモリス島とカミングス岬が控えていた。

真正面はデュポンが目指す、サムター要塞だった。

サムター要塞は煉瓦《れんが》とコンクリート造りの強大な要塞《ようさい》で、水面から一二メートルの高さがあり、チャールストン沖の小さな島に配備されていた。南軍にもっとも早く占領された、北軍の施設の一つに数えられることになる。それは同時に、アメリカ合衆国の市民に南部連合国の公然たる反抗を想起させる、もっとも顕著な存在でもある。南北戦争の最初の砲弾は、サムター要塞に向けて発砲されたのだった。

デュポンは首を回して、集結した配下の艦隊を見やった。

艦艇は水道の西から東へ広がっていた。キーオカック、ナハント、ナンタケット、キャツキル、彼が指揮するニューアイアンサイズ、さらにパタプスコ、モントーク、パセイク、それにウィホーケン。その艦隊は困難な任務を帯びた、堂々たる陣容だった。

北軍の艦艇は装甲——老朽化した北部海軍における最近の進展——にくるまれており、艦隊の動力源は蒸気で、帆ではなかった。とはいえ、さまざまな技術革新にもかかわらず、艦艇の任務は海戦そのものと同様に昔と変わらなかった。重砲による集中的な火力を搭載して、遠い標的に戦力を浴びせることだった。

その目的を果たすために、デュポンはかつてない最強の艦隊を率いていた。

A・C・リンド中佐は管下のキーオカック号の前部砲門から見つめた。彼の艦はいちばん西寄りで、軍艦の長い列の最後尾に位置していた。キーオカック号は一八六三年二月二四日、北部海軍に就役した実験的な軍艦だった。

同艦の構造は、パセイク級のほかの七艦とは異なっている。それらモニター艦の鋭利な船影に反して、キーオカック号の上部甲板は丸みを帯びて鯨に似た形をしている。一対の甲鉄の円錐形《えんすいけい》を輪切りにした砲塔が船殻の両端に載っていて、その中間に一本のずんぐりとした煙突が立っている。中央部の、少しばかり背丈に優《まさ》る煙突脇《わき》の縣吊《けんちょう》装置には、木造の渡船が一艘《そう》納まっている。船尾デッキには木製の柱が立ち、星条旗がそよ風になびいている。

この艦は葉巻に指ぬきを二つ載せたような格好をしていた。

キーオカック号は全長およそ四八メートル、船幅はほぼ一一メートルで、喫水は二・六メートル。蒸気を動力とする二軸スクリューで推進し、モニター艦に速度と機動性で優っていた。兵装は一対の巨大な一一インチ・ダールグレン砲から成っていた。いずれの大砲も旋回式で、三つの砲郭から撃ち出せる。モニター艦とは異なり、砲塔が回転してより広い射角を与えるようにはなっていなかった。装甲はサムター要塞の大砲が相手では薄すぎたが、リンドはそのことをまだ知らなかった。乗員は九二名だった。

機関長N・W・ホイーラーはリンドに近づいていった。「すべて順調です」彼は物静かに報告した。

「僚艦の後を追え」リンドは水先案内人に命じた。

「ほぼ射程距離内に入ったぞ」ジョン・ロジャーズ大佐は叫んだ。「まもなく南軍から反応があるはずだ」

ロジャーズはウィホーケン号の指揮官で、同艦はサムター要塞に接近する艦隊の先頭を切っていた。彼は自分の艦と乗員を誇りにしてはいたが、不安を禁じえなかった。そう言ったとたん、サムター要塞に硝煙がパッと立ち、砲弾が六メートルほど前方の水面を打った。戦闘は開始されたのだ。

ウィホーケン号は全長六〇メートルで、船幅はおよそ一四メートル。強烈な破壊力を秘めた一対の旋回砲塔が搭載されていた。一門は標準的な一一インチの滑空砲。もう一門は重量が約一九トンある一五インチ・ダールグレン砲で、一八〇キロの砲弾を一・六キロ先まで撃ちこめた。艦首では、南軍の水雷を起爆させるために、水雷用筏《いかだ》を押していた。

五角形のサムター要塞の内側からは、近づいてくる軍艦の列は漂える死の回廊さながらに見えた。サムター要塞の司令官スチーブン・エリオット・ジュニア少将は砲撃を一蹴《いっしゅう》する己の能力には自信を持っていた。とはいえ、眼前の光景には彼を躊躇《ちゅうちょ》させる迫力が十分あった。チャールストンから五キロあまり離れた人工の島に築かれたサムターは、れっきとした要塞だった。礎盤は北寄りの石切り場から運ばれてきた砕石から成っている。周囲の壁面は堅牢《けんろう》な煉瓦造りで、礎石の高さは一八メートルに及んでいる。壁のいちばん分厚い個所の厚さは四メートル近いし、いちばん薄い部分でもたっぷり二・五メートルあった。大砲は二層の砲列デッキに配置されている。上層の砲列デッキは露天で、下層デッキの大砲は強化された砲門から発砲される。

縦陣を敷いた北軍の第四番艦パタプスコから見ると、前方の光景はすでに硝煙のために曇りはじめていた。訓練を積んでいない目には、船殻の色を除けばパタプスコとウィホーケンは似て見える。ウィホーケン号は鉛色がかったグレイで、パタプスコ号はありふれた黒だったが、パタプスコ号はある驚きを秘めていた。同艦は巨大な一五インチ・ダールグレン砲を搭載しているが、一一インチ滑空砲は、一・六キロ以上先まで正確に撃ちこめる五〇ポンドパロット施線砲に取りかえられていたのだ。

さながら老人が首を回すように、パタプスコ号の旋回砲塔はゆっくりと回転しはじめた。やがて鸚鵡《パロット》は音を奏《かな》でた。

エリオット少将がサムター要塞の上部砲列デッキに立っていると、撃ち出された施線砲弾の甲高いうなりが耳を捉《とら》えた。それは要塞の基部に叩《たた》きこまれ、煉瓦の粉が空中高く舞いあがった。エリオットは何匹もの小さなアリにかまれたような痛みを、両方の頬に感じた。小型望遠鏡のレンズをきれいにぬぐうと、彼は反撃を命じた。

サムター要塞から最初の砲弾が撃ち出されてから一〇分あまり経《た》った午後二時四一分、

ニューアイアンサイズ艦上のデュポンは綿密に練り上げた戦略が潰《つい》えさるのを目《ま》の当たりにした。北軍艦隊の縦陣は隊列を乱しつつあった。硝煙越しに前方を見つめると、ウィホーケン号が遅れつつあるようだった。

ニューアイアンサイズ号はサムター要塞の手前七二〇メートルに位置しており、北寄りのムールトリー要塞と正面のサムター要塞の弾幕の内側にあった。南軍が一斉に砲門の火蓋《ひぶた》を切った。デュポンは甲板に吹き飛ばされた。それは、ニューアイアンサイズ号がその後三時間に被弾することになる、九三発のうちの四発目だった。

甲板から立ちあがると、デュポンは小型望遠鏡をウィホーケン号に向けた。

ロジャーズ大佐は船殻の下に、水雷のものと思われる爆発を感じ取った。北軍の砲艦の乗員たちは機雷と呼ばれている水雷による防御線のほうを、サムターおよびムールトリー要塞の大砲より恐れていた。要塞にしろ砲門にしろ、見えないことはない。機雷は姿を隠して隙《すき》をつけ狙《ねら》う暗殺者だった。

「全速後進」ロジャーズは伝声管で機関室に伝えた。

縦陣の二番艦パセイクは速度を落とした。北軍の隊列は乱れはじめた。

サリヴァンズ島にある南軍のビー砲台とボーレガード砲台の砲員たちは、ムールトリー要塞の胸墻《きょうしょう》から撃ち出される火力を補強した。サムター要塞の砲員たちは一糸乱れぬ非情な手順で装塡《そうてん》発砲を行い、水面越しに一分に数発の砲弾を撃ち出した。砲列デッキから噴出する硝煙の帳《とばり》は、微風に乗って北軍艦隊の脇を通りぬけた。鉛の雨が空から降り注いだ。

「艦長」ニューアイアンサイズ号の水先案内人がデュポンに話し掛けた。「操船に支障が生じました」

デュポンは自分の艦の扱いにくさを心得ていた。それは南軍の甲鉄艦の脅威に対処する方策を求める北部海軍が、おおわらわで設計建造した艦だった。この艦の設計はほかのモニター艦とは異なり、性能実証済みの古い機帆船に基づいているので、汽船と帆船の折衷型の造りになっているうえ、装甲が効果的な働きをした例は一度もなかった。

「われわれは四〇発も受けたんだぞ」デュポンは知らせた。「いろんな問題があっても、無理もあるまい」

「モニター艦の一つに突っ込みかねません」

デュポンは通信兵のほうを向いた。「艦隊司令官の動きは無視しろ、と信号を送れ」

通信兵は急いで去って行った。こんどは水先案内人のほうを向いた。

「艦隊から離脱したまえ」彼は低く命じた。「自分が率いる艦を沈めるなんて、そんな惨《みじ》めなことはご免こうむる」

縦陣の最後尾から先頭へ。陣形がばらばらに崩れるなか、キーオカック号は汽走して大胆にも最先端に出た。勇敢な行動の代償は強烈なものとなる。

「艦長」キーオカック号の通信兵は報告した。「ニューアイアンサイズ号は、同艦の動向を無視せよと求めております」

リンド中佐は上の空でうなずいた。彼は対処せねばならないもっと重大な問題を、いくつも抱えこんでいた。この三〇分間に、キーオカック号は砲弾を八七発受けていた。甲鉄艦は喫水線の上下の一九ヶ所に穴を穿《うが》たれていた。砲郭や煙突は穴だらけで、穴越しに薄れゆく日の光が見えたし、左舷の大砲はただの一発も撃たないうちに使いものにならなくなってしまっていた。

前方の大砲は五発撃った――だがそれっきりで、やはり使用に耐えなくなった。リンドはいまや完全に無防備な艦の指揮を取っていた。やがて、エンジンも停止してしまった。

ウィホーケン号は南軍の砲弾を五〇発近く受けた。一発の固体弾は旋回砲塔を叩き潰《つぶ》し、大砲を使いものにならなくした。水先案内人はいったん後退したうえで、右に針路を取って退却した。技術者たちは旋回砲塔に走りよった。たいそう苦労をした末に、彼らは砲塔が旋回するように修理した。ウィホーケン号は危険な水雷用筏ともども戦線から脱落し、筏は切り離して漂流するに任せた。

パタプスコ号は完膚なきまでに撃ちまくられつつあった。ムールトリー要塞の砲列は、同艦の右舷を集中的に叩いていた。水先案内人は砲列が射角を見出《みいだ》せないよう、甲鉄艦の位置取りに最善を尽くしていたが、硝煙が立ちこめて視界がほとんど開けていなかったし、北軍の艦艇はあらゆる場所を塞《ふさ》いでいた。襲撃隊形が崩れ、北軍の甲鉄艦のゆうに半分は撤退していたので、覗《のぞ》き窓からは水泡に帰した攻防戦の混乱ばかりが目についた。

硝煙が逆巻きながら水面を渡った。固体弾が標的から逸《そ》れるたびに、水柱がいままさに噴き出した間欠泉さながらに空中に一挙に舞いあがった。依然として交戦している北軍のわずかばかりの艦艇は、二つの要塞に反撃を加えようとはしているものの、単に騒音と混乱を増大させているに過ぎなかった。水上や要塞目がけて飛びかう砲弾のうなりに、蒸気機関やボイラー、それに測鎖の喧騒《けんそう》が重なり合っていた。甲鉄艦上のどこにも静寂はなかった。金属製の船殻はごく些細《ささい》な音にも反響し、地獄の関所の門さながらに木霊《こだま》した。船殻なり甲板に固体弾が命中したさいの音は、乗員には打ち鳴らされている教会の鐘の中に頭を突っ込んだも同然に強烈だった。

絶え間ない騒音に、間断ない暑熱が加わっていた。船外の気温は穏やかでも、覗き窓はぜんぶ閉じて目板を下ろしてある。風はそよとも入ってこないので、空気は過熱してしまう。

それに雑多な臭《にお》い。黒色火薬、信管、金属、さらにはグリース。ペンキに精製綿。調理場の食料品、身体を洗っていない水兵たちの悪臭。恐怖。戦闘は艦長や乗員にとって、光景と音響の不協和音にほかならず、感覚に過負荷を強いていた。

負傷し、叩きのめされた末に、水先案内人はパタプスコ号を戦隊から離脱させた。

ニューアイアンサイズ号上のデュポン少将には、戦況が絶望的であることが見て取れた。戦いは三時間にわたっていたが、北軍艦隊はさしたる成果を挙げていなかった。キーオカック号は打ちのめされ、航走するのがやっとだった。

ウィホーケン号とパタプスコ号は数多く被弾していた。

北軍のモニター艦ナハント、ナンタケット、モントーク、パセイク、それにキャッツキル号もみな、数えきれない砲弾を浴びていた。デュポン率いる艦隊は混乱状態で、一分ごとに崩壊しつつあった。

デュポンは退却命令を出した。

北軍艦隊は進入して来た航路を逆に南下し、モリス島脇の水道にさしかかった。しかしその様相は、南軍と一戦交えるために北を目指して汽走した時とは一変していた。どのモニター艦もそこここにペンキを削《そ》ぎ取られた跡を見せていたし、装甲板はゴルフクラブで殴られたブリキ缶のようにへこんでいた。煙突は途切れがちな煙を棚引かせている。機関員が打ちひしがれたボイラーを懸命に働かせているのだ。モニター七艦のうち二艦は水漏れを起こしていた。さしあたり、艦内に流入する水はポンプで船外へ排出されていた。しかし、まだ排除されない水の荷重で、二艦とも軽く傾いていた。艦隊は試合に敗れたボクサーさながら、這いずるように戻ってきてモリス島を通過した。後日、同艦隊は計四九三発被弾していたことが判明する。

強力な北軍艦隊は、借りてきたロバ同様さんざん打《ぶ》たれていた。キーオカック号は縦陣の最後尾から先頭に出て行ったものの、帰りはまた最後尾に位置していた。

リンド中佐はハッチを通りぬけて、片方の旋回砲塔に入っていった。彼は片方の腕しか使えなかった――もう一方の腕には、飛び散った夥《おびただ》しい小さな木片が肉の中に何センチも食い込んでいた。

キーオカック号の試験的な装甲は、失敗だったことが実証された。木部を交互に縦に並べ、その合間に金属の帯を組み合せる設計は、充分な保護を与えることが出来なかった。その装甲板の設計は、脇《わき》の開いた防弾チョッキの製造と同様、実用性を欠いていた。球形の固体弾が鉄の帯に命中した時には、弾丸ははね返された。だが木製の船殻は、多少なりと弾《はじ》きかえしたろうか？　ほとんどの場合、裂片や細片となって飛散した。リンドの腕がその証《あかし》だった。

前後を凝視して、リンドはキーオカック号の損傷を分析した。

前部の砲塔は跡形もなくぺしゃんこになっていた――まるで巨人が大きなハンマーで叩き潰したようだった。その中にいた砲員はみな負傷した。リンドが立っていた後部の砲塔も、五十歩百歩だった。大砲はわずか五発撃っただけで使用不能にされてしまったが、砲員のほうはまだ運がよかった。負傷者は半分ちょっとですんだ。

二つの砲塔の間には、キーオカック号の煙突の残骸《ざんがい》が立っていた。その煙突は穴だらけで、散弾銃で撃ちまくられたブリキ小屋さながらだった。煙は円筒形に沿って昇ってくるうちに、穴にさしかかる。すると煙は、年季の入った愛煙家の口許《くちもと》から出てきたように、輪を描きながら穴から吐き出される。

リンドが見つめているうちにも、キーオカック号は寄せ波に揺さぶられた。その直後に、煙突の上部飾りの一部が裂けた。それは甲板に落ちると、船外に洗い流された。

リンドの船は分解しつつあった。

一九発の砲弾が、キーオカック号の装甲板を貫通していた。そのうち数発は、喫水線の下に穴を穿っていた。船を浮かべておくただそのために、機関員たちが懸命に働いていることをリンドは知っていた。乗員のうち三二名は負傷していたが、幸い死者は出ていなかった。

リンドはハッチを開けると上って、主甲板へ戻った。キーオカック号は南軍の砲台の射程外にあった。したがって、いまや乗員たちは船を浮かせておくことに専念していた。三二名負傷、しかし死者はゼロ。ほどなく命を落とすものが出るのは避けがたい。それはキーオカック号となるはずだった。日が西に沈むころ、葉巻型の艦はよろよろと、モリス島沖の停泊地へ向かっていた。リンド中佐は戦闘に関してなんの幻想も抱いていなかった。彼と北軍艦隊の残る艦艇もさんざん叩きのめされたし、彼の艦は最大の損傷を受けていた。下りて艦内に戻ると、機関長のホイーラーに向かって叫んだ。彼は船首近くで水漏れを塞ぐ作業を監督していた。

「かなりひどいのか？」リンドは訊《き》いた。

ホイーラーはグリースまみれで、びしょ濡《ぬ》れだった。汚れたぼろきれで両手をぬぐうと、歩いて近づいて来た。「感心できません、中佐」ホイーラーは告げた。「船殻の穴は一九を数えますし、半分以上が喫水線下です。ポンプは持ちこたえていますが、限界ぎりぎりです。エンジンは止まっていますし、前部の砲塔は使用不能。さらに悪いことに、わたしの機関員の半分は負傷しており、つぎつぎに持ちあがるもろもろの問題に対処するのが難しくなりつつあります」

「砲側員と甲板員の一部を、助《すけ》っ人《と》として送りこむ」とリンドは持ちかけた。

その瞬間、キーオカック号は波に乗って揺れ、船殻が撓《たわ》んだ。厚板を肋材《ろくざい》に固定しているボルトの一本が、ミニエ式銃弾のように艦内を瞬時に過《よ》ぎり、反対側の隔壁に食いこんだ。

「錨《いかり》の出番だ」ホイーラーは損傷を調べに走りよりながら叫んだ。

一時間後、サムター要塞《ようさい》の約六・五キロ下流、モリス島の沖合いほぼ三・二キロの地点でリンドは投錨《とうびょう》を命じた。機関員は勇敢に防戦したが、キーオカック号の短い寿命は尽きてしまっていた。夜の間はずっと穏やかな天候で、海は凪いでいた。そんなわけで一時はホイーラーとその部下にも、打ちのめされた艦を救えたのではないかと思われた。しかしながら運命は、別の計画を用意していた。午前五時に、風が強まった。健常な艦なら歯牙《しが》にもかけなかったろうが、キーオカック号は健全な状態には程遠かった。船殻が撓んださいに、ホイーラーの部下が外板張りの間に詰めこんでおいた精製綿がずぶぬれになり、はずれてしまった。キーオカック号はさらに水中へ沈みこみはじめた。

リンドは損壊した前後の砲塔や煙突の一部を切り離せと命じたが、その措置は避けがたい事態を食いとめるうえでほとんどなんの効用も発揮しなかった。それは勝ち目のない戦いだった。

四月八日の陽が昇り、それとともに風が吹きつのった。

「援護を求める合図を送れ」とリンドは命じた。「負傷者を退去させるために、曳《ひ》き船が必要だ」

ホイーラーは梯子《はしご》を上って主甲板へ出た。靴からベルトの高さまで水浸しだった。彼は二四時間、不眠不休だった。顔には疲労が刻みこまれていた。

「艦長」彼はリンドに敬礼しながら知らせた。「増水が速く、われわれの手に負えません」

リンドは近づいてくる三艘《そう》の曳き船を指さした。

「助けが来た。負傷者を下ろすまで、なんとかこの艦を浮かしておいてくれ」リンドは言った。

「それには一時間はかかるでしょう、艦長」ホイーラーは梯子のほうへ戻りながら答えた。「ですがわれわれには、二〇分少々しかないようです」

午前七時二〇分、リンドとホイーラーはキーオカック号の甲板を離れた。曳き船が繋《けい》索《さく》を解いた途端に、甲鉄艦は死の発作を起こした。まず艦首を下げた。風に煽《あお》られた水が錨鎖孔から入りこんだのだ。つぎに、膨大な重量の水が艦内の下層隔室に溜《た》まるにつれて甲鉄艦は身を震わせ、すでに傷《いた》めつけられていた厚板が弾かれた。内部が水に埋め尽くされた瞬間に、キーオカック号は死せる愛煙家の末期《まつご》の喘《あえ》ぎのように、炭塵《たんじん》の雲を吐き出した。

つぎの瞬間、同艦は水面下四・五メートルほどの海底に擱座《かくざ》した。ひしゃげた煙突の一部は姿を見せていた。キーオカック号はわずか六週間の命だった。

フィロ・T・ハケットはタバコまじりの唾を近くのアリ塚に吐きかけ、小さい昆虫が迷惑な粘つくものを振りほどこうとしている様を見つめていた。一四歳の彼は、かみタバコをたしなむには若すぎるのだが、モリス島の低木や太枝で作った一時しのぎの隠れ家にじっと身を潜めているにも若すぎた。ハケットはきのうの夕方から隠れていたのだった。まず彼は激戦を目撃し、つぎに北軍の甲鉄艦が浮上していようと悪戦苦闘した末に息を引き取るのを観察した。

ハケットの父親はサムター要塞配属で、母親は行方不明の息子がもとの心労で病人になっていた。隠れ家から這《は》いずりでると、ハケットは島の下手に隠してある手漕《てこ》ぎボートのほうへ歩いて行った。

やがて彼は静かに漕いで、ボーレガード将軍に報告するために海面を渡っていった。

「あの手の大砲が欲しい」ボーレガードは言った。

アドルファス・ラコストはうなずいた。

ラコストは土木技師だった。しかし、誰もが駆り出されている戦争時に責任逃れをする男ではなかった。彼はチャールストン埠頭《ふとう》のうらぶれた灯台船を見つめた。

「出来ると思います、閣下」ラコストは答えた。「ですが、危険が伴わないわけではない。われわれはヤンキーたちのまさに鼻先で行動することになるからです」

「どれくらい時間がかかるだろう、アドルファス？」ボーレガードは訊いた。

「しかるべき助力を得られれば、二週間」ラコストは答えた。

「必要なものは何なりと提供する」ボーレガードは歩き去りながら言った。「あの手の大砲が欲しいのだ」

灯台船に巻き上げ機や索具を艤装するのに一週間かかった。ボーレガードは約束を守り、ラコストが必要とするあらゆるものを与えた。巻き上げ機は新品で、ロープも中古ではなかった。潜水夫六名は、甲板上の新たに油をひかれた鋸《のこぎり》、バール、梃子《てこ》の山の真中に坐《すわ》っていた。いよいよ、不可能な任務の開始だった。

激しい雨のせいで、視界はまったく利《き》かなかった。

潜水夫のアンガス・スミスは縄梯子で、灯台船の甲板に下り立った。革の手袋はずたずたに裂け、両手は作業のために傷を負っていた。痛みはほとんど感じなかった。冷たい水中に漬かっていたために、身体《からだ》が隅々まで凍えているせいだった。七日間にわたって、スミスやほかの潜水夫たちは、夜ごと小さなボートに分乗して漕ぎだし、水面下の深みをさぐった。目撃されるのを避けるために、照明はいっさい使わなかった。最初の陽がさす前に、潜水夫たちは引き揚げた。毎日夕方に、彼らは改めて出動した。作業を開始してから四日め、潜水夫たちはラコストに、大砲を台座からはずしたうえ、旋回砲塔の開口部は取り払ったと報告した。改造された灯台船が現場を訪れるのは、今夜が初めてだった。

「われわれはこれだけのことを、すべて手探りでやったのですよ、旦那《だんな》」スミスは言った。「下は夜のように真っ暗です。ですが、命令通りすべて取りつけたつもりです」

ラコストはうなずくと、ただ一本、火の点《とも》っているロウソクのそばにある操舵室《そうだしつ》へ入っていき、懐中時計を見つめた。午前四時近くだった。繋索を取りつけるのには、思いのほか時間がかかった。まもなく明るくなるだろうし、北軍がキーオカック号の真上に灯台船を目撃すれば、その瞬間に攻撃を仕掛けてくるのは必至だった。彼は操舵室から引きかえした。

「部下の潜水夫はみな水から上がったのか、スミス？」ラコストは訊いた。

スミスは甲板上の部下をすばやく数えた。四人は潜水具をつけたまま眠っていた。もう一人は潜水服を脱いで繋《つな》ぎ姿で突っ立ち、下手の舷側《げんそく》越しに小便をしていた。

「全員そろっています、旦那」スミスは簡潔に答えた。

「巻き上げ機を動かせ」ラコストは命じた。

南軍の水兵四人が輪を描きながら歩きはじめた。彼らは両手で巻き上げ機のオークのハンドルを握りしめていた。大索は徐々に張りつめ、やがて重量約七トンという最初の大砲が、繋索とロープと鎖だけで吊《つ》り下げられた。

大砲は水中をゆっくり上がってきた。じりじりと数センチずつ。

ラコストは船首の木製の起重機を見つめた。ジョイントの部分が摩擦され、抵抗のきしみ音を発したが、装置はしっかり持ちこたえた。「うまくいくように、グリースをくれてやれ」彼がある水兵に囁《ささや》くように命じると、兵隊は獣脂を大索にたっぷり塗った。

やがてラコストはよろめいた。灯台船の甲板が、膨大な重量がかかったために沈みこんだのだ。ほとんど感知できぬほどだが、大砲は上がりつつあった。

頬髭《ほおひげ》の汗をぬぐいながら、ラコストは深みにあるキーオカック号の墓所を覗《のぞ》きこんだ。

つぎの瞬間、彼はそれを目撃した。大砲の外縁のほんの一端を。

「もっと力を入れろ、みんな」彼は少し声を強めて命じた。

大砲は旋回砲塔のほぼ先端にあった――あと数センチで解き放たれる。ところがそこで止まってしまった。

「ラコストさん」ある甲板員が囁き声で言った。「車地《しゃち》と近すぎる。これ以上引きずり上げるのは無理です」

引き揚げまでいま一歩だが、成功にはほど遠かった。しかも空が白みはじめた。

「くそいまいましい」ラコストはぼやいた。まもなく、彼らの姿は視認されてしまう。いったん見咎《みとが》められたら、作業がそれっきり止《と》めを刺されるのは避けがたい。「できる限り重量を船尾へ移動させねばならん。そうすれば船首が持ち上がるので、必要な空間が少しは生ずる」

あとほんのわずか――だがそれでは充分でなかった。宙吊りの砲口は執拗《しつよう》に難船にしがみついていた。ラコストは東を見つめた――ますます明るくなりつつあった。数分後には、発覚を免れるために、任務を放棄せざるを得なくなる。寿命はパン一切れより薄い。

その時、海が救いの手をさしのべてくれた。

おそらく、何百キロもの沖合は嵐《あらし》なのだろう。地球のどこかが震動したのかもしれない。原因はなんであれ、どこからともなく大波がやってきた。それはベッドシーツを伸ばしたような穏やかな海面を、うねりながら迫ってきた。

大波の前面の窪《くぼ》みのなかに、灯台船は沈みこんだ。つぎの瞬間、まったく出し抜けに船殻が持ち上げられ、大砲は呪縛《じゅばく》から解き放たれて大索に吊るされた。

「大砲の重量を船首からずらせるか？」ラコストは船長に訊いた。

「ともかく、やってみましょう」と船長は応じた。

三日後の夜に彼らは戻ってきて、二番目の大砲を引き揚げた。

キーオカック号の引き揚げ作業が行われたことに北軍が気づいたのは、ずっと後のことだった。

サムター要塞沖での潰走《かいそう》から数ヶ月後、ロジャーズ大佐はウィホーケン号の艦長室で眠っていた。彼ははるか南の地に改めて配属され、彼の率いる甲鉄艦はジョージア州沖のワーソー入江で碇泊《ていはく》中だった。北軍のモニター型第二番艦、ナハント号は五キロたらず先に留まっていた。暑い日で気温は三〇度近く、風はなかった。はかなげなサルオガセモドキが付近の立ち木から下がっていて、無数のカエルの鳴き声が空中に満ち満ちていた。北軍の艦船は、南軍の最新の衝角艦を阻止すべく待機していた。

南軍の甲鉄艦アトランタの水先案内人は、手探り状態でサヴァンナ川を下っていた。水道は狭く、発見されるのを避けるために照明はいっさいつけないよう命じてあった。アトランタ号は巨大で、動力不足のうえに喫水が深いといった条件があいまって、操船のしにくい船だった。快速の封鎖突破船フィンガル号を改造したアトランタ号は装甲を施され、鋳鉄製の衝角を船首に搭載した。火力はブルック施線砲四門と、衝角の先端から延びる必殺の円材水雷が構成していた。

アトランタ号の開き窓の上では、二等水兵のジェシー・メリルが見張りに立っていた。暗闇《くらやみ》の中でも、彼は前方の川の変化を見極めることが出来た。アトランタ号は竜骨を引きずって、川底の泥を掻《か》き回していた。アトランタ号は船底をこすっていたのだ。別の船の前方を覗きこみながら、メリルは川面《かわも》の靄《もや》の奥を見通そうと目を凝らした。彼は前方の輪郭を捉《とら》えたと思い、その場に視線を絞ったとたんにアトランタ号は座礁《ざしょう》し、彼は前方に投げ出された。

「後退させろ」水先案内人の囁く声が聞こえた。

泥にはまったスクリューを回転させて、大型甲鉄艦は抜け出そうともがいた。船殻を前後に数分揺さぶっているうちに、アトランタ号は自由を得た。

二〇〇メートルほど離れたウィホーケン号が、南軍の衝角船アトランタに最も近く位置していた。艦上の見張りは眠るまいと頑張っていたが、勝ち目はなかった。彼はときおり舷窓越しに上流を覗いていたが、眠気に負けるたびにうなだれた。温かく、風はほとんどそよいでいなかった。彼の頭は上下していた。

アトランタ号は後退し、また川を下りはじめた。艦上のジェシー・メリルは前方を覗きつづけた。また船が目に止まった。水上に低くうずくまっていて、色は黒っぽく、旋回砲塔の丸味を帯びた曲面がなければ見落としていたかもしれない。

彼は見張り場所から下りて行って、大佐に注進した。

夜明けの最初の光が舷窓を射抜き、見張り番の目をサーベルさながらに突き刺した。首を振ると、彼は口髭の涎《よだれ》を拭《ぬぐ》い取り、水面に目を走らせた。恐ろしい幻影さながらに、二〇〇メートルほど前方のアトランタ号が視界に入ってきた。見張り番は見つめなおすと、警報を鳴らした。

彼はたっぷり三分間、鐘を鳴らし続けた。

鐘の音でウィホーケン号のロジャーズ大佐はベッドから飛び起き、寝巻き姿のまま操舵室に駆けつけた。先任将校のパイル大尉《たいい》はすでに持ち場についていた。

「あの艦は動いていませんが、艦長」

ロジャーズは小型望遠鏡で川を眺めわたした。「乗員が甲板上を駆けずり回っている」

「独断でナハント号に連絡しておきました」大尉は報告した。「加えて、機関室には全速前進を命じておきました」

「あの艦に直進せよ」ロジャーズは命じた。

「砲門準備完了」パイル大尉は伝えた。

「砲撃開始」ロジャーズは下令した。

撃ち損じることなどありえなかった。ウィホーケン号から放たれた一五インチ砲の最初の一発は、見事命中した。砲弾はアトランタ号の開き窓を、薄手の玄関ドアを叩《たた》き破る消防士の斧《おの》さながらに引き裂いてしまった。しかも南軍の甲鉄艦は、反撃しようにも無力だった。座礁のさいに船体が大きく傾いていたのだ。大砲の射角をせいぜい下げて反撃を試みても、砲弾は川岸の樹冠の上を飛び去った。ウィホーケン号の二度目の一斉砲撃によって、アトランタ号の装甲は一平方メートルほどへこみ、砲側員たちは宙に投げ出された。

三度目の斉射は操舵室の屋根を剝《は》ぎ取った。それだけで勝負はついた。

艦長が軍旗を下ろし、降伏したのだ。

後にアトランタ号はフィラデルフィア海軍工廠《こうしょう》へ曳航《えいこう》されていき、改造されて北部海軍艦艇として任務に復帰した。ロジャーズは英雄として歓迎され、大将に昇進した。一対一の戦いで甲鉄艦を破った最初のモニター艦の艦長である彼は、対サムター要塞《ようさい》戦を続けるためにチャールストンへ戻った。

アトランタ号拿捕《だほ》から八ヶ月後、ウィホーケン号は年季の入った古株となっていた。乗員は海戦に鍛え上げられ、艦上における日課は徹底した。くる日もくる日も、サムター要塞に砲弾を撃ちこんだ。したがって、同艦が弾薬を補給するためモリス島沖に停泊したのは、なにも珍しいことではなかった。

ハロルド・マッケンジーは二等水兵だった。それに、二等水兵なら命令に従うものだ。たとえそうであるにしろ、マッケンジーは同僚のパット・ウィックスに自分の嫌な予感を話さずにいられなかった。

「重量が正しく配分されていない」砲弾がびっしり詰まった木箱を二人で運んでいるさいに、彼は囁くように言った。「前部にあまりにも多くの重量がかかっている」

しかしウィックスは、ほかのいくつかのことに気を取られていた。

「われわれは限度一杯積みこんでいる。将校たちはまた二つの要塞に砲撃を加えるつもりなのだろう」

ウィックスは第一回のサムター要塞攻撃のさいに榴弾《りゅうだん》の破片で負傷しており、かなり砲撃戦に脅《おび》えていた。それとは対照的に、マッケンジーはウィホーケン号に転属になってきたばかりだった。彼は依然として実戦を見たくてうずうずしていた。

「結構じゃないか」とマッケンジーは応じた。「そろそろ南軍の連中に、思い知らせてやってよいころだ」

しかし、そうはならなかった。マッケンジーの最大の不安がまもなく的中したからだ。

その夜、水兵たちがベッドで寝ている間に、強い陸風が吹いてきた。新たに積みこんだ弾薬の配置が悪いために、ウィホーケン号の船首は深く沈みこんでいて、深刻な事態が生じるのは時間の問題でしかなかった。最初の一連の波が艦首を越えて洗ううちに、固定されていなかったハッチから水がドッと流れこんだ。艦首がさらに数センチ沈みこむと、海水は錨鎖孔《びょうさこう》に殺到した。水が艦内の底部を満たすと、艦首は急激に沈んだ。もはや艦尾の淦水《かんすい》ポンプは役に立たなかったし、前部のポンプは流れこむ水量を捌《さば》ききれなかった。

単純な誤まりだったが、そのためにウィホーケン号は短命で最期を迎え、墓所に葬《ほうむ》られることになった。

ウィックスはいちばん上のベッドに寝ていたので、最初に気配を感じ取った。艦首が滑りこんで行く急激な沈下の反動で、彼は上のデッキに頭を打ちつけ、ぎくりとなって目を覚ました。

「マック」ウィックスは叫んだ。「起きろ」

マッケンジーはベッドから脱け出そうともがいたが、ウィックスの警告は二人にとって一呼吸遅かった。ウィホーケン号はすでに末期《まつご》の苦しみの最中だった。流入する水量が増大するにつれ、船殻のバランスが崩れた。水が下の隔室に流れこむと、たちまち片側に傾いた。湯船に浮かんでいる玩具《おもちゃ》の船のように、ウィホーケン号は右舷《うげん》方向に反転した。ものの数秒のうちに、海水が露天旋回砲塔とデッキハッチから一挙に流れこみ、ボイラーと接触して蒸気爆発が発生した。

つぎの瞬間、ウィホーケン号は波の下に滑りこみ、三一名の魂をそれぞれの墓場へ伴って行った。

時は一八六五年一月二五日だった。長い殺伐とした戦いは幕を閉じようとしていた。モニター艦パタプスコの上では、スティーブン・クォケンブッシュ中佐が故郷《くに》へ帰ることを夢見ていた。彼の率いる艦は第一次サムター要塞襲撃以降、ほとんど休みなく戦闘を行ってきたので、彼にしろ乗員にしろ戦いにうみ疲れていた。他のモニター艦と造りは似ていたが、パタプスコ号の兵装は重装備なため、絶えず起用されてきた。艦隊で唯《ゆい》一《いっ》の大型パロット砲を備えていたので、パタプスコ号は二つある要塞の砲台の射程外に留まって、被害を受ける恐れなく発砲できた。そのせいで、パタプスコ号はほかのどの艦よりも数多く、応戦する南軍に発砲した。

戦果を充分評価された結果だけに、パタプスコ号が一八六五年早々に、危険な哨戒《しょうかい》任務を命じられたのも不思議はない。哨戒任務は物見遊山《ものみゆさん》ではない。それは夜毎《よごと》の偵察出動と港外の機雷除去の組み合せだった。艦長も乗員も、その任務をひどく嫌っていた。

「強い上げ潮です」先任将校のウイリアム・サンプソン少尉がクォケンブッシュに話しかけた。二人は旋回砲塔の上に立って、月のない闇夜を見据えていた。

「ランチと掃海艇を水道の中へ護衛してから流れに乗って抜け出し、火力援護を行う」

クォケンブッシュは声をひそめて言った。

「下へ行って、操舵《そうだ》手《しゅ》と機関長に微速前進を命じましょうか？」サンプソンは訊《き》いた。

「そうしてくれ。私はここに残って監視を続ける」

その選択がクォケンブッシュの命を救うことになる。

パタプスコ号は汽走して、南軍の二つの要塞に近づいて行った。背後には、引っ掛け鉤《かぎ》と引き綱を積み、蒸気機関を備えた小型ランチが数艘《そう》従っていた。ゆるやかに、ランチたちはモニター艦の脇《わき》を通りすぎて、機雷を除去する単調で飽き飽きする仕事に取りかかった。

サンプソンが上甲板に戻ってきた。「大砲を引き出すよう命じてきました、艦長」

クォケンブッシュはうなずいた。彼の艦はいまや、火力援護の態勢にあった。夜の歩みはじれったいほどのろのろとしていて、その間に北軍の甲鉄艦が水道を漂いながら出入りしていた。三度目の正直とよく言われるが、パタプスコ号とその乗員には当てはまらなかった。同艦は潮に流されて、真夜中すぎてから三度目に港の入り口の外へ出たところで、前日に敷設《ふせつ》されたばかりの機雷にぶつかってしまった。

それは木製の樽《たる》に火薬が四五キロ詰まっている機雷だった。

機雷は衝撃を受けるや点火し、艦首背後の左舷側に大きな穴を開けた。爆発によって、パタプスコ号の艦首は宙に持ち上げられた。クォケンブッシュとサンプソンが甲板に投げ出された瞬間、大きな水柱が空中に噴き上げられ、旋回砲塔の上に激しく落下した。

「ボートを出せ！」クォケンブッシュは叫んだ。

だが遅すぎた。パタプスコ号は一分半たらずのうちに波の下に潜り、深さ一二メートルの海底へ向かった。将校と乗員六二名が艦と運命を共にした。煙突の先端だけが、引き潮の際に海面に姿を覗《のぞ》かせていた。クォケンブッシュとサンプソンは命運の尽きたモニター艦に吸いこまれるのを辛うじて逃れ、一艘のランチに救われた。

それはアメリカ海軍にとって、慶賀すべき救出だった。

ウイリアム・サンプソンは後日、海軍兵学校の校長になり、米西戦争の際は北大西洋艦隊司令官に任命された。スペイン艦隊がサンティアゴ・デ・キューバ脱出を図ると、サンプソン自らが率いる艦隊は、彼の戦闘計画を採択して一時的にウィンフィールド・スコット・スライの指揮下に入り、敵艦隊を撃滅した。

南北戦争での実戦経験に磨き上げられたサンプソン、スライ、それにデューイはみな、提督の位で英雄として死んだ。

2

一隻《せき》分で三隻
一九八一、二〇〇一

可能なときは、私はいつも抱き合わせ遠征を試みる。基準が大まかな場合、それは完全に理にかなっている。仮にNUMAがある船を探索している場合、その付近一帯でほかの何隻かの難船を探すことは費用と時間の両面で効率的である。

チャールストンがぴったり当てはまる。南軍の潜水艦ハンリーを探し出す一九八一年の遠征の際に、私たちはボートを二艘《そう》用いたが、一艘は磁力計を引いて探索グリッドを走り、もう一艘は傾度測定器とダイバーたちを乗せて興味を引く物標を調べ上げる役割をになった。

この項目はざっと目を通すにとどめよう、と思われるかもしれない。というのも、磁力計と傾度測定器の違いをはっきりさせておくよい頃合だと思うからだ。ショーンステッド傾度測定器は、長年使用するなかで大きな成果を挙げてきたが、五〇センチあまりの間隔で置かれた二つの検知装置間に位置する鉄を含む物体の磁気強度の差異を読み取る。それに四五キロの速度で曳航《えいこう》することもできる。それに引き換え、磁力計は地球の磁場の差異を読み取るのだが、さまざまな大気の条件のせいで、しばしば誤まった読み取り値を示す恐れがある。かなりの低速で引かなくてはならない。

探索ボートが潜水艦探しに打ちこんでいるいっぽう、ダイバーたちを乗せたボートは、めったに掛からぬ呼び声を待ちながら、なにもすることのないまま近くを漂っている。時は金なりということを学び取った私は、南北戦争当時に行われたチャールストン攻囲戦の際に沈んだほかの難船探しをダイバー用ボートに命じた。

チャールストン港内外の水域は、古い難船のれっきとしたサルベージ場だ。一六〇〇年代の後半から二〇世紀前夜までに、ありとあらゆる規模と艤装《ぎそう》の何百もの艦船がチャールストン市を望む水域内の海底に沈んだ。四〇艘近いニューイングランドの捕鯨船が、南軍の封鎖突破船が出入りするのを阻止すべく、水道を封鎖するために自沈したが無駄に終わった。海上快速船も封鎖線の突破を図ったあげく、北部海軍の砲火を浴びて二〇隻以上が撃沈された。

北軍の艦艇も海底に沈んだ。フサトニック号は潜水艦ハンリーの水雷に葬《ほうむ》られた。ウィホーケン号は嵐《あらし》のために沈んだ。パタプスコ号は触雷して沈没。そしてキーオカック号は南軍の砲弾を一〇〇発近く被弾した後に沈没。いずれの艦も、共同墓地の沈泥《ちんでい》の中に横たわっている。

初めのうち、そうした船を探し出すのは、幼稚園のかくれんぼなみに簡単なように思われた。私たちは北部海軍のある将校が一八六四年に描いた水路図を持っていたが、それには消息を絶った封鎖突破船一〇隻と北軍の甲鉄艦のおおよその位置が示されていた。それらの位置を今日の水路図に写しかえるのは簡単だと思った。唯一《ゆいいつ》の問題は、私がまったく偶然に見つけたのだが、一八九〇年より数年前の経度が後の投影図より三六〇メートルほど西へ片寄っていることだった。私がそれに思い当たったのは、一八七〇年の水路図では、五二度の経線が一九八〇年の水路図よりサムター要塞《ようさい》にずっと近く見えることに気づいたのがきっかけだった。この着想の正しさは、私たちが見つけたあらゆる難船が、あるべき場所よりおよそ四〇〇メートル西に位置していた事実によって裏付けられたように思えるし、完璧《かんぺき》な下調べなど出来るわけがないことを示してもいる。

ウォルト・ショウブは先発要員を務め、奥さんのリーと町に到着するとボートを一艘チャーターし、遠征隊員の居住区として最終的には、ホッケーの三チームを収容できるほど広い場所を手配した。彼が借りたその家は、サリヴァンズ島にある大きな二階建てで、長い板張りの通路が砂丘の上を延びて、海辺の快適な小さなテント小屋に達していた。ウォルトは男たちのために、料理人としてドリスという名の女性を雇った。ドリスが大変に料理上手なことは分かったものの、理由をなんとしても明かさないのだが、私の朝食に挽《ひ》き割りトウモロコシを添えるのを拒んだ。それに、彼女には妙な癖があって、われわれの午後の海上ピクニック用に、ボローニャソーセージのサンドイッチしか作らなかった。チーズ、ツナ、あるいはピーナツバターはなし。ずっと後になって突きとめたのだが、それはウォルトに強制されていたのだった。彼はボローニャサンドイッチが好きなので、それを午後の一品メニューと定めたのだった。私はいまだに、デリカテッセンの陳列棚にボローニャサンドイッチを見かけると、郷愁にどっと取りつかれる。悲しいかな、ハリケーン・ヒューゴー（一九八九年九月）の際に、あの家は完全に倒壊してしまった。一九八〇年の遠征の際に私たち全員が滞在したモーテルも、まったく同じ災難に遭った。残ったのは、コンクリートの土台だけだった。

ここで、ちょっと寄り道。南北戦争の際にチャールストンで失われた艦艇にまつわる史実に基づく武勇伝は、元北軍機関将校ベンジャミン・マリファートに言及せずに書くことは不可能である。彼は後に、同時代でもっとも有名なサルベージの専門家となる。

子孫の一人が、北部陸軍少佐の制服姿で映っている彼の写真を一枚送ってくれた。ご婦人たちは彼を魅力的な男性と思ったことだろう。目は機知に富んだ輝きを宿しており、きっちり刈りそろえた濃い髭《ひげ》を蓄えていた。エネルギッシュな男で、難船からスクラップ用金属を含む価値あるものを剝《は》ぎ取る段になると、もたもたしていなかった。

マリファートは戦争終結後の数年間に、南北戦争の難船五〇隻以上のサルベージ事業を取り仕切った。チャールストンだけでも、彼は沈没した軍艦から何百万キロもの鉄、真鍮《しんちゅう》、銅を引き揚げている。

彼の潜水作業ぶりは、チャールストン防火ビル内の古文書館に保管されている彼の日記に記録されているし、その一連の日記は興味深い読み物となっている。彼は感じのよい人柄で、笑いを誘うウィットの持ち主だったようだ。ある項目には、こう記されている。「今日はほぼ一三〇キロの鉄を引き揚げた、多少の狂いはあるだろうがと、ダイバーたちはわたしに報告した。おそらく少のほうが正解だろう」

各難船と自分が回収した金属の量にまつわる彼の記述は、彼のサルベージ後にどの程度残骸《ざんがい》が残っていたか判断するうえで貴重である。

二〇年前に、私は再度彼に遭遇した。チャールストンではなく、ヴァージニア州のジェームズ川で。NUMAのチームと私は、ジェームズ川艦隊を形成していた南軍の三隻の甲鉄艦であるヴァージニアII、リッチモンド、フレデリックスバーグの探索をしていた。南北戦争の終わり近くにグラント将軍がピータースバーグを占領した際に、かつて南軍の封鎖突破船として名をはせたアラバマ号の艦長だったラファエル・セムズ提督は、ジェームズ川艦隊に自沈を命じた。

そうした甲鉄艦が、リッチモンドの下手にあたるジェームズ川流域のドリューリー断《だん》崖《がい》の下で爆発している様子を描いた、一枚の稚拙な素描がある。私たちはサイドスキャンソナーで、なに一つ見つけていなかった。磁力計は大きな物標をいくつか記録したが、形状が漠然としているうえに、散在していた。いずれも川の泥の中に埋まっているので、サイドスキャンソナーとストロボライトの有名な考案者ハロルド・エジャートン博士が、自分で作った水底プロファイラーを携えてやってきた――彼はこれを透過機と呼んでいた。

博士は懸命に取り組んだが、はかばかしく行かなかった。河畔林の落ち葉が数十年にわたって分解形成した泥の下に横たわるガスポケットを、透過機はなんとしても貫き通すことが出来なかった。退散しようかとも思ったが、私は探索を一日休んでヴァージニア州ポーツマスにある陸軍工兵隊の公文書館で資料調べをすることに決めた。たとえまるまる一週間掛かろうと、私は館内のあらゆる引き出しとキャビネットを調べ上げるつもりだった。

午後二時、私は〝パマンキー川調査、一九三一年〟というラベルの貼《は》ってある引き出しを開けた。古い写真、調査の素描、統計表の山の一枚一枚に目を通して行った。やがて、出しぬけに、透明な用紙の分厚い束に出くわした。縦四五センチ、横七〇センチで、縮尺は六〇〇分の一。私はそれを引き出しから取り出した。一見、ジェームズ川のある流域沿いの両岸を収めた素描のように思えた。それは明らかに、パマンキー川の素描にはそぐわなかった。それがどうやってそこに紛れこんだのか、どのくらいそこにあったのかは、まったく想像がつかない。

透明な用紙の裏側から着色してある独特の作図を、私は立ちつくしたまま魅入られたように見つめた。図の一番上の表記には、〝ドリューリー断崖下の難船の配置、一八八一年〟とあった。

画家の署名は、ベンジャミン・マリファートとなっていた。

私は〝ミステリーゾーン〟に踏みこんだような心持ちに襲われた。これには単なる幸運以上のものがからんでいるに違いない。運命の定め以外に起こり得ぬことだ。研究者たちはこうした宝の山を見つけるために、人生の半分を費やしているのだ。わたしは見当外れであるはずの場所を探しはじめてから、わずか四時間で見つけたのだった。

ベンジャミン・マリファート。私はとても信じられなかった。ヴァージニア州から五〇〇キロ近く離れた場所で、彼がチャールストンでサルベージ事業を辞めてから一〇〇年の歳月を経て、私たちは再会したのだ。私の目の前には、セムズ提督に自沈させられたジェームズ川艦隊の詳細な位置取りを示す図解があった。

比較分析したところ、私たちが一連の甲鉄艦の残骸を探しそこねた理由が明らかになった。軍艦たちは自爆した際、川岸に繋留《けいりゅう》されていた。長い歳月が経過するうちに、残骸は堆積物《たいせきぶつ》による広大な浅堆を形成する要因となって埋め尽くされてしまったうえに、ドリューリー断崖下にあった水流の中心は向い側の南岸へ四五メートルほどずれてしまっていた。

私が雇った水中考古学ジョイントヴェンチャー社は堆積土を探査して、マリファートをも御見事と言わしめたであろう発見をした。一部の難船はばらばらになっていた。大半の艦艇はかなり広い範囲に散在していた。しかし、全艦艇がそろっていた。汽船ノーサンプトン、汽船カーティス・ペック、水先船マーカス、汽船ジェームズタウン、汽船ビューフォート、甲鉄艦フレデリックスバーグ、甲鉄艦ヴァージニアII。第三の甲鉄艦リッチモンドは、チャフィン断崖の湾曲部を回った場所で発見された。いずれの甲鉄艦も、過去一二〇年あまりの間に、わずか一・五メートルほどの堆積物に蔽《おお》われたに過ぎなかった。

チャールストンとジェームズ川に関しては、私は先人ベンジャミン・マリファートにかなり負うところがある。興味をひかれる男性だ。できることなら知り合いになりたかった。彼の生涯と、彼が指揮した多彩なサルベージ事業に関する伝記を誰も書かないのは、なんとも残念である。

話題をチャールストンへ戻す。私のリストではキーオカック号が最初に探し、実地に調べ上げるべき軍艦だった。バウテルという名の北部海軍のある将校が描いた水路図では、キーオカック号はかつては陸上にあった旧モリス島灯台からほぼ直線上の東方に示されている。モリス島は南北戦争後に浸食されて、いまや灯台は海岸から四五〇メートルほど先の海中に建っている。

カッスラーの法則：川岸と海岸線はすこぶる落ち着きがなく、常時移動している。探している物標は、絶対に沈没した場所にはない。

私は全長ほぼ一〇メートルの堅牢《けんろう》な木造のボートをチャーターした。持ち主はハロルド・シュタウバーという大柄の物静かなドイツ人で、磐石《ばんじゃく》のように揺るぎない頼みがいのある男だった。長年にわたって漁をしてきたため、チャールストン沖の水域には精通していた。彼のボートは奥さんの名にちなんで、スイート・スー号とつけられていた。

彼の入れたコーヒーを一杯飲んだら、二度と寄生虫に取りつかれっこない。

ラルフ・ウィルバンクスがボートに乗りこんできた。当時の彼は、サウスカロライナ考古学協会に在籍していた。彼は協会の理事長アラン・オルブライトに私たちの作業ぶりを監視するために送りこまれた人物で、助手役を務めるロドニー・ウォーレンという名の素晴らしい男を伴って現れた。ラルフとアランは私たちをどう解釈したものか、まったく見当がつかずにいた。純然たる歴史愛好家で宝物に無関心な難船ハンターなど、この世にいるわけがない。要するに、彼らは私たちを信用していなかったのだ。ああ、なんと信心薄き者たちよ。

われわれ一行がモリス島と灯台に近づくと、私の闘争心に火がついた。私はラルフのほうを向き、灯台を指さした。「最初の一往復でキーオカック号を見つけるほうに一〇ドル賭《か》けます。それからはあの艦を見つけるまで、一往復ごとに一〇ドルずつ」私はそれほど自信があったのだ。

こいつはとんだとんまだな、と言わんばかりの表情をせいぜい露《あら》わにしてラルフは私を見つめると、うなずいた。「乗った」

私はハロルドに、船首を灯台へ向けて直線コースを約八〇〇メートル走らせたら、一八〇度旋回してまた真直《まっす》ぐ走らせろと命じた。そう告げると私は深々と腰を下ろし、シヨーンステッド傾度測定器がキーオカック号の鉄製の船殻を発見して歌声を上げるのを待った。

私たちはそのレーンの端に到達した。計器のダイヤルはピクリとも動かなかったし、録音装置は墓地さながらに静まり返っていた。悔やんだのは私のほうだった。

北へ向かって作業を続けたが、その後一〇往復しても色よい反応はまったく得られなかった。私は空の鶏小屋にただ一四、消化しきれずに坐《すわ》りこんでいるオオカミを見つけたキツネの心境になりはじめた。一〇〇ドル負けたうえに、血圧は二〇も上がっていた。卑劣なキーオカック号め、どこへいったのだ？

私はラルフを見つめた。いまや彼は得意満面だった。「今夜は繰りだして、派手にパーティーをやるとするか」

「そうでしょうとも」私は息をひそめてつぶやいた。舵輪《だりん》の前に立っているハロルドの肩に、私は片方の腕をかけた。「最初のレーンの南を走ってくれ、命令するまで向きを変えないように」

「はい、承知」ハロルドは応じた。張り合いのないことに、彼はウィルバンクスとカッスラーとの沈黙のうちの小競《こ》《ぜ》り合いに、気づかずにいる。

灯台への距離を詰めて行くあいだも、ハロルドは片方の目を深度計に貼りつけていた。私たちは通常の折り返し点の目印の先まで走りつづけていたのだ。深度は竜骨の下およそ一〇メートルから六メートル、やがて三メートルと浅くなっていった。あと数分で、竜骨は砂地をこするだろう。灯台は石ころを投げれば当たるほど近くに見えた。しかし、肉眼で距離を判断する限り、海岸とキーオカック号が潜んでいると目星をつけた地点とでは、まだはるかに隔たりがあるように思えた。

一〇〇メートル、二〇〇メートル。船上の全員は、私がいつになったら旋回命令を出すのかと訝《いぶか》っていた。緊張感が高まり出した。

「やりますか？」ハロルドは不安げに訊《き》いた。ボートを寄せ波の中に乗り上げさせるくらいなら、その前に彼は私を船外へ放り出すに違いないと私は読んでいた。

灯台の奥に控えるモリス島の砂浜に逆巻きながら打ち寄せる波の音が聞こえてきた。

「あと四五メートル」クリンゴン人に対して発砲を控えさせる『スタートレック』のカーク船長のように私は命じた。

数分後には、私の両目からは脳味噌《のうみそ》が漏れでていると確信していたはずだが、ハロルドはまだ毅然《きぜん》と立っていた。

「よし、いまだ！」迫りくる灯台を見上げながら、私はにわかに叫んだ。

彼は舵輪を左舷《さげん》に大きく切った。するとほとんどその瞬間に、傾度測定器の録音機が騒々しい音を放った。引き返す地点で、キーオカック号を捉《とら》えたのだ。

そこで初めて、ご機嫌なラルフ・ウィルバンクスは、船尾甲板でお得意のチャールストンのジグを披露した。

潜水夫のウィルソン・ウエスト、ボブ・ブラウニング、ティム・ファーム、それにロドニーは舷側から潜り、海底を探索した。彼らは沈泥《ちんでい》の一・二から一・八メートルの深さに埋もれている難船を見つけた。南北を向いて、灯台の影のほぼ下に横たわっていた。浚渫《しゅんせつ》をしなかったので、船殻が本来の姿をどの程度保っているかは判断のしようがなかった。

よきかなラルフ・ウィルバンクス。彼は私から金を受け取ろうとはせず、ボンベイ・サファイア一びんで手を打ってくれた。

こうした折に、難船探索にほとんど官能的な快感といっていいものを感じるのだ。

ウィホーケン号は、キーオカック号の北一・五キロほどの地点で、三メートル以上の深さに埋もれている。艦首はかつてワグナー要塞《ようさい》が建っていたモリス島からさほど外れていない方向を指している。この要塞はマサチューセッツ連隊の黒人兵の襲撃を受けたことで有名で、映画『グローリー』の中で描かれているし、遺構は現在海中三〇メートル先に位置している。この大幅な浸食は、二〇世紀の直前、チャールストン港に通じる水路沿いに長い岩石の突堤が作られてから生じた。

ウィホーケン号は戦闘相手の甲鉄艦を捕獲した唯一《ゆいいつ》の甲鉄艦として名声をはせているだけに、いずれ考古学者たちが歴史的な遺産として掘り起こしてくれることを願っている。

私たちは傾度測定器を半日引きずりまわしながら辺りの海を走り回った挙句に、沈泥の中にあるウィホーケン号の墓場の上を通過したのだった。同艦がたどった運命はきわめて劇的なため、その所在の特定は世間を驚かせた。遺憾ながら、肝心のクルーは探索の大半を居眠って過ごしていた。

暑く、湿気の強い、惨《みじ》めたらしい日で、海上ではそよとも風が吹かず、この地方の来世の気温はどのくらいになるのだろうと私はつい考えてしまった。その時、ボートのラジオから声が流れ、気温は三六度で、湿度は一〇〇パーセントと伝えた。私は雲ひとつない空を見上げた。愚鈍な西部人の私には、雨が降っていないのに湿度がどうして一〇〇パーセントになるのか解《げ》せなかった。

探索中の退屈しのぎに、私はラルフに訊いた。「シェイクスピアが『ハムレット』と『マクベス』を書いたのは知っていたかね？」

ラルフはしばらく考えているような顔をしてから答えた。「へえ、そうなの。で、その二人は手紙に返事を出したのかい？」

この探索という代物《しろもの》には、ときおり忍耐がいる――たいそうな忍耐が。

パタプスコ号を発見した際は意外な感に打たれた。分厚い沈泥の蓋《おお》いの下に休んでいるほかの艦艇とは異なり、パタプスコ号はムールトリー要塞沖の水道の底に、直立の姿勢で露出していた。私たちは船殻の一部が海底から突き出ていることに賭けて、サイドスキャンソナーを起用した。探索は二〇分たらずですんだ。最初の航走で、パタプスコ号を見つけたのだ。

ハロルドはボートの錨《いかり》を下ろした。正真正銘の難船を実地検証するとなると、誰一人として船上に残りたがらない――それが軟泥の外に誇らしげに立ちあがっているとなれば、なおさらだ。全員が飛びこみ、一二メートル下の船殻目指して泳いだ。金属部品から球形砲弾にいたる人工遺物がふんだんにあった。それらは何一つ回収しなかった。歴史のために探索し、引き揚げはほかの方たちに委《ゆだ》ねるという、一点の曇りもないNUMAのイメージの保持に私たちは努めなくてはならない。そればかりでなく、アメリカ海軍はパタプスコ号を墓所とみなしていた。乗員六二名の遺骨が、艦内に残されているのだ。とはいえ、同艦は将来研究されてしかるべき歴史的遺産である。

パタプスコ号はマリファート配下の潜水夫たちによって徹底的にサルベージされたが、彼の日記は乗員の遺骸《いがい》を見つけたと言及してはいない。

私たちはあの夏、座礁《ざしょう》して破壊された数隻《せき》の封鎖突破船を探しに出かけた。同時に、ウイリアム・シャーマンがチャールストンに進軍した際に処分された、南軍の甲鉄艦チコラ、パルメットステート、チャールストンも探したが、残骸の影も形も見つからなかつた。ベンジャミン・マリファートはこれらのサルベージもしているが、彼が作業を終えた際に残された遺物は、陸軍工兵隊がクーパー川上流の海軍基地に通じる艦艇用の水路を深く掘り下げた時の浚渫で一掃されてしまった。なかには、歴史にまるで無頓着《むとんちゃく》な人たちもいるものだ。

私は過去にこうむった個人的な損失を思い出した。老いた哀れな母親をけなすのは気がひけるのだが、私が空軍に入隊した後でコミックのコレクションを捨ててしまったのは容易に許す気になれない。長年たってから、私は自分がかつて持っていたコミックのリストが、取っておいた古いボーイスカウト便覧に載っているのを見つけた。ある専門家に、『スーパーマン』、『バットマン』、『ヒューマントーチ』の初版本、それに私が持っていたはずの一〇〇冊ほどの値踏みを頼んだ。その結果には、ひどく傷ついた。下された評価によると、そうした本を私がまだ持っていたなら、収集家たちには三〇〇万ドルの価値があったというのだ。

母親は私が集めていた切手もくすねて、手紙を出す時に使っていた。五〇〇ドルの価値がある二五〇年前の切手を貼《は》った封書を手渡された際の、郵便局員の顔を見てみたかったと私はいまだに思う。大半の男性は母親に関して、まったく同じ類《たぐい》の話の種を持っていることだろう。

二〇〇一年二月、私はラルフ・ウィルバンクスに、現地へ戻ってモトローラ・ミニレンジャーで測定した一連の難船の位置を、より新しい差異修正全地球位置把握システムを使って修正するよう頼んだ。彼は同時に、難船の位置を示す磁気等高線図も完成した。

万事、完全にして無欠。

キーオカック号の位置は移転して、いまでは一・八メートルの沈泥に蓋われている。水深は五メートルたらずで、輪郭は少なくともほぼ四〇メートルの長さを示唆《しさ》しており、船殻の下部の大部分は原型をとどめているものと思われる。

ウィホーケン号の場所も特定され、水深約七メートル、沈泥の下ほぼ四メートルで北西から南東を向いた格好で休息している。さらにラルフは、艦首と想定される部位からおよそ三〇メートル先に、磁気反応を示す一つの物標の位置を特定した。それがウィホーケン号の錨と鎖である可能性はすこぶる高い。磁気等高線が直線状に延びているのだ。

ラルフの報告書はチャールストン攻防戦関連の難船探査に幕を下ろした。潜水艦ハンリー号がついに保存され公開に供する準備が行われている現在、私はそのための博物館が充分大きな建物となり、沈泥のなかから回収されて保管されるのを待っているチャールストンの輝かしい海事史にまつわる何百点、恐らくは何千点もの遺物を受け入れて展示できることを切に願っている。

第六章　サンジャシントの大砲

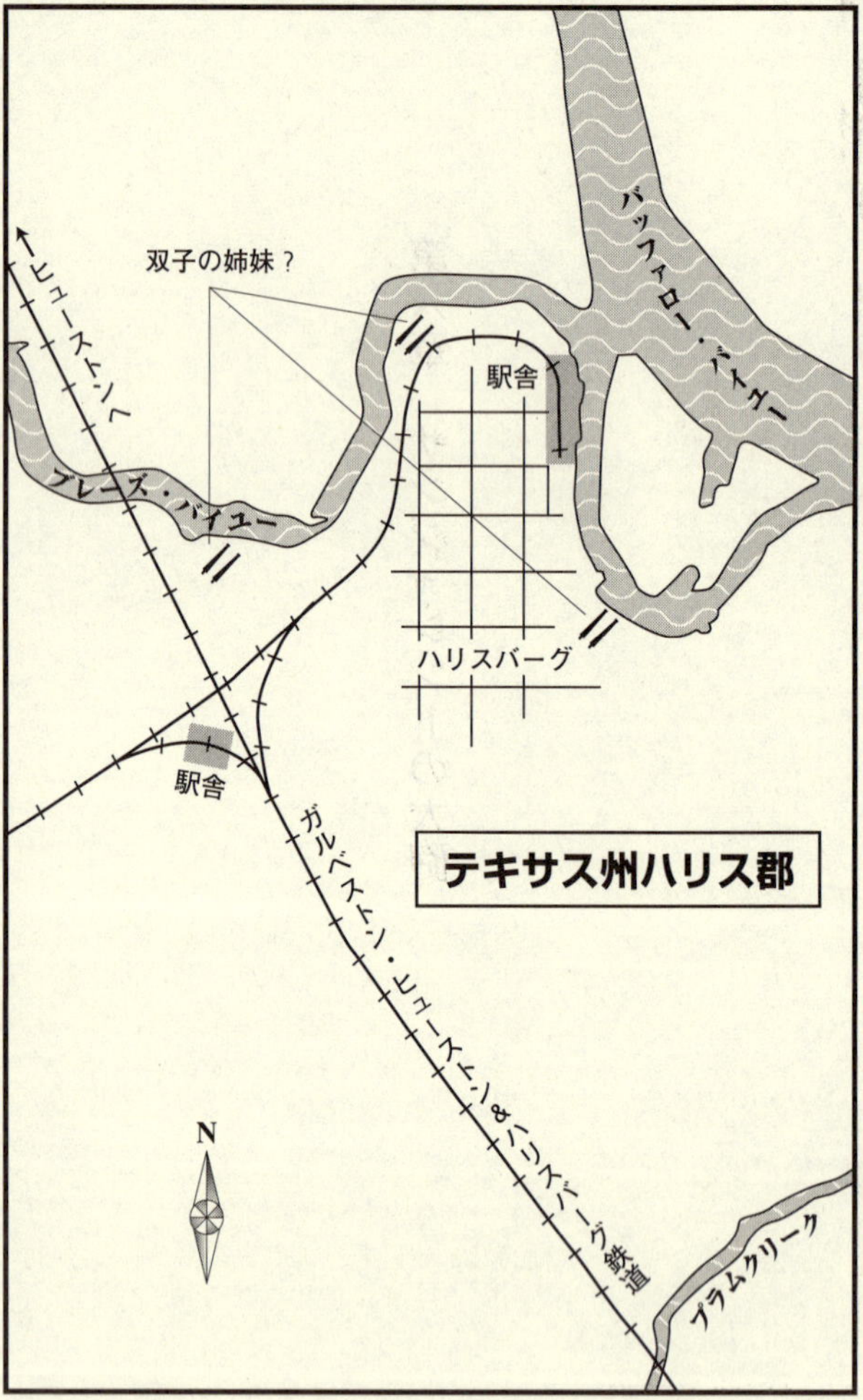
テキサス州ハリス郡
双子の姉妹？
ヒューストンへ
バッファロー・バイユー
ブレーズ・バイユー
駅舎
駅舎
ハリスバーグ
ガルベストン・ヒューストン&ハリスバーグ鉄道
ブラムクリーク
N

1

双子《ふたご》の姉妹
一八三五、一八六五、一九〇五

「いまいましい奴《やつ》らだ」ヘンリー・グレーヴズは口走った。「地獄へ真っさかさまに落ちやがれ」

「どうした、ハンク？」ソル・トマスが訊《き》いた。

グレーヴズは額の汗をぬぐいとると、頭の動きでトマスや同行のほかの者たちに従えと合図をした。その日の午後はうだるような暑さで、大地はじっとりとした息苦しい熱の層に包みこまれていた。ヒューストンの八月がほどよい例などいまだかつてなく、その一八六五年八月一五日も例外ではなかった。ガルベストン・ヒューストン＆ハリスバーグ鉄道のプラットフォームに降り立ったグレーヴズは、一行を水漆喰仕上げの木造駅舎の裏手を回って、北軍支持者たちに盗み聞きされない場所まで引きつれて行った。

「諸君、あの大砲の山が見えるか？」グレーヴズは囁《ささや》くように訊いた。

「確かに」ジャック・テーラーは答えた。「ろくでもないヤンキーどもは、おそらく精錬所へ送り出すのだろう」

「ところで」グレーヴズは言った。「あのうちの二門は双子の姉妹だ」

「確かか？」アイラ・プルーイットが訊いた。「自信あるのか、あれがサム・ヒューストンのサンジャシント砲だって？」（訳注　サミュエル・ヒューストンはテキサスをメキシコから独立させた運動の指導者）

「確かだとも」グレーヴズは応じた。「砲架に取りつけられた文字盤を読んだんだ」

はしかで体調の悪いジョン・バーネットは堡塁《ほうるい》に屈《かが》みこみ、もたれかかった。「ほう」と彼はつぶやいた。

彼らは半円形の堡塁の中に立っていた。片側には、ヘンリー・グレーヴズの友人にして召使であるダンが立っていた。南軍のリー将軍がアポマトックスで北軍のグラント将軍に降伏した四ヶ月後で、テキサスで何度か繰り返された小競《こぜ》り合いを除けば、長かった南北戦争はようやく終結していた。彼ら五人の兵隊は、南北戦争の後半に使用された、南軍の薄茶色のウールの制服を着ていた。その制服はずたずたにちぎれ、汚れているうえに、汗まみれだった。男たちも代り映えしなかった。

トマスは虫食いの奥歯を抜いてもらえなかったために、顎《あご》を腫《は》らしていた。プルーイットはさながら生ける骸骨《がいこつ》だった。敗勢の南軍の一兵卒に与えられる糧食は乏しく、彼は八キロ近く痩《や》せてしまった。制服は案山子《かかし》に掛けた被《おお》いのように、骨格にぶら下がっていた。テーラーは足をひきずっていた。左右のブーツの底がすりへって何ヶ所も穴が開いているうえに、家畜車に乗っているときに錆《さ》びた釘《くぎ》の曲がった先端を踏みつけてしまったのだ。

さらには、テキサス州ゴンザレスの誇り高い市民バーネットがいた。彼はさほど痛めつけられずに南北戦争を切りぬけたが、除隊する際にはしかに掛かってしまった。彼の顔は斑《まだら》で、小さな斑点《はんてん》に被われていた。侵されていない皮膚は青白かった。体温は三八度を越えており、外気の温度とあまり変わらなかった。

グレーヴズは西空の太陽を見つめた。ぎらつく赤熱した球体は、水平線の近間に低く掛かった靄《もや》に遮られていた。

「あと数時間で暗くなる」と彼は知らせた。「しかも北に向かうあの列車は、明日の午前の半ばまで発車しない」

トマスはポケットに手を入れて、ぼろぼろになった一枚の紙を取り出した。「私の指揮官は、南軍の兵隊に友好的なホテルがあるといっていた」彼はその紙を敗残兵の事実上のリーダーであるグレーヴズにわたした。

「ハリス館か」グレーヴズは読み上げた。「そこへ出掛けて行って、この件について話し合おうじゃないか」

その南軍の兵士たちは歩いてマグノリア通りを抜け、ハリスバーグの町中に入っていった。ダンは少し後ろからついて行った。

一八三五年：三〇年前

「受け取りにサインをしてください」事務員は言った。ニューオーリンズの船着場沿いにある海運会社の事務所で、C・C・ライス博士は受け取りに目を通し、サインした。そこで彼は道板を上って、汽船の甲板にいる家族に加わった。アメリカ合衆国はテキサスとメキシコの戦争に関しては中立政策を取っていたので、彼が管理している大砲二門は、積荷目録にはホローウエア（訳注　わりに深みのある家具類）と記載されていた。

その一対の大砲はシンシナティにあるグリーンウッド&ウエッブ鋳造所で密《ひそ》かに鋳造されたもので、支払いにはテキサスの主張を支持するオハイオ州の市民が寄付した基金が宛《あ》てられた。鋳造所のマーク、弾薬、弾薬車、あるいは前車なしで、一門ごとの重量はざっと一六〇キロだった。

金属製の二本の筒——総計三二〇キロ——が、一国を解放する宿命を負っていた。
「彼らはあの大きな板を持ち上げているわ」エリナー・ライスが知らせた。
「あれは道板っていうのよ」ライス夫人は優しく教えた。「旅の始まりを意味しているの」

エリナーと双子姉妹のエリザベスは微笑《ほほえ》んだ。「あれは私たちがほどなくテキサスに着くことを伝えているのね」彼女は自分の手を握っている父親に話し掛けた。「そうしたら、私とエリーは自分の馬を持てるのでしょう、そうよね？」

「そうとも、おまえ」ライス博士は答えた。「もうすぐ新しい住まいに着ける」

ミシシッピ川を一六〇キロ下ってメキシコ湾へ出る旅は、湾を横断してガルベストンへいたるほぼ五六〇キロの旅程が加わるので、まる一〇日かかる。ちょうど午後の九時すぎで、ボイラーの火は焚《た》かれ、船はミシシッピ川の流れに乗りだした。

「予定より時間がかかったわね」汽船が浅堆《せんたい》を通過してガルベストン港に入っていくと、ライス夫人が言った。「誰か迎えにきているかしら？」

「どうかな」ライス博士は言った。「いずれ分かるさ」

「船が来たぞ」ジョッシュ・バートレットは叫んだ。

船は数時間遅れたので、彼があたふたと駆り集めたバンドは、一分たつごとに酔いの度合いを深めてしまった。バートレットはチューバに手を入れようともがいている奏者に手を伸ばして支えてやった。ファイフ奏者は大きな声を上げて、ヒステリックに笑った。

「さあ、用意するんだ、娘たち」ライス博士は船が桟橋に固定されると命じた。

大砲が納まっている木箱は、船倉の一つから厚板の上を転がしながら押し出されていき、ライス博士、妻、それに双子の娘が付き随《したが》った。一時しのぎのバンドが、テキサス革命歌の無骨なメロディーを奏《かな》でるなか、ライス博士は厚板張りの桟橋に足跡を記した。赤い飾り帯を巻きつけた、身体に合わぬスーツ姿のバートレットは、テキサス共和国の祭典に自分が占める重要さを誇示するかのように前へ進み出ると、ライスの手を取って握手した。

「テキサスへようこそ」彼はバンドの騒々しい音に負けぬ大きな声で話しかけた。

「ありがとう」ライス博士は答えた。

ライスは木箱の蓋《ふた》を開けて大砲二門を見せると、桟橋で隣に立っている双子の娘にうなずいて見せた。

「シンシナティの市民になりかわって」エリナーがいった。

「私たちはこの大砲二門をみなさまに差し上《や》げます」とエリザベスが締めくくった。

酔っ払ったファイフ奏者はしばし演奏を止め、集まったちょっとした群衆の頭越しに叫んだ。「まるで、双子を二組手に入れた心持ちがする」

「自由をもたらす双子二組か」バートレットは声を立てて笑いながらいった。

淡黄色の髪をした一六歳の若者が、汗で斑になった雌馬から飛び下りた。

「ヒューストンさん」彼は息も絶えだえに知らせた。「例の大砲二門、到着しました」

ヒューストンは自分のテントの前に屈みこんで、地べたに棒切れで攻略図を書いていた。にんまり微笑むと、彼は副官のほうを向いた。

「ただちに搬入されるよう、しっかり手配をしろ」彼は副官のトミー・ケントに命じた。

「すぐさま」とケントは応じた。

「これで総《すべ》てが一変する」ヒューストンはブーツで地面を馴らしながら言った。

状勢はテキサス軍に不利だった。ヒューストンは七八三名から成る兵隊を率いていた。侵攻してくるメキシコ軍は、サンタアナ将軍のたくみな統率のもと、七五〇〇の兵から成っていた。メキシコの兵士は制服、定期的な糧食、さらには支えとなってくれる無数の野砲を与えられていた。テキサス軍に満足な武器はなく、栄養不足だったし、今のいままで一門の大砲にも事欠いていた。大半のテキサス兵は戦闘経験が皆無かそれにほぼ等しかった。メキシコ軍は訓練を受けていたし、統率された戦闘集団へと磨き上げられていた。

これまで、ヒューストンは後退に甘んじていた。三ヶ月前、サンタアナの軍隊がリオグランデを過《よ》ぎって殺到してきた時、テキサス軍はサンアントニオのアラモに駐在していた小規模の守備隊とゴリアッド要塞《ようさい》の別の守備隊、それにゴンザレスに集結した少数の分遣隊から成っていた。

テキサス軍は兵員と火器の両面で劣勢だった。

「隊長」ケントは報告した。「例の大砲の砲弾がありません」

「そんなことになりはしないかと案じていたんだ」ヒューストンは言った。「部下たちに辺りを探させたのだが。手を尽くしてくず鉄やガラスの破片をたっぷり集めて、サンタアナに考えこませてやらねばならん」

「くず鉄ですか?」ケントは驚いて訊いた。

「釘、壊れた馬蹄《ばてい》、それに鉄鎖」とヒューストンは答えた。

ケントは微笑んだ。「そんなのに撃たれるのは嫌だな」彼は静かに言った。

「そういうことなら、ケント君」ヒューストンは言った。「私なら姉妹砲の後ろに留まるな」

一八三六年四月二一日、昇る朝日に空は血のように赤く染められた。午後には靄が張りだして陽はかげろい、眠たげな雰囲気が漂った。気温は二〇度台の前半で、サンジャシントのメキシコ軍の宿営地から煮焚きの煙が、軽い風に乗って八〇〇メートルたらず隔てた地点で野営していたヒューストンのほうに吹き流されてきた。その日、これまでに何度か小競り合いはあったが、おしなべて戦場はひっそりしていた。

「煙が減った」ヒューストンは話しかけた。「連中は午後の食事をすましたのだ」

「それを待ち望んでいたのですか？」ケントは訊いた。

「いや、ケント君」ヒューストンは答えた。「私は彼らがベッドにつくのを待っているんだ。午睡の時間に、襲撃するぞ」

「しっかり護衛を配置したら、兵士たちに休息を与えろ」とサンタアナは命じた。

サンタアナは手を振ってアブを追い払うと、テントのフラップを開けて中に入った。コクのある昼食と三杯のワインで、眠気を誘われていた。補給係の将校たちがテキサスの郊外で数頭のブタを略奪しておいたので、彼や兵士たちは一週間ぶりで新鮮な肉を堪《たん》能《のう》したのだった。

ベッド脇《わき》で制服を脱ぐと、木の椅子《いす》に掛けた。いくらか薄汚れた長い下着に着替え、腋の下の虫に嚙《か》まれた痕《あと》を搔《か》くと、重ね合わせたなめらかな絹のシーツの間に滑りこみ、愛人を抱き寄せた。

サム・ヒューストンは兵士の長い列に沿って歩いて行った。

「諸君、これはテキサスのための戦いだ」彼は言った。「静かに前進するんだぞ、双子《ふたご》の姉妹の側面を固めながら。姉妹の歌声が聞こえたら中央へ突撃する」

ヒューストンは部下を見つめた。彼らはみすぼらしい集団だった。縁取りのある鹿《しか》革の服や汚れた作業衣姿に加えて、独立戦争時の残りものの古い制服に身を包んでいる者さえ何人かいた。彼らは武器として自前の黒色火薬銃、ナイフ、それに刀を携えていた。彼らは農夫、牧童、探鉱者、それに鍛冶《かじ》屋だった。

しかし彼らは、正義の情熱に燃え立っていた。

「イエス、サー」兵士たちはいっせいに応じた。「テキサスのために」

「そして全員、アラモを思い出すのだ」ヒューストンはつけ加えた。

双子の右側が最初に歌った。一瞬間を置いて、もういっぽうも声をはりあげた。声を限りに吠《ほ》えたてながら、テキサス軍は修羅場へ突入した。一兵卒がフルートで奏でる〝イン・ザ・バウアー〟に、彼らは煽《あお》りたてられた。

「アラモを忘れるな――ゴリアッド砦《とりで》を思い出せ！」彼らは叫んだ。

時は午後三時三〇分だった。最初に装塡《そうてん》された釘が、戦場の一番外れに位置していたメキシコ軍の二張りのテントをずたずたに引き裂いた。二門の大砲は、砲身が鮮紅色になるまで撃ちつづけられた。やがてテキサス軍の大群が絶叫しながら、メキシコ軍の粗略なバリケードに突入して行った。黒色火薬の硝煙が宙を満たし、銃剣や刀が靄をついて煌《きら》めいた。メキシコ軍は眠りから覚めようとはしたが、集結し終わらないうちに、決死のテキサス兵たちに殺到されてしまった。

「中央を突け」ヒューストンは金切り声を上げた。

最初の砲声を聞きつけるや、サンタアナはけつまずきながらテントから出た。奇襲は不利な状況を克服する強い力となることを証明した。メキシコ軍の死者は六三〇名、負傷者は二〇八名で、残りは捕虜となった。この日、命を落としたテキサス兵は九名だった。ヒューストンを含め、二八名が負傷した。

サンタアナは己れの率いる軍隊と、サンジャシントにまつわるテキサスへの主張のいっさいを放棄したが、その多くは双子の姉妹の働きに負っている。

一八六五年

「レモネード、それともウイスキー」ハリス館の主《あるじ》ロブ・ハリスは訊《き》いた。

「ウイスキー。しかし手許《てもと》が心もとない」ヘンリー・グレーヴズはいった。「ボトルだといくらするのだろう?」

ハリスは四角いガラスびんを持ち上げ、コルクがゆるいことを確かめると、受付の机越しにグレーヴズに渡した。「私が持ちましょう、兵隊さん」

「あなたは本物の南部紳士だ」グレーヴズは言った。

「サイドボードにブリキのカップがいくつか入っています」ハリスは知らせた。「みなさん、ポーチでゆっくりなさるといい。たいてい、そよ風が吹き抜けますんで」

グレーヴズはカップを集めると、ポーチに出ていった。バーネットは二階の部屋にこもっていた。はしかで寝こんでしまったのだ。トマス、プルーイット、テーラーは裏手の井戸のポンプで、旅の埃《ほこり》を洗い落としていた。ダンはハンノキの木陰でまどろんでいた。

グレーヴズはブリキのカップにウイスキーを注ぐと、揺り椅子に腰を下ろした。一口すると、町並みを眺めて計画を立てはじめた。ハリスバーグは賑《にぎ》わっている集落だった。ハリス館のほかにホテルが二軒、商店が数軒、製材所が一ヶ所あった。停車場はマグノリア通りとマンチェスター通りの角にあって、駅と機械工作所と機関庫から成っており、機関庫には機関車が数台停まっていた。要するに、数百名の人が住んでいたのである——友好的な人も、そうでない人も。

バッファロー・バイユーを航行中の汽船の汽笛が沈黙を破った。グレーヴズは首を東のほうにひねった。建物で視界は遮られていたが、煙突から棚引く煙は視認できた。見つめていると煙は北へ向かっていたが、やがて東に転じた。汽船はハリス館の正面の、一段と狭い水路ブレーズ・バイユーを上りはじめたのだ。目的地はヒューストンだった。

グレーヴズは焼けつく液体をすすった。目から涙が出たので、袖口《そでぐち》でぬぐった。ほとんど骨と皮ばかりに痩《や》せこけた一匹のイヌが、ハリス館真正面のケロッグ通りに寝転がっていた。近づいてくる馬車の音に驚いてイヌは飛びあがり、ニュエイサス通りを北へ走って行った。日は沈み、空はますます暗くなってきた。東のほうの、夜が訪れつつある空に、グレーヴズは辛うじて一番星を見分けた。

「ヘンリー」プルーイットは声をかけた。「物思いの世界に没頭しているようだね」プルーイットはすり切れた木綿のタオルで顔を拭《ふ》きながら言った。

「ちょっと考えていただけさ」グレーヴズは応じた。「例の姉妹砲について」

「あんたが垢《あか》を落としている間に偵察してみたんだ」プルーイットは話した。「駅の北側のブレーズ・バイユー近くに、樹木の繁《しげ》っている一帯がある」

「その土地の形状は？」グレーヴズは訊いた。

「荒地《あれち》だよ」プルーイットは認めた。「だが、粗末ながら馬車道が一本通っている」

ソル・トマスが正面の踏み段を登ってきた。彼は洗いたての顔をしており、そのせいで顎《あご》の腫《は》れがいっそう目立った。「この町に歯医者はいない。しかし鍛冶屋が助けを買って出てくれた」と彼は言った。「断ったが」

「ほら」グレーヴズはウイスキーをカップに注ぎながら言った。「きっと助けになるはずだ」

トマスはカップを受け取ると一気にあおった。

ジャック・テーラーが足を引きずりながら正面玄関からポーチに出てきた。「ところで、どういう段取りになっているんだ？」

「説明させてくれ」とグレーヴズは応じた。


真夜中少し過ぎに、三日月は頭上にかかっていた。彼らは一度に一人ずつハリス館から脱け出して厩《うまや》に集合した。ジョン・バーネットもせっせとベッドから出てきたが、体調はよくなさそうだった。薄暗がりの中で、彼の病斑《びょうはん》は青白く光っていた。ウイスキーを飲まなかったのは彼とダンだけで、それが表情に現れていた。ほかの者たちはアルコールに煽られて意気ごんでいた。ダンはたいそう脅《おび》えているようだった。

「マッチは？」グレーヴズは訊いた。

「用意した」トマスが返事した。「それに用具類も」

「ついいましがた駅へ行ってきた」テーラーは報告した。「静かなものだ」

「私はあの通りを、一時間前に歩いた」グレーヴズは話した。「駅舎の北には誰もいない――ブレーズ・バイユーまでずっと障害はない」

彼らは沈黙の生霊《いきりょう》さながらに町を移動して行った。二ブロック西で向きを変えた。さらに二ブロック西でマンチェスター通りに入り、ありがたいことに静まりかえった数軒の家を通りすぎて、やがて駅舎につくと、双子の姉妹が見つかった。依然として砲架に載ったまま、より大きなほかの大砲の雑然とした集団の中央を占めていた。空中には火薬やグリース、沼沢地《しょうたくち》と汗の臭《にお》いが満ちていた。グレーヴズは有名な一対の大砲をしばし見つめていたが、やがてトマスのほうを向いた。

「なにか聞こえる」トマスはささやいた。

「伏せろ」グレーヴズは命じた。

彼らは荷揚げ台ぞいに身を屈《かが》めた。

北軍の兵隊二名が、つまずきながら線路の上を東から西へ歩いて行った。二人は一日休暇の帰りの一杯機嫌だったので、周囲の状況など眼中になかった。アイルランドの短い素朴な歌を口ずさみながら、彼らは駅舎の外の野原を横切って一・二キロほど北西にある宿営地へ向かった。ひょっとして南へ折れたなら、彼らは、プラットフォーム沿いにしゃがみこんでいる男たちに気づいたかもしれない。だが彼らは、つまずきながら本隊へ向かっていった。二人の姿が視界から消えるのを待って、グレーヴズは話し掛けた。

「危なかったな」と彼は言った。「例の二門をあの山から引っ張り出して、ここから脱け出そう」

彼らは夢中で大砲と砲架を闇《やみ》の中へ移動させはじめた。グレーヴズとダンが一門を引き、プルーイット、トマス、テーラーがもう一方の大砲を引っ張った。バーネットは後ろから心許ない足取りで付き随《したが》い、見張り役を務めた。

彼らは木立ちと藪《やぶ》の中を数百メートル進み、ブレーズ・バイユーからさほど離れていない地点で、いったん立ち止まった。

「火口《ほくち》を集めろ」グレーヴズはダンに命じた。

トマスは丸い金属の容器からマッチを取り出すと、ダンが探してきた小枝や葉っぱを重ねあわせだした。バーネットは手助けできぬままに、一本の木に寄りかかっていた。

「ヘンリー、砲架の木材はよく乾燥している」とバーネットはゆっくりとした口調で言った。「さして煙は立たんはずだ」

グレーヴズはうなずいた。「君は楽にしていてくれ、バーネット。作業はわれわれが片づけるから」

テーラーは荷馬車からシャベルを一つ取り出すと、足を引きずりながら少し先まで歩いて行った。彼は地面をつついて、土の柔らかい場所を探した。トマスはさらに何本かの小枝を細かく折ると、マッチをすった。シューッと音を発しただけで、マッチは消えてしまった。彼はポケットからナイフを取り出すと、六本のマッチの硫黄を削って何枚かの枯れ葉の上に載せた。跪《ひざまず》くと屈みこんで、火口の横に頭を下げた。

「点《つ》いてくれよ、こんどは」彼は囁《ささや》きながら、マッチをもう一本すった。マッチが火を噴いたので、重ねた硫黄に押しこむと、パッと炎があがった。枯れ葉が発火し、小さな火口は燃え出した。トマスはちょっと待ってから、帽子で火を煽《あお》ぎはじめた。

グレーヴズは三日月を見つめた。雲がいくつかその前面を過《よ》ぎったが、また澄みわたった。「鍛冶屋の仕事場より熱いわい」と彼はいった。

飲んだウイスキーの効き目は薄れつつあり、それとともに彼らの借物の威勢のよさも失《う》せつつあった。近くにいる北軍の兵隊たちが彼らのささやかな作戦行動に出くわそうものなら、監禁されるどころか死に繋《つな》がりかねなかった。いまや計画の進行を図るべきだった。

「場所は見つかったか？」グレーヴズはテーラーに話し掛けた。テーラーは焚《た》き火の明かりの中に姿を現わしていた。

「あったよ、ヘンリー」トマスは囁いた。「向こうの松林のそばだ」

「そのガマの穂に点火して松明《たいまつ》にしろ」グレーヴズは命じた。「ダン、君はジャックと一緒に行って、穴掘りをはじめてくれ」

ダンはテーラーの後に従って、すぐ近くの木立に入っていった。

「火力は充分だ」トマスは伝えた。

「では、砲架を火の上に載せるとしよう」グレーヴズは応じた。

トマスは汗まみれだった。はじめの数十センチは簡単だった。砂まじりのゆるいローム層だった。やがて二人は、固い地層にぶつかった。いまや、数センチずつしか掘り進めなくなった。

「ツルハシがあるといいのだが」ダンがこともなげに言った。「ずっとはかがいくぞ」

グレーヴズは木切れで火を起こした。金属製の部品を引きずりだして待っていると、プルーイットが黒ずんだ金属に水を掛け、それを摑《つか》むと脇《わき》に放り投げた。そこにはすでに、優にバケツ一杯分の金属板やボルトが小山を作っていた。

「その空きバケツに、入る金具類を収めろ」グレーヴズはプルーイットに命じた。「それからバイユーに捨てるんだ。バケツ一杯の水を持ちかえってくれ」

プルーイットは屈みこんで、温かい金属片をバケツに投げこみはじめた。

グレーヴズは穴掘りが行われている場所へ歩いていき、テーラーにささやいた。「どれ位の深さになった？」

「九〇センチぐらいだ」テーラーは告げた。

「それだけ深ければ充分だ。双子《ふたご》をここへ引っ張ってきて、墓穴に下ろすのを手伝ってくれ」

ダンは穴から這い上がった。ガマの穂はほとんど消えかかっていたので、灯りは暗くなっていた。「たいした穴じゃないけどね、テーラーさん」

「うん、確かにな、ダン」と彼は応じた。「しかし、これで我慢してもらうさ」

まるで合図を受けでもしたように、ヘンリー・グレーヴズ、アイラ・プルーイット、それにソル・トマスが、片方の大砲を引っ張りながら現れた。

「ジャック」グレーヴズはささやき掛けた。「君とダンは片側、わたしとソルは反対側」

少しばかり歩いて穴に近づくと彼らは大砲を投げ入れ、歩いて引き返して第二の大砲にも同じ手順をくりかえした。

「たいした穴じゃないな、ジャック」グレーヴズが笑いながらいった。

「あの土壌は見た目より固いんだ、ヘンリー」とテーラーが応じた。

ダンがシャベルで土を大砲にかけはじめると、グレーヴズは後ろへ下がって両手をパンツでぬぐった。「君のポケットナイフを見せてくれ、ソル」彼は静かに言った。

ソルはポケットに手を入れてナイフを取り出すと、ぱっと開いた。彼がそれを渡すと、グレーヴズは自分の指を刺してナイフを返した。ソルも同じことをすると、テーラーに渡した。彼は腕を上げてバーネットに渡した。

「さて、諸君」グレーヴズは言った。「これは南軍が再起する時まで、この件については誰にもいっさい話さない血盟だ」

男たちは指を寄せ合った。

「双子の姉妹は」テーラーが言った。「安全になるまで身を潜める」

彼らは約定を繰り返した。

「二、三本の木に、斧《おの》で目印をつけたうえ」グレーヴズが命じた。「穴の上を枯れ葉で覆《おお》い給《たま》え」

テーラーは斧を握りしめると手近かな数本の木に目印を刻みつけ、プルーイットとトマスが葉っぱや枝で辺りを覆った。グレーヴズは数メートル東のほうへ歩いていって、遠くを見据えた。ハリスバーグにある三階建ての家の最上階にある部屋の明かりが辛うじて見分けられた。コンパスで綿密に自分の方位を割り出すと、彼は歩いて戻った。バーネットは荷馬車の向きを変えておいたが、線路のほうへ戻るよう指示された。

「ここから離れよう」グレーヴズは静かに言った。

一九〇五年：四〇年後

「着いたぞ、ジョン」グレーヴズはさらりと言った。

バーネットは窓から外を見つめていた。「ずいぶん昔のことのように思える、ヘンリー」彼は言った。「まるで夢のようだ」

グレーヴズとバーネットはハリスバーグで列車を降り、すっかり一変した世界に足を踏みだした。ハリスバーグは徐々にヒューストンに併合されつつあって、その一帯は過去四〇年に大々的に開発された。グレーヴズは医者になり、バーネットのほうはいまではゴンザレス市で経営者として成功を収めていた。二人とも歳《とし》をとり、もう一八六五年当時の鋭い眼差《まなざ》しをした若々しい兵員ではなかった。グレーヴズの髪はブロンドというより白髪だった。バーネットの髪はごま塩になり、中年太りで腹が出ていた。長年のうちに、この二人組はテーラーやトマスと音信不通になっていた。テーラーは一八八九年の土地ラッシュ（訳注　公有地二万六〇〇〇平方メートルが白人に開放された）の際に、オクラホマに定住したという噂《うわさ》だった。ソル・トマスは金が発見された北のダコタ準州へ行き、その後、サウスダコタのデッドウッドで銀行強盗があった折に、通りに出たため流れ弾に当たって死んだと伝えられていた。本当のところは誰にも分からなかった。ダンは自由の身になっても、グレーヴズの使用人として残るほうを選んだ。彼は黄熱病が大発生して南部を席巻《せっけん》した一八七八年に身罷《みまか》った。

「ハリス館からはじめようじゃないか」グレーヴズは、外の通りでバックファイアを起こしたもののパタパタと走り去るC型フォードを見やりながら言った。

二人は少し歩いてマートル通りに出ると、びっくりして周りを見まわした。ハリス館があったブロックは取り壊されてしまっていた。北側には新しいビルが建っていて、〝ハリスバーグ電力共同組合〟という標示が出ていた。

「あそこで訊《き》いてみようや」グレーヴズが言った。

バーネットはうなずき、グレーヴズの後ろから中に入っていった。

受付の事務員は、彼ら二人が入っていくと顔を上げた。「どんなご用件でしょうか?」

「あそこに、かつてハリス館というホテルが建っていたのですが」グレーヴズは切り出した。「ご存知でしょうか?」

「いいえ」と事務員は答えた。「ですが、お待ち下さい。ジェフ」彼は奥のほうに向かって叫んだ。

年輩の男性がぼろ布を手に出てきた。彼は両手をぬぐった。背が高く痩《や》せぎすだった。髪は灰色になりかけで、きっちり刈りそろえた髭《ひげ》を蓄えていた。

「ジェフはこの辺りにずっと住んでいるんです」と事務員が言った。

「ハリス館というホテルが建っていた場所をご存知ですか?」グレーヴズは訊いた。

「この三〇年の間に、そういう名前を聞いたことはありません」ジェフは言った。「すなわち、北部人による侵略戦争直後から」

「われわれはあの戦争直後に、あそこに泊まったのです」バーネットが誘い水を向けた。

「戦争の後ね」ジェフは言った。「あなたたちはヤンキーですか?」

「とんでもない、旦那《だんな》」グレーヴズは応じた。「私はテキサスのロメタからきた医者のヘンリー・グレーヴズ、こちらはおなじくテキサス州ゴンザレスのジョン・バーネットです」

　ジェフはうなずいた。「結構。私はヤンキーを信用していないんだ」

「ホテルの件ですが」バーネットが話を戻した。

「あなたたちはあの古いホテルが建っていた場所から南へ二ブロック逸《そ》れている」ジェフは教えた。「通りはみんな変わってしまいましたが、戦後一〇年経ってから、鉄道の線路を敷設《ふせつ》しなおしたのです。いまではこの一帯は、すっかり変わってしまいました」

「軌道が移しかえられたのですか？」グレーヴズは案じるように訊いた。

「そうなんです」ジェフは応じた。「この街はあなたたちが最後にいたころを境に、すっかり変わってしまった」

「バイユーのそばに三階建ての家がありましたが」グレーヴズがせわしなく言った。「私の言わんとしている家をご存知ですか？」

「旧ヴァレンタイン屋敷」とジェフは言った。「あれならまだあそこにあります。北へ三ブロック、西へ二ブロック」

「いろいろありがとう」バーネットは言った。

「どういたしまして」ジェフは応じた。「もっと知りたいことがあったら、声を掛けてください」

その日、グレーヴズとバーネットは大砲を埋めた場所を探した。

しかし、その日も、その後の探索でも、なにも出てこなかった。

2

グレーヴズ先生、あなたは何をなさったのです？
一九八七―一九九七

ハリスバーグでの〝双子《ふたご》の姉妹〟大砲探しから戻ってくるたびに、私たちはもう二度と行かないぞと誓う。それこそなすべき、唯一《ゆいいつ》まともなことなのだ。ハリスバーグの善良な市民をさげすむつもりはないが、休日を過ごすもっとエキゾチックな土地なら思い描くことが出来る。私たちがなぜ自分自身をいたぶるために、四度も出掛けてきたのか、いつになっても私には分かりそうにない。何度も繰り返して精神病すれすれまで行ったということは、私たちがまぎれもなく現実から遊離していることを意味している。

生涯の半分を費やしている者もいるという、双子の姉妹にとりつかれたほかの探索者たちと同じように、証拠は断片的で矛盾してはいるものの、私もこの一対の大砲はハリスバーグ周辺に埋められていると信じている。私が四〇歳の誕生日を迎えるまで、抜け歯妖精《ようせい》やサンタクロース、それに処女懐胎を信じていたことを思えば、それもさして想像し得ないことではないだろう。

サム・ヒューストンがサンジャシントの戦いで大いに活用したかの有名な双子の姉妹の大砲がたどった運命を、本当に知っている人は誰もいない。双子の姉妹は北軍の兵の手に落ちないようにガルベストン湾に投げこまれたとか、南北戦争後に北部へ送られて溶解された、あるいは――もっとも彩《いろど》り豊かな説――南北戦争後にハリスバーグに埋められたとか、さまざまな説が流布《るふ》している。真相はたぶん時の霧のなかに失《う》せてしまったのだろう。

唯一信頼できる情報は、ヒューストンに配属されていた北軍のある兵員の目撃談で、彼は兵舎の近くでほかの数門と一緒に山積みされている双子の姉妹を見つけたのだった。除隊間際《まぎわ》だったM・A・スィートマン伍長《ごちょう》は一八六五年七月三〇日、日記に書いている。

大小とりまぜた古い大砲をたくさん目撃した。どれも砲架から取り外されていた。弾薬車、前車、弾薬箱はいっさいなく、砲身はどこかで寄せ集められてきて投げ出され、ほかの場所へ移動させられるのを待っている感じだった。そうした大砲のなかに、短くてごくありふれた形態の二四ポンド砲が二門まじっていた。

スイートマンは同時に、もう一対の大砲に関心をひかれた。

その二門の大砲の、それぞれの木製の砲架には真鍮《しんちゅう》のプレートが取りつけられていた。大砲は鉄製の六ポンド砲で、形態外観ともにほぼ左右対称だった。銘板には以下のように記されており、最初の行には古期英語が用いられていた。

双子の姉妹

この大砲はサンジャシントの戦いで恐るべき威力を発揮した。

テキサス共和国にルイジアナ州より寄贈される

一八六一年三月四日

ヘンリー・W・アレン

チャールズ・C・ブラスル

ウイリアム・G・オースチン

寄贈委員会

私が目撃した時点でのその二門の状態から判断するに、当時、その二門に強い関心を持っている者が一人もいなかったのは明らかで、処分する以外に目的がなかったとするなら、船で送り出したりせずにバッファロー・バイユーに投げこむ可能性のほうが高い。

ここでスィートマンは下手から退場して、H・N・グレーヴズ先生が上手から登場する。

南北戦争が終わり、故郷へ帰る途中のグレーヴズ医師とその仲間は、一八六五年八月一五日、ヒューストンの南一〇キロたらずのハリスバーグで列車を降りた。グレーヴス本人の記述は以下の通りだ。

ハリスバーグに到着して列車から降りたわれわれは、線路脇《わき》に投げ出されたさまざまな大きさの数多くの大砲に目をひかれた。大砲の山を眺めた私は、あの有名な双子の姉妹をそのなかに認めて驚くとともに、少なくとも破壊行為や当時テキサス領有を準備していた連邦国軍による没収から守られるべきだと感じた。そこで、同じ釜《かま》の飯を食ったソル・トマス、アイラ・プルーイット、ジャック・テーラー、それにゴンザレスのジョン・バーネットに、双子の姉妹を埋めようと持ちかけた。彼らの一人はこう呼応した。「そいつはいい――深く埋めて、いまいましいヤンキーに絶対見つからないようにしよう」

彼はさらに続けてこう言っている。

大砲を埋める前に、われわれは木造部をはずして燃やした。砲架そのものはバイユーに投げこみ、しかる後に砲身を木立ちの二七〇から三六〇メートルほど中まで転がしていった。

この記述には問題がある。まず、木造部とはなにか？ 砲架全体は木造だ。二番目に、火炎は疑惑を招いたはずだ。北軍の兵士たちは食べ物や飲物を求めて、ハリスバーグまでよく徒歩で出掛けていた。三番目に、かりに焼却したのなら、川に投げ込むほど砲架のどの部分が残ったのだろう？ そして四番目に、砲架に載せて行けるのに、砲身をなぜ四〇〇メートル近くも木立ちの中まで転がしていったのか？ しかも、砲身には砲耳《ほうじ》があるため転がせないのだ。砲耳とは砲身の上下を逆にするために、左右についている旋回軸である。この説明は矛盾だらけだ。それに加えて、あれは暑苦しい夜のことだった。件《くだん》の男たちは戦争で鍛えられてはいたが、肉体的に最高の状態ではなかったし、うち一人ははしかにかかっていた。だから、彼らがグレーヴズの言うほど遠くまで二門の大砲を移動させたとは信じられない。ましてや夜中に林を抜けて行くわけがない。彼らはきっと行程の大半を道路なり山道で移動してから、林に入っていったに違いない。

グレーヴズは綴《つづ》っている。


埋める場所に選んだ個所の土質は予想以上に稠密《ちゅうみつ》で、その結果、われわれは七五センチか九〇センチほどしか掘らなかった。つぎに、小さな双子を浅い一つの穴に埋め、付近の樹木に切れ目をつけて、その場所をせいぜいわかりやすくした。それから自分たちの足で出来るだけ固く踏みしめ、その場を枯れ葉や藪木《やぶき》で覆《おお》った。


この部分にかぎって、グレーヴズはくわしく説明している。ただし残念なことに、彼とその仲間が夜中に双子の姉妹を盗みだし、押して行った方向には触れられていない。残念ながら、彼は答えよりも多くの疑問を残している。

立ち去る前に、彼ら全員は、自分たちの大砲二門が敵軍に見つかって押収《おうしゅう》される恐れがすっかりなくなるまで秘密の埋蔵場所を絶対に口外しないことを厳かに誓っている。

四〇年後の一九〇五年に、グレーヴズ先生とジョン・バーネットはハリスバーグを再訪し、双子の姉妹を埋めた場所を探そうとする。彼らは別々に、記憶にある陸上の目印を思い返しながら地図を書きあげて較《くら》べあった。二枚とも、ぴったり符合した。しかしながら、彼らは正確な場所を見つけられなかった。辺り一帯がすっかり変わってしまっていたのだ——これは私がNUMAの探索でさんざん見舞われる状況でもある。二人は見当をつけた辺りに、昔つけた目印のある樹木三本と自分たちが置いた石のうちの二つを実際に見つけた。このことは、彼らがきっと双子の姉妹から四、五メートル以内にいたことを示唆《しさ》しているように思われる。

さらに一五年経《た》った一九二〇年に、ヒューストンクロニクル紙のメイミー・コックスという名前の記者に口説き落とされて、グレーヴズ先生が双子の姉妹を発見するために改めてハリスバーグを訪ねることになった。彼女の記事によると、グレーヴズは車に乗せられてハリスバーグを一巡りしてから、大砲の埋葬地とおぼしき場所で停まった。残念なことに、車が止まった場所や、その土地の所有者に関する記録はまったく残っていない。想像するに、グレーヴズは一八六五年に残した目印を二つ見つけはしたのだろう。

かくして、当惑させられることだらけの入り組んだ謎《なぞ》にまつわる物語は終わりを告げた。

テキサスの人々は、自分たちの遺産の探究に過去何十年も引きつけられてきた。数多くの個人やグループが、姉妹砲を求めてハリスバーグ周辺の土地を調べ上げてきた。彼らはあそこへ出かけて行った観光客に過ぎないのだろう。手掛かりを分析する種々の努力や前例の追究は、村人をじらすばかりで成果に繋《つな》がった例はないが、それでも彼らは依然として探索を続けている。さらには、NUMAもしかり。

一九八七年、私たちは初めて現地調査を行った。テキサス州オースチンの弁護士で、当時NUMAの会長だったウェイン・グロンクイストは、金属探知機を持っていて探索熱に燃えるテキサス人一〇人あまりのグループを作り上げた。最初の探索はブレーズ・バイユーを横切って北のヒューストンへ延びている、鉄道線路の西の地帯に絞った。私たちは一本の線に広がって、ブレーズ・バイユーから内陸部へ進んで行った。

それは暴風の中で、棒切れの先の釘《くぎ》で紙ふぶきを拾おうとするようなものだった。いくつもの製造会社が長い歳月にわたって、あの辺りをくず鉄から鋼鉄製の五五ガロン入りドラム缶や使い古した冷蔵庫にいたるまでの廃棄場所に使っていた。鉄類が多すぎて、金属探知機や磁力計の針が振りきれてしまいかねなかった。

私はあの日、唯一の発見をした。背の高い草原を走査している途中で、私はすっかり脅かされた。不法移民が二人飛びあがり、野原を走り去ったのだ。私がすんでのところで彼らを踏みつけようとした時、二人は身を隠していたか眠っていたに違いない。私は二人の背中に叫んだ。「何でもないんだ、お元気で!」しかし、彼らは引き返したり振りかえることもなく、木立ちの中に姿を消してしまった。

グロンクイストは一九八八年、姉妹砲を探し求めているテキサス人から成る別のグループに出会った。代表者はリチャード・ハーパーとランディ・ワイズマンで、彼らはNUMAと合同探査をすることに同意した。私たちのほうはボブ・エスベンソン、ダナ・ラースン、トニー・ベル、それにロス一家から成っていた。私たち全員は走査を始めるために、三月にハリスバーグに集結した。私たちがバイユー沿いに探査をするいっぽう、ハーパーとワイズマンは大きなバックホーを一台雇って、幅六メートル、深さ四・五メートルの溝を三〇メートル掘ったがなにも出てこなかった。

翌日、私はショーンステッド傾度測定器を使って古い荷馬車から脱落した鉄のリム一本を見つけ、それと一緒に古いびんを数本掘り起こした。そのリムは砲架のものとしては幅が狭すぎ、むしろ軽装の二輪馬車向きだと私は感じた。しかし、ハーパーとワイズマンは興奮してしまい、リムは双子《ふたご》の姉妹砲の砲架のものだと確信した。彼らは後日、出土したびん類は一八六〇年代のものだと推定した。

翌日、二つのグループの間で軋轢《あつれき》が生じた。ハーパーとワイズマンは、ボランティアの一人で金属探知機を持ってきた男が、有名なトレジャーハンターだったので怒ってしまった。なぜそれが彼らの気に障《さわ》ったのか、私には分かりそうにない。かりに見つかったところで、肝心の大砲は州都のオースチンへ送られ、そこからテキサス農工大学の保存研究所以外に行くはずがないのだ。彼らは、私たちがより大型のバックホーを借りないことにも失望していた。彼らの要求にこたえて、私たちは線路沿いの土地を掘り起こしたのだが。それに、所有権をめぐる問題もあった。私の感じでは、彼らは双子の姉妹砲を自分たちのものと考えており、私たちを自分たちの領域に入りこんできた侵入者とみなしていたようだ。

いまこそ闇《やみ》に紛れてひそかに抜け出し、最寄りの酒場へ行ってテキーラ・オン・ザ・ロックスをやるに限る、と私は見当をつけたのだった。

ダニだらけのハリスバーグの藪を縫って歩くつぎの遠征のために、私はオクラホマ州イーニッド在住の著名な超常能力者コニー・ヤングに協力を求めた。NUMAの遠征に初めて参加したクレイグ・ダーゴと共に、私たちがハリスバーグを車で走りぬけている間にも、コニーはその神秘的な力を働かせていた。彼女はサザンパシフィックの線路とブレーズ・バイユーの間に、ホットスポットを二ヶ所感知した。私たちはそのままガルベストンへ向かった。その地で、ウェイン・グロンクイストがボランティアのあるグループと、テキサス共和国の軍艦インビンシブルを探索していたのだ。コニーはインビンシブル号が、海辺の砂地の下に横たわっている可能性があると考えた。二〇世紀への変わり目ごろに岩石造りの長い突堤が築かれてから、海岸線が八〇〇メートルほど張り出したことがその根拠だった。テキサスのある牧場主が助力を買って出てくれて、自分のSUVで砂浜を上下に走り回り、私はその間、車の後ろ端から傾度測定器を引きずっていた。コニー、クレイグ、ボーイスカウト一名も同乗していた。物標が記録装置に自《おのずか》ら現れるのを待って時間つぶしをしながら、私はコニーのほうを向いて言った。「楽しく過ごしていると、確かに時間は飛び去る」

私がそう言い終わるか終わらぬうちに、牧畜業者はスピードを落とさぬまま砂浜にあった溝を飛び越えた。クレイグと私は共に、坐《すわ》っていたテイルゲートから投げ出された。彼は砂浜を転がり、やがて立ちあがった。私は真直《まっす》ぐ空中に舞いあがり、頭からまっさかさまに落下した。その衝撃で、脊柱《せきちゅう》の椎間板《ついかんばん》が二枚つぶされてしまった。激痛とか苦《く》悶《もん》という言葉では、あの痛みは言い表わせない。私は喘《あえ》ぐばかりで、一言も発せられなかった。みんな呆然《ぼうぜん》として周りに立ちつくした。背骨を折ったと思ったのだ。やがてクレイグ・ダーゴが近づいてくると、耳から砂をかき出し、浜辺に横たわっている私をおもむろに見下ろした。

「あまり良くなさそうだ」彼は首を傾《かし》げて砂が耳から零《こぼ》れ落ちるに任せたまま言った。

時がたつにつれ、ダーゴが当然の心得の達人であることが証明された。

「足を動かしてみてくれ」と彼は注文を出した。

ひどく痛かったが、私は足を動かした。彼は手を伸ばして私を立たせようとした。

「だいじょうぶ、君はまたものが書けそうだ」彼はゆっくり立ちあがる私に言った。

「しかし、病院へ寄り道をするのには付き合ってもらうぜ」

病院へ行ってX線撮影の結果、真相が明らかになった。私は歳《とし》のために一・三センチほど、押しつぶされた一対の椎間板のためにさらに三・七センチほど、身長が低くなってしまった。一八七・五センチから一八二・五センチにアッという間に縮んでしまい、いまや私の一連の著作の主人公ダーク・ピットの身長に劣ることになってしまった。痛みが徐々に弱まるまで、一年と六ヶ月かかることになる。

あの日、病院を出てレンタカーでモーテルに引き返している時に、クレイグは最高のセリフを吐いたと私は思っている。「われわれは、金の卵を産むガチョウを殺してしまったかと思ったよ」

「きっとまた産んでみせるとも」私は食いしばった歯の間から声を絞り出した。

クレイグはハンドルを握ってガルベストンの護岸沿いの道を走らせた。「君はモーテルのいい点が分かるかね？」

「なんだろう？」私は訊《き》いた。

「製氷機さ」

この数年のうちにれっきとした拾い屋の上前をはねることを実証してきたクレイグは、

続けてこうのたまわった。「ゴミ袋を手に入れて、氷を一杯詰めてくる」と彼は言った。「それからダクトテープで氷の袋を君の身体《からだ》に巻きつけて固定してやる」

効き目はあったが、ひどい猫背に見えてしまった。

翌日、探索ボートに乗って出掛けられない私は、探索グリッドの外側から内側へ傾度測定器を使って走査をしてインビンシブル号を探すようグロンクイストに指示した。坐りこんで無為に過ごしたくなかったし、副次的な探険で痛みを忘れられるのではないかと私は考えた。そこで、コニー、クレイグと手持ちの小型磁力計を携えて、距離にしていくらもないハリスバーグまで車を飛ばし、姉妹砲探しを行った。

クレイグが問題の一帯を磁力計で走査する一方、コニーは気配を感じ取った。弱いものだが一ヶ所で反応があった。埋まっている何らかの物標を示唆しているようだった。そこでクレイグは車で街中へ乗りこみ、バックホーと操縦係を借りてきた。私が依然として苦痛に苛《さいな》まれていると、やさしい心根に幸いあれ、コニーは掘り起こす間坐って背中の痛みを和らげられるように、ローンチェアを一脚買ってきてくれた。

操縦係がバックホーともども到着したとたんに雨が降り出した。私たちが歯を食いしばりながら新聞紙をかぶって坐りこんでいる間も、クレイグは一、二メートル掘り進むごとに、狭いショベルに乗りこんでは底の地べたを磁力計で走査したが、穴はいまや急速に水に埋められつつあった。磁力計の物標は深くなるにつれ、か細くなっていった。

私が我慢強いバックホーの操縦係に代金を払ったところで、私たちはガルベストンで宿泊していたモーテル、ゲイドーズ・モーターロッジに引き揚げた。コニーはずぶぬれ、クレイグは泥で作った雪だるまのような格好、私はノートルダムの鐘つき男さながらに身体をこごめて入っていくと、グロンクイストとその仲間がいまにも出発できそうなほど荷造りを終えているのが目に入った。

私は言った。「どうなっているんだ？　この計画のために、あと四日も取ってあるんだぞ」

グロンクイストはバッグをパシャリと閉めると、ドアから出て行こうとした。「寄せ波の中でボートが転覆し、傾度測定器は塩水に漬かってショートしてしまった。だから中断して引き揚げるところなんだ」

わたしは立腹と激怒の半ばにあった。「しかし、探査は終わったのだろうな」

「いいや」グロンクイストはつぶやいた。「最初のレーンを走っている時に、波が舷側《げんそく》越しになだれこんだんだ」

「言ったろう、凪《な》いでいる地点から始めて寄せ波のほうへ向かえと」

グロンクイストは肩をすぼめただけだった。「船がありそうに思える場所近くから始めるのが一番だと思ったんだ」

日曜日だったら、グロンクイストはベッドに潜っていられたのに、と私は気の毒に思った。

クレイグは目の下の泥をいくらか拭《ぬぐ》い取ると、私を見つめた。「磁力計は修理できそうだ」と彼は言った。「しかしその前に、シャワーを浴びていいだろうか？」

その夜、時間がたってから、彼はフロントから借りてきたヘヤドライヤー、金物屋で買ったWD‐40（錆《さ》び止めスプレー）少々とハンダとハンダごてで、故障個所を修理した。そのころには、ボランティアたちは見切りをつけてしまっていたが、コニー、クレイグ、それに私は残る数日を、成果は上がらなかったがどうにか大砲探しに費やすことができた。

かくして大災難の一九八九年は終わりを告げた。

双子の姉妹砲は挑戦する目標物のリストから抹消すべきなのだろうが、私は度しがたい頑迷さに押し流されてしまった。私たちは戻っていくことになる。

その後の何度かの対決は、クレイグと私と息子のダークで行われた。NUMAの事務所を切り盛りしていた当時のクレイグは週に二、三度、デンバー郊外のルックアウト山にある私の家に現状報告に訪れ、私たちは何時間も談笑して過ごした。話題の一つは双子姉妹の大砲だった。彼は諦《あきら》める気がなかったし、私にしてもそうなので、ときおり大砲にまつわる物語を再読し、戦略を練った。私たちの飛躍する空想は、なんとも綿密で詳細なものとなった。

暗くなるまで待ってから、万歩計を携えて自宅のそばにある木立ちの中に入っていくのを、私は楽しみにしていた。でたらめに方向を取って、三六〇メートルほど歩くと、数本の樹木にスプレー式ペンキで印をつけ、別のルートで戻ってくる。それから一週間待って、目印を探しに行くのだ。見つけたことは一度もない。そればかりか、後に万歩計で改めて距離を点検してみたところ、私たちが目印の樹木を探した一帯は、私の住まいから二三五メートルほどしかなかった。それは、正確な補助道具も持たずに夜間、林の中で距離の推定をするのは、成り行き任せが関の山だということを示している。

つぎに私たちは、頑丈な鉄製の大砲よりずっと軽いセメントの袋を担《かつ》いで、一定の距離を歩いてから林の中に入って見た。かりにグレーヴズ先生たちが問題の大砲を運んで行ったにしても、彼らは三六〇メートルも入りこんでいなかったと、いまや断言できると思う。せいぜい一三〇メートル程度という線が濃い。

一九八九年と一九九四年、クレイグは別のいくつかの探索に出かけたり出直したりしながら、ハリスバーグに立ち寄り、ここで一日あそこで一日と過ごしたが、なんの成果も得られなかった。一九九五年、NUMAがテキサス共和国の軍艦インビンシブルの探索に再度向かった際に、クレイグと私はまた挑戦してみた。その時のことを思い出すと、私は今でも笑ってしまう。息子のダークは手助けをするために、その日の午後にフェニックスから着くことになっていた。ハリスバーグはダークが到着するホビー空港から近いので、クレイグと私は彼の乗った飛行機の到着予定時間の間際《まぎわ》まで探索をしてからでも、駆けつければ彼を拾えると見当をつけた。

　この数年間に、私たちは探索区域を移動して歩き、さしあたり昔の駅舎の北側で現在は北から南へ延びている線路の東側に的を絞っていた。その一画は樹木が密生していて、藪《やぶ》が深かった。長袖《ながそで》と山刀は必需品だった。クレイグと私は探索する範囲の目印をつけ、その一帯を入念に調べて行った。探知機が発するどの反応音も、掘って確かめる必要があったし、そのために私たちは一本のピッケルとシャベルを持ってきていた。

　私の最初の発見は、林の中に暮らしていた一人の浮浪者だった――頭を下げて歩いていた私は危うく踏みつけそうになり、眠っていた彼を脅かして目を覚まさせてしまった。彼は熊《くま》に驚いた鹿《しか》のように、林の奥へ走りこんだ。ダンボールの箱すら置き去りにして行ってしまった。私はその箱を探索ずみの脇《わき》へ移して、その下を調べてみた――反応なし。

　そのころには気温がますます上がり、クレイグと私は汗を流していた。私たちは探索を続けた。一時間ほど経《た》ってから、クレイグは埋まっていた五五ガロン用のドラム缶を見つけたし、それからさほど経たないうちに、私は埋もれていた古いシリンダーブロックを見つけた。そんな調子でさらに二、三時間が経過して、昼過ぎになった。ランチはダークを拾ってからすることにしたが、それは彼が機内で食事にありつけないだろうと判断してのことだった。

すでに調べた区域を示す目印を残して、私たちはピッケル、シャベル、それに探知機をひっつかむと、レンタカーまで引き返した。私はクレイグを見つめた。彼のTシャツは絞れるほど汗みずくで、顔は泥だらけだった。彼はレンタカーのトランクを開けると、道具類をひょいと投げこみ、ぬるい缶入りソーダ水を二本取り出した。「トム・クランシーは、まさにこの瞬間にも上等のシャンパンを飲んでいるぞ」彼は私に一本渡しながら言った。

「ありがとう」わたしは栓を引きぬきながら応じた。

クレイグは回って行って車のドアを開けた——とたんに内側から熱波が噴きだし、私の目玉は干上がってしまった。彼は運転席に滑りこむと、イグニッションキイをひねった。数分後、私たちは空港を目指して快調に走っていた。私は腕時計を見た。「駐車してから入っていっても、ぴったり間に合いそうだ」

クレイグがレンタカーを短時間用駐車区画に滑りこませると、私たちはアスファルト舗装を横切ってターミナルへ向かった。ああ、なんて暑いんだ！　つぎの瞬間、ターミナルのドアが滑るように左右に開き、私たちは手荷物受取所へ入っていった。あそこは四度を下回っていたはずだ。自分の息が見えた、とクレイグはいまでも断言している。しかも、飛行機から下りてきた客たちの凝視に見舞われた。クレイグは気に止めるふうもなくダークを探しながら歩きつづけたが、その姿はごく控えめに言っても滑稽《こっけい》だった。彼のブーツは塵や泥に覆われ、パンツとシャツは汗まみれだった。しかし、可笑《おか》しかったのはそんなことではない――屋内に入るなり、彼は冷気で冷えこんでしまい、まるではじめて穴釣りにいくジョージア州の農夫のように、身体を引きつらせていたのだ。左右の肩は上下しているし、まるで破壊に取りつかれた偏執狂的な科学者なみに両手をこすり合わせていた。彼が歩いていくと、戦車がクリスタルガラス品の店を走りぬけているかのように、人の群れが左右に散った。やがてダークが反対側から現れ、手荷物受取所のコンベヤへ向かった。

一目見るなり、彼は実際に立ち止まると、声を立てて笑い出した。

「いったいぜんたい」彼は笑う合間に言った。「あんたたち二人はどうしたの？」

「あのいまいましい双子《ふたご》の姉妹のせいさ」と私は答えた。「それについちゃ、外で話して聞かせる」

あのいまいましい双子の姉妹。ダークとクレイグは、NUMAがガルベストンでインビンシブル号の探索を行った一九九七年に、さらに探索を行った。その折に、彼らは主な探索場所の外側へ移動して、近くにある数軒の住宅の周りを走査した。ダークとクレイグが組んで作業する時は、しばしばアボットとコステロ流の出し物の二番煎《せん》じになる。二人はたがいに相手を食いものにしながら、お粗末な喜劇めいた寸劇や出来の悪い物真《もの》似《ま》で暇《ね》つぶしをするのだ。

たいていそれは、なんの変哲もない発言をきっかけに、一挙に坂を転げ落ちる。しかも、双子の姉妹砲は、二人をある種の興奮状態に追い込んだ。

「あんた、暑くてたまらんだろう?」ダークは一緒にレンタカーのトランクから計器類を下ろしながら、口火を切った。

「われわれに必要なのは、水と優秀な連中に尽きる」とクレイグは応じた。

「むろんそうとも」ダークは答えた。「それに尽きるよ、件《くだん》の地獄が必要としているのも」

クレイグはピッケルを持ち上げた。「ボランティアだよ」彼は言った。「われわれに必要なのはボランティアさ」

ダークは最後の計器を取り出し、トランクを閉めた。「広告を出しゃいいんだ」連れだって探索区画へ歩いていきながら言った。

「極度に不愉快な瞬間がちりばめられた強烈な単調さを楽しめる方、若干名募集中。マゾヒスト歓迎」とクレイグは言った。

「ご趣味は磁気測定、発汗、それに穴掘りですか？ NUMAはそんなあなたを必要としています」

「探索の純然たる楽しさを求めて、何かを自ら隠したことがかつてありますか？ あなたはわれわれの求めているタイプのようです」

「ただ働きする気が、あんたあるかい？」ダークは訊《き》いた。

クレイグは声を立てて笑った。「辛《つら》い思いをすることに、君は金を出す気になれるか？」

ダークは古い木造家屋の手前の溝を指さした。彼らは傾度測定器で、前後に走査を始めた。クレイグはデータを見つめた。

「舌が汗をかくほどの暑さを経験したことはありますか？」とダークは訊いた。

「モーテルの洗面所で衣類を洗濯する羽目になったことはありますか？」

「コインランドリーに断られて？」ダークは言った。

「止まれ」クレイグは命じた。「三〇センチほど戻れ」

ダークはその辺りを走査した。

「小さいな」クレイグは知らせた。「続けてくれ」

「脂っこいダイナーの食事は好きですか？」ダークは話を元に戻した。

「タコチップスと生ぬるいソーダ水の食事で生きていけますか？」

ダークはクレイグを見やった。「この一帯は磁気に見放されている。移動しよう」

「路上の姫君のハート同様に不毛」

「ヴァニラアイス（訳注　ラップミュージシャン、俳優）まがいのコンサート同様、客に見放されている」と

ダークは応じた。

これで、探索の最初の三〇分がどのように行われたか、かなりよく想像できることだろう。これを八時間前後まで引き延ばしていただけると、私が直面している言葉の弾幕をご理解いただけることになる。可能な時は、私は二人だけで行かせる。それが無理な時は、ラルフ・ウィルバンクスと私は、彼らを探索ボートの後部甲板へ追いやる。

その日、しばらく時間が経ってから、ダークはある馬小屋内で強い示度を得た。クレイグの説得と、冷たいミラーライト・ビール一ケースの贈呈がものを言って、掘り返す許しが小屋の持ち主から与えられた。固くしまった土地を、暑い午後をほぼまるまる費やして掘り返した末に二人が見つけたのは、地中一・八メートルほどに埋まっている古い鉄床《かなとこ》一つだった。そこで二人は、つぎの物標を目指して移動した。こういうのが、私たちの行っている探索の実体である。

二〇〇一年初頭に、クレイグはこの本の進捗《しんちょく》状況を一緒に検討するために、フェニックスへ飛んできた。私たちは双子の姉妹砲に関するファイルを二時間ほど検討して、別の仮説を立てた。それについては、いずれお話ししよう。

ところで、ダークとクレイグは一つ要求を出した。ＮＵＭＡがまた戻っていくなら、八月以外に予定を組んでほしいというのだ。弱虫どもめが。

第七章　メアリー・セレスト号

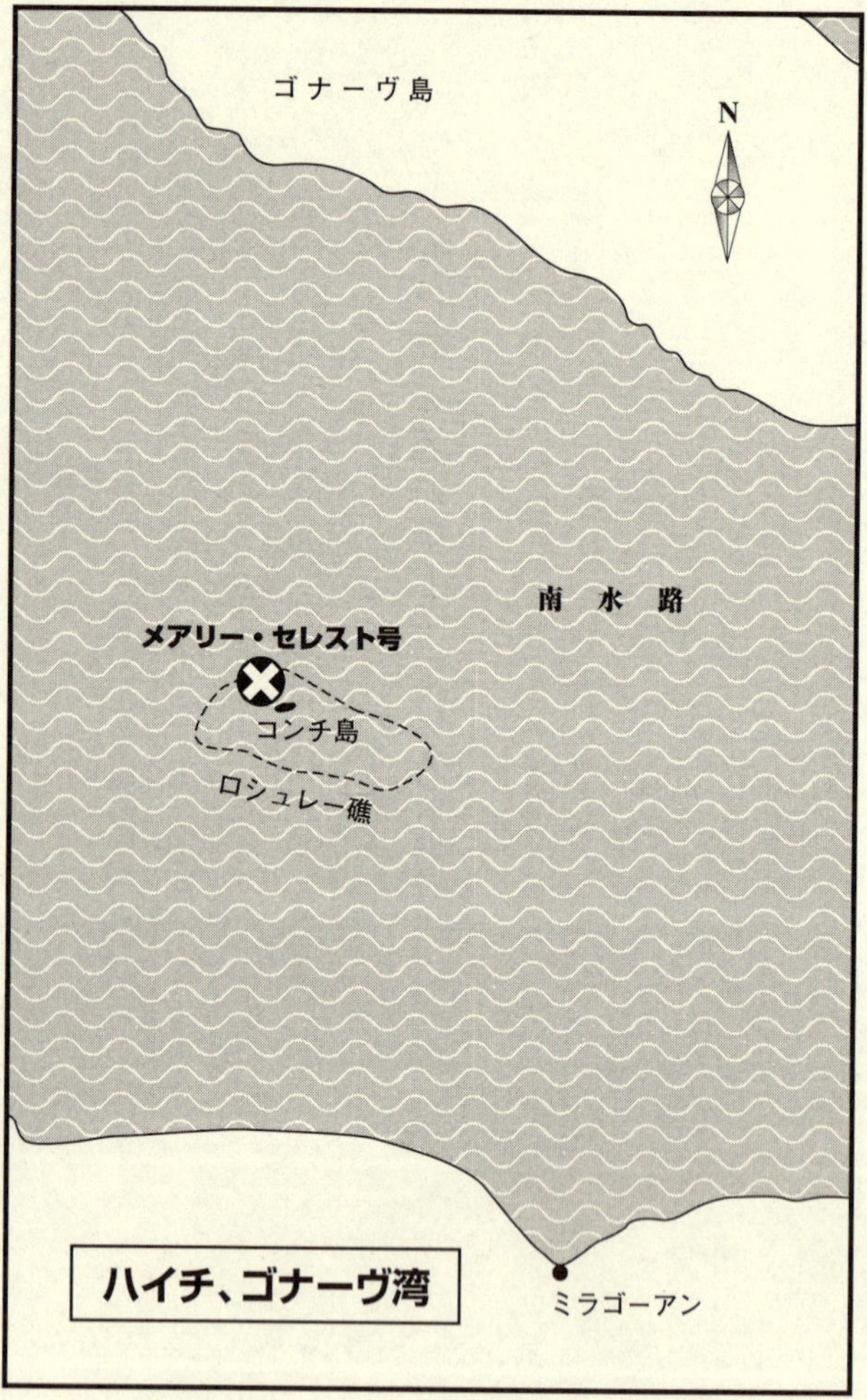
ゴナーヴ島
N
南　水　路
メアリー・セレスト号
コンチ島
ロシュレー礁
ハイチ、ゴナーヴ湾
ミラゴーアン

1

謎の船
一八七二

　メアリー・セレスト号がイーストリバーの第五〇栈橋から徐々に離れてゆく時には、今回の出港がそれまでに何度も行ってきた航海と異なったものになると考える理由はまったくなかった。一八七二年一一月五日、火曜日は寒くどんより曇っていたが、耐えられないほどの寒さではなかった。ニューヨークの初冬としては、いつものありふれた日和だった。確かにみなコート姿だったが、風から顔をそむけるほど寒くはない。なんの変哲もない一日であり、冬が駆け足で近づきつつあった。

　ベンジャミン・スプーナー・ブリッグス船長はたっぷりとしたヤギ髭《ひげ》をしごくと、舵《だ》輪《りん》を微調整した。イーストリバーの潮流は強く、船を桟橋へ押し戻そうとした。彼はメイン州ストックトン・スプリングス出身の一等航海士アルバート・リチャードソンに向かって叫んだ。

「メイン・ステースルをたため」ブリッグスは叫んだ。

風が帆布を捉《とら》え、船は川の中へ引き出された。

メアリー・セレスト号の動きに満足したように、ブリッグスは軽くうなずいた。彼はある船長の息子で、マサチューセッツ州ウェアラムの出身だった。五人兄弟の二番目の息子で、一人を除いてみんな長じて船乗りになった。彼の少年時代は、遠いさまざまな港からもたらされる海洋物語と手紙に彩《いろど》られていた。ブリッグス一族が最終的に居を定めたシピカン村では、ブリッグス眷族《けんぞく》の男の子を切ったら、血管から塩水が出てくるだろうと言われていた。ブリッグス船長は立派な邸宅の暖炉の前に坐《すわ》っているときと同様に、海上でも寛《くつろ》いでいた。メアリー・セレスト号の共同所有者なので、彼は今回の航海に出るのを待ち望んでいた。

彼は空気をかぎ、わずかに舵輪をひねった。

船内の船長の居住区では、ベンジャミンの妻であるサラ・エリザベス・ブリッグスが、二人の間にできた二歳になる娘ソフィア・マチルダの相手をしていた。娘に食事を与え、室内の木枠の小さなベビーサークルに入れてやり、メロディオンで静かな調べを奏《かな》でているうちに、子どもは眠りこんだ。

ブリッグス夫人が夫と一緒に航海に出るのは、これが最初ではなかった――しかし、最後の旅になる定めにあった。

風向きはよくなかった。

メアリー・セレスト号がスタッテン島の沖一・五キロあまりにある時点で、ブリッグスは命令を出した。

「風上に向けて停船」彼は船員たちに叫んだ。「投錨《とうびょう》して、風向きが変わるのを待つ」

船が停止すると、ブリッグスは積荷を点検するために、船内へ下りて行った。イタリアで美術を学んでいるニューヨーク出身の学生たちに届ける私物がぎっしり詰まった数個の木箱を除くと、船倉はただ一種類の荷物で埋められていた。ジェノヴァ行きのアルコール入りの樽《たる》で、総数一七〇〇、荷主はニューヨーク市ビーバー街四八番地のアッカーマン社だった。

北部育ちらしく、ブリッグスは慎重な男だった。それだけに、どの樽もしっかりと栓をされて無傷らしくとも、揮発する可能性を案じていた。そうした危険な品物を運搬中に、何隻《せき》もの船が爆発炎上していた。妻と幼い娘が乗っているので、事故を事前に回避するために念には念を入れておきたかったのだ。

積荷が安全だと得心がいくと、彼は船倉から上って自分の船室へ向かった。サラは足踏みミシンの前に坐り、子供服のへり縫いをしていた。片側に寄せた旋盤仕上げのクルミ材のベビーサークルの中に、ソフィアはおとなしく立っていた。ブリッグスが入っていくと、彼女は首を曲げて訝《いぶか》しげに見つめた。

「ダア」彼女は嬉《うれ》しげに声を発した。

ブリッグス船長はベビーサークルに近づき、娘の髪を撫《な》でた。つぎにサラのほうを向き、微笑《ほほえ》んだ。

「逆風が吹いている」彼は知らせた。「風向きが変わるまで待つ」

「どれくらいかかるか見当はついているの？」サラは気楽に訊《き》いた。

「気圧計が変化を示している」とブリッグスは告げた。「しかし、本当のところは知りようがない」

一一月七日の木曜日早朝、風は順風になりはじめた。

水先案内人はメアリー・セレスト号を碇泊地《ていはくち》から深い水域へ誘導した。浅堆《せんたい》を通過して大西洋に入ると、案内人を乗せてニューヨーク市へつれもどすために、水先船が横付けになった。水先船で岸に向かう際の慣例にしたがって、水先案内人は船から出す手紙を投函《とうかん》するべく預かった。

それがメアリー・セレスト号の船長や乗員が発する最後の音信となる。

ベンジャミン・ブリッグスは舵輪に向かって立ち、船首を東へ向けた。その日、東の海はインクのように黒いうえに、執拗《しつよう》に荒れていた。海水は、まるで霊廟《れいびょう》の建造に使われる大理石の破片で出来ているようだった。メアリー・セレスト号は、ジェットコースターに乗っているも同然だった。義憤に駆られた波が船首の前方に立ちあがる。つぎの瞬間、船首が波の頂点を切り裂くと、船は猛然と急降下するので、船長は胃の腑《ふ》がそれに逆らって上って来るのを感じた。彼らはまるでロッキングチェアに坐って、壁にぶつかっているようだった。

二〇〇フィート（六〇メートル）下は海底だった。二〇〇〇マイル（三二〇〇キロ）先は、アゾレス諸島だった。

ブリッグスはこれまでにも荒れた海には出合っていたので、心配はしていなかった。彼の船は堅牢《けんろう》だったし、乗員は自分で選んだ者ばかりでその腕前は実証ずみだった。一等航海士のアルバート・リチャードソンもいた。二八歳で、肌は白く茶色の髪をしている。彼は南北戦争の際にメイン州の志願兵部隊で兵役についていたので、辛苦に耐えることに馴れていることをブリッグスは知っていた。彼の月給は五〇ドルだった。二等航海士のアンドルー・ジリンクはニューヨーク市出身の二五歳で、白い肌に金髪、デンマーク系の年季の入った船乗りだった。彼の手当ては月三五ドルだった。コック兼司厨長《しちゅうちょう》のエドワード・ウィリアム・ヘッドは二三歳で、結婚したてだった。月給は四〇ドル。甲板員や二等水夫は、月に三〇ドルだった。

ボッツとフォルカートのローレンツェン兄弟は、二九歳と二五歳だった。アリアン・ハルベンズは三五歳。ゴットリーブ・グートシャートはいちばん若く、二三歳だった。みんなドイツ人だったし——みんな経験豊富だった。ジリンクを含む彼ら全員は、住所をニューヨークのテムズ街一九番地と記してあった。海員会館である。

エドワード・ヘッドは慎重に甲板を過《よ》ぎって、ブリッグズ船長に近づいた。

「船長」彼は風に負けず声をはりあげた。「なにかもらってきましょうか？」

「見張りの交替時間に食事を取ることにする」ブリッグスは答えた。「一時間半後だ」

「コーヒーでも？」ヘッドは向きを変えて立ち去ろうとしながら訊いた。

「糖蜜《とうみつ》入りのホットティーを」ブリッグスは答えた。「胃が落ちついてくれるだろう」

「まもなくお持ちします」ヘッドは応じた。

その瞬間、ニューヨーク市の桟橋では、別の船が荷積みを行っていた。

デイ・グラシア号はイギリスのブリガンティン（訳注 二本マストの帆船）で、排水量は二九五トン、カナダのノヴァスコシアから入港したのだった。船長のデイビッド・リード・ムーアハウスは、ペンシルヴェニアの油田から運ばれてきた原油の積みこみの監督をしていた。一等航海士のオリバー・デヴォーが並んで立っている間にも、樽がロープで吊《つ》るされて船倉に下ろされていった。

「われわれはこの一五日に出港の予定だ」ムーアハウスは話しかけた。「ほかの乗員候補として誰か推薦したい者がいるか？」

「オーガスタス・アンダーソンやジョン・ジョンソンに、二等水夫として乗り込まないかと話してみました。彼らとは以前に一緒に働いたことがあるんです」

「ジョン・ライトを二等航海士に据えるのはどうだろう？」

「彼は優秀だ」デヴォーは賛成した。

「では、声をかけてみるとしよう」ムーアハウスは言った。

「風向きが変わりつつあります」デヴォーが知らせた。

「それなら、時間どおり出港できる」ムーアハウスは屈託なく言った。

大半の偉大な文明には、一つ共通点がある。制海権である。ヴァイキング、スペイン、イギリス——いずれの場合にも、権力と威信の拠《よ》り所は海洋を制していた事実に帰する。しかも、法人の時代以前においては、海上にある船長は強大な権力を有していた。船の所有者たちと国旗の代表者であるばかりでなく、運搬中の船荷の所有者たちから守秘義務を課せられている。しかも、船長の義務は保険の対象になっている。

メアリー・セレスト号の船殻については、四社が保険を引き受けていた。メイン・ロイズは六〇〇〇ドル。オリエント相互会社は四〇〇〇ドル。マーカンタイル相互会社は二五〇〇ドル。それにイングランド相互保険会社は最低保障限度の一五〇〇ドル。総保障額は一万四〇〇〇ドルで、一八七二年にあっては小さからぬ金額だった。船荷には別個に、アトランティック相互保険会社が三四〇〇ドル保障していた。各保険会社は保険を引きうける船については慎重で、船体が航海に適し、乗員の構成が当を得ていることを強く求めた。メアリー・セレスト号は、あらゆる基準を満たしていた。

アゾレス諸島まで半ばのレホボス海山上で、ブリッグス船長はメアリー・セレスト号を操縦していた。それは海台の一つで、六〇度の経線に沿って延びていた。舵輪を一等航海士のリチャードソンに委《ゆだ》ねると、彼は磨きあげられたサクラ材の箱を開け、六分儀を柔らかい鹿《しか》の皮から丁寧に取り出した。水平線に狙《ねら》いを定めると、現在地を割り出した。

メアリー・セレスト号は正しい針路上にあった。

「針路維持」彼はリチャードソンに告げた。「必要な時は、下にいるから」

「分かりました、船長」リチャードソンは応じた。

下に通じるハッチは押し戻されて半開きの状態になっていて、下って行く梯子《はしご》は隔壁にしっかり固定されていた。ブリッグスは経験上そうした点を点検することを学んでいた。駆け出しのころ、揺れる梯子を下りているうちに船倉へ転げ落ちて、踝《くるぶし》をひどくひねったことがあったのだ。最近の彼は、なにごとも運任せにしなかった。

ブリッグスはこれまでのところ、乗員に満足していた。ローレンツェン兄弟の英語はドイツ訛《なまり》が強くて覚束《おぼつか》なかったが、命令されたことは理解しているようだったし、ただちに行動を起こした。それればかりでなく、彼ら兄弟は働き者だった。ブリッグスが見回るたびに、彼らは帆布を繕うなり甲板をこするなり、あるいはほかの仕事をしており、時間を無駄にしなかった。立派な水夫たちだった。

ハルベンズとグートシャートはローレンツェン兄弟より物静かで生真面目《きまじめ》な感じだが、彼らも働き者で指示によく従った。リチャードソンは船長が務まるだけの技量を備えていたし、ジリンクもまもなくその域に達しそうだった。エドワード・ヘッドだけが、ブリッグスには気掛かりだった。任務はきっちりこなすのだが、悲しげなのだ。

下の甲板に着くと、昇降口階段を下りて調理室へ行った。

「船長」ジャガイモの皮をむいていたヘッドは、顔を上げて声をかけた。

「どうだ調子は、エドワード？」ブリッグスは訊いた。

「夕食にはコーンビーフ、ジャガイモ、それにビートを用意します」

「うまそうだと言いたいところだが」ブリッグスは笑いながら応じた。「それでは嘘《うそ》になってしまうな」

「干しリンゴが一樽あります」ヘッドは提案した。「パイを焼きましょうか」

「君は奥さんが恋しいのか？」

「ええとても、船長」ヘッドは答えた。「この航海が終わったら、陸《おか》に留まろうかと思っています」

「帰路の手続きはすでに終わっている」ブリッグスは気楽に言った。「積荷は果物だから、船積みのための寄港は短くてすむはずだ。ひと月かそこらで君は国に帰れるので、決めるといい」

「ありがとうございます、船長」ヘッドはさらりと答えた。

しかし、一ヶ月たらずのうちに、メアリー・セレスト号はジブラルタルに達し、いま船上にある全員は命を落とすことになる。

ムーアハウス船長はデイ・グラシア号の上甲板に立っていた。船荷は固定され、最後の補給品が積みこまれつつあった。

「貯蔵品の片づけが終わったら、みんなにラム酒をふるまってやれ」ムーアハウスはデヴォーに言った。

「はい、船長」デヴォーは答えた。

時は一八七二年一一月一四日。デイ・グラシア号は翌朝、ニューヨークを出港する予定だった。ムーアハウスは海図を調べるために下へ向かった——前途には広大な大洋が広がっており、彼はあらゆる事態に備えなければならなかった。

はるか北の、北極圏の近くで、嵐《あらし》が発生しつつあった。空が黒く染まってゆくにつれて、風の強さがつのった。乾いた雪が降り出し、やがて一寸先も見えぬ帳《とばり》となった。ジャコウウシの群れは嵐の気配を察知し、顔を外側に向けて身を守る円陣を組み、子どもと病んでいる仲間を中に囲った。体温を保つために身体《からだ》を寄せ合って、嵐を耐え忍ぶ態勢を整えた。

疲れようと休んではいられなかった。メアリー・セレスト号は荒波に立ち向かっていた。ブリッグスは一一月が常に気まぐれなことを心得ていたが、今回の航海はいつもとは異なり、例外になりつつあった。六〇度の経線さえ越えれば海は穏やかになるものと思いこんでいたが、現実には波は強くなりつつあった。気温は上がったので、寒さはもう問題でなかったが、船体の受ける打撃は募るいっぽうで、ブリッグスはそれが心配だった。アルコールの樽《たる》の一つはすでに割け、その中身が船倉の底にこぼれていた——それがさらに増えたら問題だ。

「娘はどうだ？」ブリッグスは船長室へ入っていきながら訊いた。

「ベビーベッドに収まっている限り、心配はないわ」サラは答えた。「ベッドが船と一緒に揺れるので、気分がなごむみたい。ベビーサークルの中にいると、転げ回るけど」

ブリッグスは妻を見つめた。彼女の膚《はだ》は灰色がかった緑色をしていた。

「で、君は？」

「ずっと気分が悪いの」サラは正直に答えた。

「クラッカーをコックから少しもらって来てやる」ブリッグスは言った。「たいてい胃を治めてくれるから」

「ありがとう、あなた」

「旅程は順調にはかどっている」ブリッグスは知らせた。「この調子で行けば、今週中に地中海に入れるだろう。あそこは、おおむね穏やかだ」

「そう願うわ」サラは静かに言った。

ムーアハウス船長は総革のレインコートを着て、それと対の帽子を被《かぶ》っていた。睡眠不足のせいで目の下は腫《は》れぼったくなっていたし、ニューヨークを発《た》った朝からきちんとした食事を取っていなかった。航海の初日から、彼らはひどい天気に直面した。まず雪と風――いまは雨と風。北東の風がデイ・グラシア号を運命の出合いへと駆りたてていた。ほかのことはともかく、彼らは順調に航海を続けていた。

ブリッグスは航海日誌に記入した。日誌は海上にある総《すべ》ての船に関する特集記事のようなものだ。気象、位置、船の状態、それに変わった出来事が、日付けと時間入りで常時記録されている。それは港に入ると、船長と一緒に陸へ上がる。船が売却された場合には、それは新しい所有者たちに渡される。それは勝利と悲劇の記録であり、航海の日々の移ろいを記した目に見える痕跡《こんせき》である。

一八七二年一一月二三日。海に出て一九日目の夜。樽がさらに二本割れ、船体の水漏れ多少あるも、ポンプの排水で充分。天候依然として荒れ模様。現在地、北緯四〇度二二分、西経一九度一七分。明朝、アゾレス諸島最初の島、望見さるべし。

舵輪《だりん》を夜間当直のジリンクに渡してブリッグスは下へ行き、帽子やコートの水気を払い落とすと、自分の部屋に向かって眠ろうとした。船長室の背後には物置を挟んで、二等水夫たちの段ベッドが並んでいた。ボッツ・ローレンツェンはその隔たり越しに、弟のフォルカートにドイツ語でささやいた。

「フォルキー」彼は声をかけた。

「ああ、ボッツ」

「煙霧のせいで頭が痛くないか？」

「頭痛まではしないが」フォルキーは答えた。「しかし、鮮明な夢を見ていた」

「どんな夢だ？」

「われわれは故郷のドイツにいて、お袋はまだ生きていた」

「いい夢じゃないか」

「そうでもないんだ」フォルカートは答えた。「顔はお袋なんだが、身体はジャガイモだった」

「お袋はシュペッツラが好きだったから」

「どうして舷窓《げんそう》を開けないんだ？」フォルカートは訊《き》いた。

「水が入ってくるからさ」とボッツは言うと、眠ろうとして寝返りを打った。

デイ・グラシア号の一等航海士オリバー・デヴォーはメインスルをじっと見上げた。帆布は六ヶ月前、ロンドンに寄港した際に取りつけられたもので、その後いくらか草臥《くたび》れてはいたが、すり切れてはいないようだった。繫索《けいさく》が結わえられている真鍮《しんちゆう》製の鳩目《はとめ》金《がね》（グロメット）に磨耗は見られなかったし、へり縫いした縁はまだほつれていなかった。それは結構なことだった。というのも、ニューヨークを出港した時点からデイ・グラシア号は強風に直面していたからだ。それに、気温は船が低い緯度へ下がって行くにつれて暖かくなったが、風は弱まらなかった。

デイ・グラシア号の航行につれて、船首から一対の航跡が流れさり、強風がデヴォーの髪をもてあそんだ。左舷方向で、三頭のバンドウイルカが航跡を飛び越えているのを目撃して彼は微笑《ほほえ》んだ。船は予定通り航行しており、この状態が続けば航海完了時に、船主たちから感謝のボーナスが出る可能性もないではなかった。

ボーナスが思いもかけぬところから転がり込んでくることになろうとは、デヴォーには知る由《よし》もなかった。

メアリー・セレスト号上では、一等航海士のアルバート・リチャードソンが目を凝らして、サンタクルス・ダス・フローレス島の姿を捉《とら》えようとしていた。その陸塊と姉妹のコルヴォ島が、ニューヨークを出港以来最初に通過する陸地になるはずだった。その日は、一八七二年一一月二四日だった。風は依然として吹いていた。

船内の船長室では、ベンジャミン・ブリッグスと妻のサラが、最後となる新鮮な卵を楽しんでいた。ブリッグス船長はフライドエッグが好きで、サラはポーチドエッグが好みだった。子どものソフィアはどちらもとても好きだった。サラは卵を厚切りのパンに載せると、夫に話しかけた。

「ネズミを見かけたわよ」彼女は何気なく言った。「船で猫を飼うべきね」

「積荷のアルコールを下ろしたら、水夫たちに船内を掃除させる」とブリッグスは応じた。「果物はそれから積みこむさ」

「果物に虫がついているんじゃないの？」サラは訊いた。「サソリやゴキブリが？」

「おそらくは」ブリッグスは認めた。「しかし、気温の低い海域に入れば、虫たちも長くは生きていないさ」

「煙霧がソフィアに影響を与えているような気がするのだけど」サラは知らせた。

「元気そうじゃないか」ブリッグスは腕を伸ばして、母親の膝《ひざ》に抱かれているソフィアをくすぐりながら言った。

「ともかく、私は辛《つら》いわ」サラは応じた。「まるで防腐処理を受けたような感じなの」

「さらに二樽漏れている」ブリッグスは知らせた。「寒い時点で樽詰めされたから、さらに温度の高い水域に入りこんで行くと、ますます膨張するので案じられる」

「それは困るわ」サラは言った。

「そうとも」ブリッグスは同意した。「まずいよ」

デイ・グラシア号は東へ帆走を続け、水夫たちははるか昔から伝わる儀式に取りかかった。掃除と帆布の繕い。石鹼石《せっけんいし》での甲板磨き。磨きたてられた金具には手をかけねばならない――錆《さ》びには厳しく対処すること。天候は回復に向かいつつあり、露天上甲板で過ごせる時間が増えた。太陽が雲間から水夫たちの顔を照らした。

これまでのところ、航海はこれまでの多くと似たり寄ったりだったが、それも間もなく変化しようとしていた。

気まぐれな風のための針路逸脱。それは帆船にあってはまま起こることだが、さまざまな計画の修正が必要になる。夜の間に、メアリー・セレスト号は、慎重に構えれば楽に航行できるサンタマリア島の南ではなく、北側を通過してしまった。一つには、いまやジブラルタル海峡は彼らの現在地の南東に位置しているので、アゾレス諸島の南を通って近づくほうが簡単だった。もう一つ、メアリー・セレスト号が現に航走している地点から何十キロと離れていないサンタマリア島の北三二キロ地点には、ドラバラト浅堆《せんたい》と呼ばれる危険な岩礁《がんしよう》地帯が横たわっていた。天候が荒れているときには、その一帯は猛烈な勢いで砕け散る波に覆《おお》われる。凪《な》いでいるときには、岩礁は海面のすぐ下に横たわり、なんの疑念も持たぬ船舶の船殻を水中から引き裂く構えで待機している。

優秀な航海長は危険な水域を縫うように通過できるが、たいていの者がその海域を避ける。まず第一に、北側を通る謂《い》われがない。サンタマリア島は好ましい碇泊地《ていはくち》ではない。真水も町もなく、助力にもありつけない。

航海日誌——メアリー・セレスト号
一八七二年一一月二五日、八点鐘。
午前八時、イースタン岬、南南西九・六キロ。

これが、〝船長ベンジャミン・ブリッグス〟の名のもとに記される最後の日誌となる。

メアリー・セレスト号はアゾレス諸島の最後の島を通過中で、イースタン岬とはポンタ・カスティルーと呼ばれる、島の南東の外れにある高い突端を指している。

アンドルー・ジリンクは、ハンカチで首の裏側を拭《ぬぐ》った。

「ジブラルタルまで九六〇キロか」彼は一人つぶやいた。

当直は終わったも同然で、ジリンクはほっとしていた。一晩中、彼はいやな予感に、捉えどころのない不安に取りつかれて過ごした。奇妙な感じだった。メアリー・セレスト号は目下、雲の切れ間に出ていたので、早朝の明かりを通してジリンクは南東方向に目撃していた――黒い壁がまるで生き物のように、前後にうごめいていた。夜中に二度、船のそばで竜巻が巻きあがったが、途中で崩れてしまった。それにスコールがやってきたが、誰もいないのにドアをノックする音のように、早々に謎《なぞ》めいた感じを残して立ちさってしまった。

アルバート・リチャードソンがよろめきながら甲板を歩いてきた。

「当直を交替する」彼はジリンクの前にくると告げた。

ジリンクは一等航海士を見つめた――その目は赤く血走っていたし、語尾を少し引きずっていた。肌から染《し》み出るアルコールの臭《にお》いが歴然としていた。あえて推測するなら、リチャードソンは飲んだくれだと結論せざるをえなかった。

「ブリッグス船長はどちらでしょう？」ジリンクは訊いた。

「加減が悪いので、下にいる」リチャードソンは知らせた。「乗員の大半もな。例の煙霧のために、みんな恐慌《きょうこう》をきたしている。夜明けの直前には、ブリッグス夫人がメロディオンを弾きながら歌う声が聞こえた。あの音でみんな目を覚ましてしまった」

「航海長」彼はゆっくり切り出した。「私は一晩中、新鮮な空気の中にいました。当直をこのまま続けるべきかと思いますが」

「私ならだいじょうぶだ」リチャードソンは答えた。「いったん外気の中に出れば」

「分かりました、航海長」ジリンクは応じた。「充分に注意なさってください――前方に広がる一帯は海図に明記されておらず、標示されていない浅堆が隠れている恐れがありますので」

「そうするよ、アンドルー」リチャードソンは操舵の任務を引きつぎながら答えた。

幼子のソフィアは眼前に浮かぶ黒点に微笑みかけた。両目を手の甲でこすっても、小さな黒い点は消えずに残った。ベンジャミン・ブリッグスはスティーブン・フォスターの〝夢路より〟を歌っていた。彼と、物《もの》の怪《け》にでも取りつかれたようにメロディオンを奏《かな》でているサラは、ほとんど眠っていなかった。

「もっとバリトンで」彼女は叫んだ。

前方の水夫の船室では、ドイツ人たちがカード遊びをしていた。アリアン・ハルベンズは一時間近く前にカードを配った——まだ誰も札の交換を要求していなかった。ゴットリーブ・グートシャートは手札に神経を集中しようとした。ジョーカーが話しかけてくるような感じを受けた。9が6のように見えた。

調理室では、エドワード・ヘッドがレンジの火を点けようとしていた。さんざん試した挙句、しまいにはあきらめてしまった。貯蔵肉の片側半分を倉庫から取り出すと、塊を切り落とすために包丁に手を伸ばしたが、脳からの指令に手が答えようとしなかった。まるで脳が糖蜜《とうみつ》で被《おお》われてしまったようだ。だが彼は気にしなかった。一匹のネズミが高い棚づたいに歩いていたので、ヘッドはテレパシーでネズミと話をしようとした。答えが返ってこないので、奇妙なこともあるものだと彼は思った。

フォルカート・ローレンツェンはパイプに煙草《たばこ》を詰めていた。一本に詰め終わって、それを兄のボッツに渡すと、自分のためにもう一本詰めた。甲板に出て一服したなら、彼らの頭もすっきりしたろうに。二人の頭は混濁を一掃する必要があった——ボッツはお前を心から愛しているぞと、ちょうど一〇度繰り返して言ったところだった。フォルカートはボッツが愛してくれていることくらい知っていた——二人は兄弟だった。たとえそうであっても、二人はそんなことを口に出して言う必要を感じたことなど、これまでまったくなかったのだが。

メアリー・セレスト号は、目に見えぬ煙霧に冒された愚者の船だった。

直進方向の海面下三メートル六〇センチには、海図に載っていない名なしの海山が待ちうけていた。火山岩をちりばめた一連の造岩性の海台は、何十万年も前に形成されたものだった。

メアリー・セレスト号は危険海域を辛くも通り抜けられたかもしれない——喫水は三メートル四八センチだった——しかし波は引いたり寄せたりの繰り返しで、船体はまる一メートル二〇センチも上下した。

いまにも木部が岩石に激突し、悲惨な結果を招こうとしていた。

アルバート・リチャードソンは、南のほうを見つめていた。船はサンタマリア島の風下を通過中で、彼らとジブラルタルは九六〇キロの海が隔てているに過ぎなかった。しかし、その時点で事故は起こった。船体が出し抜けに傾いて激突、そして船殻は全長一杯にわたって抉《えぐ》られた。メアリー・セレスト号は竜骨が岩盤上を移動中なので速度は落ちたが、数秒後には、惰性で岩場を突破した。

「座礁だ！」リチャードソンは叫んだ。

酩酊《めいてい》状態ではあったが、ベンジャミン・ブリッグス船長はその物音には聞き覚えがあった。

自分の船室から駆け出し梯子《はしご》を上って甲板に出ると、操舵室《そうだしつ》へ駆けつけた。船尾方向を見つめると、こそげ取られた船殻のために航跡がひどく濁っていた。彼は前方を見つめ、水が深そうなので安心した。右舷《うげん》方向を見ると、サンタマリア島が望めた。

「なぜわれわれは島の北側にいるのだ？」彼はリチャードソンに叫んだ。

「嵐《あらし》のせいです」リチャードソンは答えた。「夜の間に北へ流されてしまった」

ローレンツェン兄弟、グートシャート、それにハルベンズは、ジリンクや動きの遅いエドワード・ヘッドまで伴って、甲板に駆けのぼった。彼らはみんな、なんの音か知っていたし、その結果を恐れていた。

「舵輪から離れるな」ブリッグスは叫んだ。「私と一緒にこい」彼は水夫たちに呼びかけた。

海水が奔流となって、厚板に囲まれた隔室を埋めていった。船内の水の深さは六〇センチに達し、水嵩《みずかさ》は増えるいっぽうだった。さらにアルコールの樽《たる》が数個破裂し、海霧と混じって有毒な煙霧と化した。

ブリッグスはすばやく状況を調べ上げた。

「フォルキー、ボッツ、ポンプの面倒を見ろ」彼は叫んだ。「アリアン、君とゴットリーブは私のところへ、コーキング（かしめ）の樽を持ってきてくれ」彼は水中に頭を沈めた。アルコールが目にしみたが、汚れた水を通して見極めることができた。外板は破れていなかったが、ずれた外板から急速に水が入りこんでいた。水中から首を引き揚げると、アルコールの味がした。眩暈《めまい》がし、平衡感覚が取り戻せなかった。胃の腑《ふ》のむかつきが募り、彼は吐いた。

「持ってきましたよ、船長」ハルベンズはワックスを塗ったロープが詰まった樽を手渡した。

「私の船室へ行ってくれ」彼はロープの樽を受け取りながら命じた。「妻に伝えるんだ、必要な場合に備えて離船の準備をしろと」

ハルベンズは水を掻《か》き分けて梯子にたどりつき、それを上って甲板に出た。

「ブリッグス夫人」彼は閉ざされたドアに向かって叫んだ。「船長が仰《おっ》しゃっておいでです、船を離れる用意をしろと」

ドアが開き、サラが微笑《ほほえ》みを浮かべて立っていた。彼女の目はビートのように赤く、頰は上気しており、まるで風の吹きぬけるカンザスの湖で午前中、スケートをしてきたような感じだった。中をうかがうと、幼いソフィアが目に入った。ベビーサークルの中で落ちつかなげに坐《すわ》っていて、顎《あご》から一筋涎《よだれ》をたらしていた。

「ソフィアはどうするの？」サラは訊《き》いた。

「彼女の準備をしてください」ハルベンズはせかすように言った。「われわれと一緒にきてもらいます」

色づいた吐瀉物《としやぶつ》の薄い層が水面にただよっていたが、ブリッグスは気にしなかった。水面下に首を突っ込むと、ワックスを塗布されたロープを探り当てた隙間《すきま》に片端から詰めはじめた。息継ぎをするために手を休めながら、何度も繰り返して水に潜った。

「ポンプが稼動《かどう》しています」ボッツは船長が水中から首を上げた際に知らせた。

「ゴットリーブ」ブリッグスは命じた。「ハルベンズに、私のクロノメーター、六分儀、それに航海日誌を、船籍証明書ともどもちゃんと荷造りするように伝えてくれ。その後、君とアリアンは渡船を出す」

ブリッグスは船殻の側壁の目印を見つめた。水は引いていなかったが、急速に上昇してもいなかった。一縷《いちる》のチャンスはあるかもしれない。ブリッグスは真直《まっす》ぐ立った。目が回っている。それをなんとか抑えようと戦った。頭の高さの空気は煙霧が濃かった。彼は船の向こう端にいるローレンツェン兄弟に叫んだ。ちょうどその時、スコールが船を見舞った。

「上甲板に来てくれ」彼は伝えた。「ボートに乗り移って、こいつをやり過ごそう」

メアリー・セレスト号の舵輪の前に立っていたリチャードソンは、船体の左右に一つずつ発生した竜巻に驚いて見入った。ほんの数秒前まで、空はわりに晴れていて、軽く霧がかかり、ときたま突風が吹きつける雨を散らしているだけだった。やがて不意に、怒った恋人の平手打ちのように、猛威が襲いかかってきた。

「メインピーク・ハリヤードを舫《もや》い綱に結べ」彼はハルベンズとグートシャートに叫んだ。彼らは舷側からボートを下ろす準備にとりかかっていた。「それはすでに出ている」

その動索は長さ九〇メートル、直径は七・五センチあまりで、いつも甲板に置かれている。ほかの曳索《えいさく》を取り出してくるとなると、倉庫に保管されているスペアを取りに、船の前部まで行かねばならない。

「了解」ハルベンズは叫んだ。

グートシャートは動索をボートの舫い綱に結わえつけると、こんどはハルベンズと協力してボートを舷側の外へ振り出し、水上に下ろした。彼らは動索をデッキの支柱に巻きつけて手繰り、ボートを船尾へ引き寄せた。

ブリッグスが甲板に現れた。ちょうどその時、サラがソフィアをフットボールのように左右の腕で抱えて、梯子を上ってきた。

「メインセールをたため」ブリッグスはハルベンズとグートシャートに大きな声で命じ、サラはデッキに立った。

「あなた、あれはなんだったの?」サラは訊いた。

「船底をこすったんだ」ブリッグスは答えた。「水の流入は止めたつもりだ。だが安全のため、一時、渡船に避難しようと思う」

「不安だわ」サラがそう言っている傍らでソフィアがむずかりはじめた。

そのとたんに、雨の壁が甲板を洗いながら過《よ》ぎり、また早々と消え去った。ブリッグスは後方を見つめた。ハルベンズに確保しろと命じた品物の納まった木箱が、デッキで積みこまれるのを待っていた。

「メインハッチと倉庫のハッチを開けろ」ブリッグスはハルベンズに叫んだ。「それがすんだら船尾へ向かえ」

ローレンツェン兄弟がデッキに現れた。

「サラとソフィアに手を貸してボートに乗せたら、君たちも乗りこめ」彼は兄弟に指示した。

「舵輪を固定しましょうか？」リチャードソンは訊いた。

「自由にしておけ」ブリッグスは命じた。

最後の数分間、ジリンクは騒ぎの埒外《らちがい》にあった――ほかの者たちより頭がすっきりしていた彼は、ブリッグスが過剰反応を起こしていると断定した。たとえそうであっても、彼は船長の判断に疑義を挟む立場にはなかったので調理室へ行き、エドワード・ヘッドと一緒に、ボートに積む食糧と水の用意をした。船尾の梯子沿いにボートを安定させながら、彼はヘッドが蓄えを積み終わるのを待った。つぎに、ローレンツェン兄弟に梯子の両側を押さえてもらって、サラとソフィアがボートに乗りこんだ。

「急いで乗れ」ジリンクが兄弟にいうと、彼らは乗りこみ席についた。

乗りこみは迅速に行われた。ハルベンズとグートシャート、つぎにヘッドとリチャードソン。ブリッグスが隣にやってきて、ジリンクの肩を軽く叩《たた》いた。

「乗りこみたまえ」ブリッグスは彼に告げた。「私は最後に乗る」

総員一〇名が、一筋の細い繋索《けいさく》で母船と繋《つな》がれた小さなボートに乗っていた。

一頭の鯨がデイ・グラシア号の近くに浮上して、噴気孔から海水を噴き上げた。

「左舷に鯨」デヴォーが叫んだ。ムーアハウスは航海日誌に記入すると、六分儀を水平線に向けた。彼らは正しい針路を快調に航行していた。天候は落ち着きを取りもどし、太陽が雲間から差しこんでいた。総じて、海上のありふれた一日だった。五〇〇キロ彼方《かなた》で展開されつつあるドラマを、彼には知るよしもなかった。

クラックザホイップの最後尾の子どものように引っ張られながら、ブリッグスは遥《はる》か前方のメアリー・セレスト号を見つめた。一時間たっていたが、船は同じ高さで浮いていた——彼の水漏れ防止処置がうまくいったに違いなかった。ハッチは開けておいたので、いまごろには船倉も換気されていることだろう。新鮮な空気で頭がすっきりした彼は、いまさらながら自分の決定に疑いを感じていた。

「繋索を取りこんで乗り移ってもだいじょうぶのようだ」ブリッグスはボートのほかの

者たちに話しかけた。

男たちはうなずいた。彼らの頭も、すでにすっきりしていた。彼らは海上にあることには慣れていたが、陸地から遠く離れたすし詰め状態の小さなボートに乗っているのは、ごく控えめに言ってもすこぶる不安だった。誰もがメアリー・セレスト号に乗り移り、日頃の任務に戻りたかった。こんどの騒ぎは恐慌《きょうこう》以外のなにものでもなかった――子供たちに聞かせるべき話だった。学び取りたい教訓。

「ジリンクと私が取り込みはじめましょうか？」リチャードソンが訊いた。

その瞬間、ブリッグスがまだ答えていないうちに、またスコールが降り注いだ。ほぼ二五〇メートル彼方のメアリー・セレスト号は、スターティングゲイトから放たれたグレイハウンドなみに前方へ突進した。彼らを海上の我が家に繋いでいる綱は弛《ゆる》んでいたが瞬時に張りつめ、支柱に巻きつけてある個所がちぎれてしまった。ほぼそのとたんに、小さなボートの速度は落ちはじめ、アルコールを積んだブリガンティンは帆走を続けた。

リチャードソンはいまやたるんでいる繋索を持ち上げ、ブリッグスを見つめた。

「漕《こ》げ、みんな、漕ぐんだ」彼は叫んだ。

一〇日間漂流し、彼らは死に瀕《ひん》していた。最初の日に、彼らはメアリー・セレスト号の姿を見失ってしまったし、サンタマリア島へ漕いで戻ろうとするあらゆる努力は無駄に終わった。一週間、食べ物も水もなかったし、いまやもっとも必要とされるときに、雨は一滴も降らなかった。

幼子のソフィアが命を落とし、その後まもなくサラと一緒に海に葬《ほうむ》られた。ハルベンズ、ジリンク、リチャードソンも死んだ。グートシャートは夜の間にひっそり息を引き取り、ボートの底に横たわっていた。ヘッドのほうは、漂流三日目に、心臓発作で死んだ。失意のブリッグスは、二度と妻と相見《あいまみ》えることはないのだと悟ったとたんに覚悟を決めた。

「力を貸してくれ、グートシャートのために」ブリッグスは午前一〇時近く、少し体力が戻ったところで持ちかけた。

ボッツとフォルカートが彼に協力して、ボートの外へ死体を落とした。

ブリッグスは彼らドイツ人を見つめた——それによって、自分の状態がどんなものか見当がついた。男たちの顔の皮膚は帯状に剝《む》けていた。唇は干あがってひび割れ、ソーセージのように膨れあがっていた。フォルカートの鼻の下には血がこびりついており、ボッツの目じりには青みがかった膿《うみ》が認められた。

「私を殺してくれ」ブリッグスは兄弟に静かに言った。

ボッツは弟を見つめ、うなずいた。彼らは船長の命令に異議を唱えないよう訓練されてきた。フォルカートは頑丈な木製の櫂《かい》を、兄は別の櫂を握った。そこで、底をついている体力をふりしぼって、彼らは求めに応じた。

二時間ほどたって体力が戻ったところで、彼らはブリッグスを舷側の外へ葬った。

彼らは翌日の朝、数分の間隔で、息を引き取った。

一八七二年一二月四日は、快晴だった。ムーアハウス船長はデイ・グラシア号の舵輪を握っていた。そのイギリス製のブリガンティンは、島影を望見すらできないアゾレス諸島のはるか北側を通過して、ジブラルタル海峡へ南下して入りこむ南南東の針路をタッキングして航走中だった。ムーアハウスは舵輪の前に立ったばかりで、北緯三八度二〇分、西経一七度一五分と記入し終わったときに、左舷船首の前方約一〇キロの地点から近づいてくる船を目撃した。時刻は午後一時五二分だった。

「小型望遠鏡を渡してくれ」ムーアハウスは二等航海士のライトに言った。

ライトは引き出しに手を伸ばして、指示された望遠鏡を手わたした。

ムーアハウスは手首を振って望遠鏡を伸ばすと、件《くだん》の船を見つめた。メインスルはたたまれていて、甲板に人影はまったくなかった。奇妙だが、ひどく不自然というわけではない。

「船荷を積んでいるようだが、ただうろついているにすぎん」ムーアハウスは知らせた。

「こっちの針路はまもなくあの船と交差します」ライトは知らせた。「信号を送って、航行状況について訊いてみましょうか？」

「いいだろう」ムーアハウスは気楽に応じた。

しかし、最初の信号、そして引き続き送った分にも返答はなかった。

三〇〇メートルたらず前方を、幽霊船は三キロたらずから三・五キロあまり見当の速度で、西へ走りつづけている。ムーアハウスはなおも甲板に誰かが現れるのを視認しなかったが、乗員全員が病にかかっているのではないかと心配になってきた。

小型望遠鏡で相手の船を観察しつづけ、一つの決定を下した。

「メインスルを下ろせ」彼は水夫のアンダーソンとジョンソンに大きな声で命じた。

デイ・グラシア号は速度を落とし、海上でかすかに揺れている程度になった。

「どうしたものでしょう？」デヴォーが甲板に上がってきて訊いた。

「ボートを用意」ムーアハウスは命じた。「君とライトは乗りこんでくれ。ジョンソンを連れていって、ボートの面倒を見させろ」

「おーい」彼はメガホンでメアリー・セレスト号に呼びかけた。

返事はない。

ジョンソンがオールを握る渡船に乗りこむと、三人組は漕いで近づきながら相手の船を注視した。甲板にはただの一人として水夫がいない。船腹を叩く波の音以外に、物音一つしない。彼らは不気味な陰鬱《いんうつ》さを、不吉な予兆を感じた。近づいて行きながら船尾にある船名を読んだ——メアリー・セレスト。

「ここにいろ」渡船が横づけになるとデヴォーはジョンソンに命じた。「ライト君と私で調べてくる」

鉤爪《かぎづめ》のついた梯子《はしご》を舷側《げんそく》越しに投げあげて、デヴォーとライトは船に乗りこんだ。

「おーい」デヴォーは主甲板に立って声をかけた。

答えはなし。

彼とライトは前部へ歩いていった。メインハッチと倉庫のハッチは甲板に横になっていて、前方の倉庫のハッチは裏返しになっていた——凶兆だった。船乗りたちは迷信深く、裏返しのハッチは災厄を来《きた》すとされていた。メイン・ステースルは調理室の煙突を過ぎって前部ハッチに垂れかかっていた。まともな船乗りなら、こんなことを許しはしない。ジブ（船首三角帆）とフォアトップマスト・ステースルは右舷開きにセットされており、フォアスルとアッパー・フォアトップスルは吹き飛ばされていた。甲板上には、ロワー・フォアトップスルは四隅がずたずたに引き裂かれて垂れ下がっていた。渡船が一艘《そう》も見当たらなかった。

「下へいこう」

デヴォーは梯子を下りて、下の甲板へ出た。つぎつぎに船室を開けて行ったが、人影はまったくなかった。彼とライトは船室を全部調べた。船長室で、デヴォーはクロノメーター、六分儀、船籍証明書、航海日誌がなくなっていることに気づいた。一等航海士の部屋では、ライトが業務日誌と測定板を見つけた。二人が鉢合わせした調理室には、用意された料理はなにもなかったし、乗員のテーブルには食べ物も飲物も載っていなかった。

「私は貯蔵所を調べてみます」ライトは知らせた。

「私は船倉を調べるとしよう」デヴォーは応じた。

ライトは六ヶ月分の食糧と水の蓄えを見つけた。デヴォーは強烈なアルコールの臭《にお》いと、船倉を埋めたほぼ一・二メートルの海水に出合った。彼はポンプで船倉の排水をはじめた。しばらくすると、その場にライトが現れた。

「船上には誰もいない」デヴォーは話しかけた。「しかし、この水を除けば大した問題はない」

「甲板にいたとき、すでにお気づきになっていたかどうか分かりませんが」とライトは伝えた。「羅針儀の架台が倒れて、羅針盤は壊れていましたが」

「あれはなんとも不可解だ」デヴォーは同意した。「船倉の排水をしようじゃないか、その上でムーアハウスさんに報告しに戻ろう」

残っている帆を下ろし、錨《いかり》を投げこむと、彼らは排水に取り組んだ。

「船長」デヴォーは報告した。「あれは幽霊船です」

彼とライトが目撃した状況の説明を終えると、ムーアハウスはパイプをくゆらせながら考えこんでいた。一〇〇メートルたらず先では、乗員皆無の船、メアリー・セレスト号がじっと決定を待っていた。

「私の第一の任務は、この船と積荷にある」ムーアハウスはゆっくり述べた。

「理解できます」デヴォーは言った。「選択するのはあなたです。ですが、もしも水夫二人と食糧をいくらか与えてくれるなら、われわれはジブラルタルに着き、救難船舶の救出権利の届出をできると思うのですが」

「君は自分の航海道具を持っているか？」

デヴォーはかつて船長を立派に務めたことがあった。

「ええ、船長」デヴォーは答えた。「予備の気圧計と時計、別の羅針盤、それにいくらかの食糧を割いてもらえるなら、入港できると思います」

デイ・グラシア号から三人欠けると、ムーアハウスは深刻な人手不足に陥る。

「やってみようじゃないか」やがてムーアハウスは言った。「しかし、問題が生じた場合には、メアリー・セレスト号は漂流するにまかせて、君の部下は引き返させ、港に着いたら紛失を報告する」

「感謝します、船長」デヴォーは言った。

「ランドとアンダーソンを連れていくがいい」ムーアハウスは応じた。「われわれはここで、君があの船を航海に耐えられる状態にするのを待っている」

その夜の八時二六分に、船倉の排水は終わり、予備の帆が張られた。デヴォーたちは、ちょうど月が水平線に昇ったおりに、九六〇キロ先のジブラルタルを目指して旅立った。三日月が幽霊の現れそうな航海を照らしていた。

ジブラルタルまでは穏やかな天候がつづいた。やがて、デヴォーはメアリー・セレスト号の指揮を取ってからはじめて、荒波のなかにデイ・グラシア号の姿を見失った。幽霊船を初めて目撃してから九日後の一三日の金曜日に、デヴォーはジブラルタルに入港した。デイ・グラシア号はすでに到着していた。

「はい、お釣り」電報係はムーアハウス船長に言った。

一二月一四日の土曜日、アトランティック相互保険会社のニューヨーク事務所の事故係は、ジブラルタルから打電された以下の電文を受け取った。

四日に発見し、当地に〝メアリー・セレスト号〟を搬送。航行可能なるも放棄さる。海事法に基づく賦課金《ふかきん》。全関係者に電報でサルベージ権を提供。ムーアハウス。

その電信が、メアリー・セレスト号になにか恐ろしい変事があったことをアメリカに伝える第一報となった。

乗員や乗客については、なにひとつ明らかにされなかった。メアリー・セレスト号そのものは現役に復帰するが、一二年ちょっと後の一八八五年一月三日、ハイチのミラゴーアンにほど近いロシュレー礁《しょう》で難破することになる。

かくして船は消え去ったが、伝説は生きつづけている。

2

楽園喪失　二〇〇一

メアリー・セレスト号の物語には、首筋の毛が逆立つ。あの船は海洋史上もっとも有名な幽霊船として祭られている。乗員が消え失《う》せ、放棄された状態で発見された船にまつわる話はほかにもいくつもあるが、メアリー・セレスト号ほど想像力を掻《か》きたてる魅力と曲折にとんでいる例はほかにない。依然として、メアリー・セレスト号は幽霊船の王冠をいただいている。

私は少なくとも二〇年前にあの船のクモの巣にからめ取られ、ワシントンDC在住のNUMAの調査研究家ボブ・フレミングに、究極の末期《まつご》をさまざまな古文書館で調べてくれるよう依頼した。あの船は航海の途中で嵐《あらし》に遭遇して沈んだのか、あるいは無用の存在になるまで生き延びて、仲間の圧倒的に多数の船と同様、どこかの港の片隅に広がる干潟《ひがた》で遺棄船と成りはてたのだろうか？ ごくわずかな記録と、あの船の悲劇以降に書かれた一〇〇冊以上の著作物のさらにわずかな叙述にしか、答えは載っていない。

メアリー・セレスト号は一八七二年にアゾレス諸島で遺棄された後、さらに一二年と二ヶ月間航海した。その間に、あの船はさまざまな船主を渡り歩いた。最後の航海に出帆したのは一八八四年の一二月で、ニューヨークからハイチのポルトープランスへ向かった。統括したのはマサチューセッツ州ウィンスロップ出身の、ギルマン・パーカー船長だった。一八八五年一月三日、あの船は南東の針路を取って、ハイチ南部の半島とゴナーヴ島の間の狭い水路を帆走中だった。空には雲がなく、波は膝《ひざ》の高さにも達していなかった。

水路の真中をまがまがしく占めているのがロシュレー礁《しょう》で、海底から立ちあがっている岩石の小山の頂は分厚いサンゴに覆《おお》われていた。そのサンゴ礁は海図に明示されているし、操舵士《そうだし》にもはっきり見えた。彼がサンゴ礁を迂回《うかい》する新たな針路を設定し、舵輪を回そうとすると、パーカー船長が彼の腕を手荒につかんだ。

「やめろ！ 針路を維持しろ」

「ですが、船長、われわれは間違いなくサンゴ礁に衝突しますよ」操舵士は抗議した。

「だまれ！」パーカーはかみついた。「命じられた通りやれ」

船がまぎれもなく惨事に遭遇しつつあることを知っていながら、操舵士は罰せられるのを恐れて、真正面のサンゴ礁に向けて舵《かじ》を切った。満ち潮だったので、威圧的なロシュレー礁は海面から辛うじて顔を覗《のぞ》かせているだけで、かつて美しかった船は己の墓場となる場所へ近づいて行った。操舵士は必死の思いで船長に最後の一瞥《いちべつ》をくれたが、パーカーは決然としており、波がうねっている真正面のサンゴ礁に向かって顎をしゃくった。

メアリー・セレスト号はロシュレー礁の真中にぶち当たった。キールと船殻の外板はサンゴ礁に溝を開けられた。しかしサンゴ礁の鋭い突起は銅にくるまれた船底部を切り裂き、船内まで食いこんで何トンもの海水を下の甲板に流しこんだ。船首はサンゴ礁に乗りあげ、船尾は海中に沈んだ。断末魔のメアリー・セレスト号は、恐ろしげなうめきを発した。船殻と肋材《ろくざい》が、頑強に抵抗するサンゴ礁に惰性で激突し、食いこんだのだ。

やがて、悲鳴は海面を過《よ》ぎりながら消えゆき、船は静かになった。

パーカー船長は落ち着きはらって乗員をボートに分乗させると、近くにあるハイチのミラゴーアン港へ漕《こ》ぎ寄せろと命じた。そこまでは南へ二〇キロたらずしかなかった。

パーカー船長にとって不幸なことに、メアリー・セレスト号はただちには沈まなかった。さほどしないうちに、難船とその積荷の検査が行われ、魚とゴム靴以外にはほとんどなにも運んでいなかったことが露見したし、それらは積荷目録に記載されていた高価な荷物とは無縁の品だった。あの船には船体と積荷の価値をはるかに上回る、総額二万五〇〇〇ドルの保険が掛けられていたことが明らかになった。今日、それは保険金詐欺《さぎ》と呼ばれている。当時にあっては、それは船長の非行とみなされており、該当する行為はアメリカの法律のもとでは罰すべき罪で、死刑が科せられていた。

パーカーの不運は終わりそうになかった。ニューヨークの検査官キングマン・パトナムは、その時期にたまたまハイチに滞在中で、保険の引き受け業者たちに雇われて、検査に当たることになった。彼が行った水浸しの積荷検査が決め手となって、パーカーはニューヨークへ戻ったさいに逮捕された。パーカーは裁判を受けるが、評決不能に立ちいたり、裁判所よりただちに別の裁判を開始するよう命じられた。彼にふさわしく、パーカーは新しい裁判が開かれる前に命を落とした。

メアリー・セレスト号はほどなく、肋材の上に生長して甲板という甲板を埋め尽くしたサンゴのなかに姿を消した。生前の悪名にもかかわらず、あの船は無視され忘れ去られて命を落とし、そのドラマはハイチの不毛のサンゴ礁で幕となった。おそらくは、消息を絶った乗員の亡霊のなせる報復の業であろう。

充分な成果を挙げられるだけの調査資料がそろったので、私は一艘《そう》のボートをチャーターして、ロシュレー礁へ航走する計画を立てはじめた。私はマーク・シェルドン氏と連絡を取った。彼は私が気に入っている古い調査船アーバー三世号を買い取っていた。私はそのヨットに乗って、一九八〇年にボノム・リシャール号を探査したのだった。一九八四年にもチャーターした。その時には、私たちは北海で実にさまざまな途方もない冒険に遭遇したし、難船を一六隻《せき》見つけたが、フランスのシェルブールではフランス海軍との舌戦に敗れた。南軍の商船略奪船アラバマの探索許可を、彼らに拒否されたのだ。私はアーバー三世号とジャマイカのキングストンで落ち合い、ジャマイカ海峡を横切りケープダマリーを迂回してロシュレー礁へ出る、ほぼ二日の旅を計画した。だが運悪くシェルドンが病を得たために、チャーターは翌年に持ち越された。

その時点で、ECO‐NOVAプロダクションズのジョン・デービスが現れ、探索を行うための遠征隊の編成を買って出てくれた。ジョンとそのチームの本拠はノヴァスコシアだったし、メアリー・セレスト号もノヴァスコシアで建造されていたので、彼らは難船を見つけることに強い刺激を受けていた。同時に彼らは、あの船にまつわる『沈んだ船を探り出せ』風のドキュメンタリー制作にも熱心だった。

二〇〇一年四月に、ジョンは兵站《へいたん》を確立し、ボートを一艘チャーターしたうえで、私にハイチまでの乗り継ぎ航空券を送ってくれた。私は夕方に、フロリダのフォートローダーデールに着いたが、出迎えが見当たらないのでいささか驚いた。私はシャトルヴァンに声を掛けてシェラトンホテルへ向かい、一人でロビーに入っていくとジョンが驚いた。友人の一人を出迎えにやったとのことで、どうしたわけか彼は降りてくる大勢の客の中から私を見つけそこねたのだ。

私のような顔をした男が、どうして人の群れに紛れてしまったのだろうとふと思った。ひょっとすると、これが試練のはじまりではないかと私は訝《いぶか》りはじめた。私の守護天使は休暇に出てしまい、邪《よこし》まな悪魔がその穴埋めをしているのだと確信した。旅券を忘れてきたことに気がついたときは、とくにそう思った。ひょっとして、痴呆症《ちほうしょう》では？

ジョンはそんなことを歯牙《しが》にもかけなかった。「なんともないって」彼は陽気に言った。「ハイチ人が気になどするものか」

ハイチの留置場に放りこまれる姿が、私の頭を過ぎった。私は妻のバーバラに電話をかけて、航空会社の急送サービスで旅券を送ってくれと頼んだ。なにかの足しにと、妻は関連ページをファックスでホテルへ送ってくれた。なんらかの理由で旅券が到着しなかった場合でも、私はすくなくともハイチの入国管理局に示すある種の身分証明書を得たのだった。

当然のごとく、私の旅券を載せた航空機は遅れたが、さほど迷惑はこうむらなかった。私たちの出発予定時刻まで、まだ一時間近くあった。私たちを乗せてハイチまで飛ぶエキゾチックなリンクス・エアラインズは、ほかにもいろいろな計画を秘めていた。意外にも、カウンターの係員は、乗客が全員そろったので一時間早く離陸するとアナウンスした。たしか、リンクス・エアラインズはギネスブックに載っているはずだ。旅券を持っていないことを嘆くと、例の係員は笑い飛ばして言った。「彼らが気にするもんですか」

そのセリフ、以前にどこかで聞いたが？

丘陵地帯に革命家たちが潜む第三世界の国へ、まともな証明書も持たずに入国するのだと思うと、なんとはなしに釈然としないものがあった。ほかに方法がないので、当時、フォートローダーデールに住んでいたクレイグ・ダーゴと連絡を取り、遅ればせながら旅券が着いたら受け取ってくれるよう手配した。

使用された機は一九人乗りのデハビランドのプロペラ機だった。フライトは、なにごともなかった。マイク・タイソンに似た大きな黒人が、私の後ろの席についたことを除けば。彼は空の旅を恐れていて、乱気流にぶつかるたびに、私の座席の背もたれを握り緊《し》めた。紺碧の海に囲まれた島々を見下ろしているうちに、私は地元の先住民がマリンバとスティールドラムを奏《かな》でながらピニャコラーダを回し飲みしている、陽光降り注ぐ熱帯の楽園に着くのだと夢見ていた。その夢想は、飛行機が雑草のはびこる滑走路に着地したとたんにはじけ飛び、わたしはぐいと現実へ引き戻された。ターミナルはなく、がたがたの古びたフランス車や日本車で満杯の埃《ほこり》っぽい駐車区画の周囲に一握りの荒れ果てた小屋が散らばっているだけだった。

　私たちは飛行機を降り、入国管理の小屋へ向かった。ありがたいことに、私の万事お見通しの目は、私のスーツケースとジョンのバッグがフォートローダーデールを発つ際に機首の部分に収納されたことを見分けていた。振り返ってみると、手荷物係のハイチ人たちが乗客の荷物を機体の後部から取りだし、私たちのバッグ抜きでカートに乗せて場内を横切っているのが目に映った。私はジョンを従えて飛行機のもとへ引き返すと、錠をはずして機首部を持ち上げ、私たちのバッグを取り出した。だれひとり干渉しなかった。もしも機首部からさっさと持ち出さなかったなら、私たちの荷物は二〇分後にはフォートローダーデールへ戻る機中にあったことだろう。

　私は最高の笑みを浮かべた。入国管理官はファックスで送られた旅券のコピーに優雅にスタンプを押すと、手を振って通してくれた。

「ほら」ジョンは言った。「言ったろう？　たやすいことだと」

「いまや問題は、ここからいかに脱け出すかだ」これからどんな世界に飛びこんで行くことになるのだろう、と思いを巡らせながら私はつぶやいた。

　ジョンは私たちがコルミエ・プラージュ・ホテルに滞在できるように、手続きをしておいてくれた。そこはドミニカ共和国との国境からさほど離れていない、海岸をずっと北上した入江にある熱帯の楽園だった。そのリゾートの持ち主はジャン・クロードとキヤシーのディックマール夫妻で、彼らはハイチに二五年以上住んでいた。ジョンと私はここに一晩泊まって、フォートローダーデールから海上を経てやってくる、チームのほかの面々を待つことになっていた。通関を終えた私たちは、ジャン・クロードの甥《おい》に出迎えられたが、残念ながら名前を失念してしまった。私たちは群衆が足を踏み鳴らして土埃を上げているシーンに出くわした。数百人のハイチ人が空港の周りで動き回っていた――なにをしているのか、私にはまったく見当がつかなかった。

私たちは一ドルをせびる少年たちの群れに襲われた。国の貧しさの割に、子どもたちはうるさく纏《まと》わりつかなかった。私が訪ねた大半の国では、年端《としは》のいかない少年や少女の物乞《ものご》いは一般に小銭をせびるものだ。

ホンダの小型SUVの後部にバッグを放りこむと、私たちは港湾都市ケープ・ハイチアンを走りぬけた。悲惨さはこれまでにも見てきたが、どこもここは較《くら》べものにならない。リオデジャネイロの上にある丘陵地帯の最悪のスラムでも、ここに較べればビヴァリーヒルズのように思える。通りという通りは荒れ放題で、がたがたのぼろ車が、動いているものも、部品を剝《は》ぎ取られて止まったままのものも、辺りの景色を雑然としたものにしている。建物は内部から腐ってでもいるように、崩れ落ちつつある。ほかのどこであろうと、そうしたビルには何年も前に廃棄処分命令が出ているはずだ。大勢の人間が表通りや横丁を、まるでありもしないなにかを探してでもいるようにうろついている。私たちは一〇エーカーもある巨大なゴミ捨て場の脇《わき》を通りすぎた。人の群れがシャベルで生ゴミやがらくたを掘り返してはビニールの袋に入れ、一輪車で家へ押していく。見て快い光景ではなかった。

自壊一途の町をようやく抜けると、この一〇年――いや、二〇年にしておこう――地ならし作業の行われた例のない道を通って山越えをした。掘っ建て小屋の群れの脇を通りかかると、痩《や》せこけた鶏たちが不毛の地べたをつついており、長い行列がたったひとつの給水栓の前にできていて、彼らは私たちがまるで月からいままさに飛び降りでもしたかのように見つめた。痩せ細った彼らを見ているうちに、九キロほど体重オーバーしていることを私はひそかに意識しはじめた。

穴ぼこは隕石《いんせき》で出来たクレーターほど大きく見えたし、轍《わだち》は第一次世界大戦当時の塹《ざん》壕《ごう》なみに深かった。しかし風光は明媚《めいび》で、なんとも美しかった。樹木が切り倒されていない山中のわずかな一帯は、まるで絵のようだった。かつてハイチが美しい国だったことは、容易に想像できた。

私たちはようやく、何百本ものヤシの木に囲まれた感じのいい入江へ下りて行った。村の小屋は道の片側に並んでいて、子どもたちは楽しげに遊び、母親たちは山から流れ下る小川で洗濯をしていた。ジャン・クロードの甥がトラックの向きを変えてリゾートの門をくぐり抜け、私たちはジャン・クロードとキャシーに会った。物静かな婦人で、彼女が陰で采配《さいはい》を振るっているのは明らかだった。ジャン・クロードは誠実そのものだった――誰もが友達に持ちたいような人物だった。私たちは二人とも七〇歳に近かったが、彼は私の二倍も活動的だった。彼は少なくとも一日に一度は、しばしば二度も三度も水に潜っていた。すでに彼は、一六五回も波の下に滑りこんだ記録を作っていた。半人半魚という呼び名は、ジャン・クロードにぴったりだ。

ホテルはたいそう魅力的で、刈りそろえた芝生と長い砂浜が備わっており、レストランとバーが一軒ずつ収まっている白い建物は、棕櫚《しゅろ》の葉で葺《ふ》いた見事な出来映えの屋根に蓋《おお》われていた。唯一《ゆいいつ》の欠点は、サンゴ礁《しょう》が浜辺の二、三メートル以内まで張り出しているため、泳ごうとすると胸をこすってしまうことだった。料理は贅《ぜい》をつくしている。ロブスターの皿は料理法の異なる七種類もあって、エキゾチックなソースに彩《いろど》られているが、それはメニューのほんの一部にすぎない。つぎには、夕食後の一杯をやりにバーへ出向き、難船にまつわる伝説や、そうした船を探している人たちの話をして何時間か過ごした。

ボートは翌日現れた。持ち主はフロリダ州ハイランドビーチのアラン・ガードナーで、エラ・ウォーリー二世号は全長一六メートルあまり、船殻は鋼鉄製で、アランが水中探索のためにとくに設計した船だった。最新の潜水用具と探知装置に加えて、最高水準の電子計器類を搭載していた。アランは順風満帆の実業家で、コンピューター技術関連の大会社のオーナーだった。企業帝国の指揮監督に当たっていない時には、カリブ海で難船探しをしている。私の同類だ。

アランはヨブのように辛抱強いなんとも気立てのいい男で、いつも微笑《ほほえ》みを絶やさず、二、三杯もスコッチを空けると、絶えず笑い声を上げる。フォートローダーデールから船旅に出る彼には、潜水の達人マイク・フレッチャー、水中カメラマンのロバート・ガーチンとローレンス・テーラーをふくむ、ECO-NOVAのチームが加わった――みんな親しみやすく思いやりのある連中で、辛酸を舐《な》めさせられる遠征を誇らしい充実した結実の一瞬に逆転させるだけの団結心を持ち合わせていた。

ジョンと私は、カーニバル・クルーズ汽船が、陽光と渚《なぎさ》を日がな一日楽しめるように乗客を熱帯の入江へ送りこむのに使っている礁湖の桟橋から、あるボートに乗りこんだ。アラン同様、ジャン・クロードも快く時間を割いてつき合ってくれた。というのも、彼はハイチに精通しているし、先住民とクレオール語で話せた――結果的に、この心配りは役に立ってくれた。

ロシュレー礁への旅は、翌朝早く始まった。海はひどく荒れていたが、私はまさにこういう折に備えて持ちこんでおいたポルフィード・テキーラのボトルを抱えて身固めをしていた。かなり安定度の高い船なのだが、エラ・ウォーリー二世号はパンチを食らうたびに、左右に揺れた。平底船なので、水中探査にうってつけの潜水用の足場になるが、けっして豪華なヨットではない。ある目的のために造られた船だけに、洒落《しゃれ》た備品や、深い竜骨、スタビライザーなどとは無縁だった。そのうえ、流すと必ず詰まってしまうトイレがあの船の難点だった。

寝るための設備も質素だった。船主のアランだけは個室を持っていた。チームの二人は操舵室《そうだしつ》の寝棚で眠った。ほかの二人は外のデッキで寝た。ジャン・クロードと私はメインキャビンを共用した。私は小さい折畳み式の長椅子《ながいす》で、彼は食事用テーブルのベンチで休んだ。

私たち二人はいびきをかくので、ほかの連中から追い出されたのだ。ジャン・クロードは一〇時に始めて午前二時まで、いっぽう私は午前二時から六時までラッパを吹き鳴らす。

しかし、私たち七人組のクルーはタフだった。私を除いてだれひとり船に酔わなかったし、泣き言も言わなかった。

私たちは夜を過ごすために、ハイチの北西の突端に錨《いかり》を下ろした。翌朝はゴナーヴ島を帆走で迂回《うかい》して、午前の中ごろにロシュレー礁に着いた。接近していきながら、私は双眼鏡で、ずっと前方のサンゴ礁が隆起しているとおぼしき辺りを見つめた。影像が浮かびあがったので、私は焦点を調節した。

私はアランとジョン・デービスのほうを向いて話しかけた。「よくは分からんが、サンゴ礁には小屋の建っている村がある」

四五分後、私たちはロシュレー礁に到着し、九〇メートルほど沖合に投錨《とうびょう》した。そこは人類学者の夢想郷だった。話によると、およそ八〇年前に、二人の兄弟が巻貝を採るために、サンゴ礁に家を建てることにした。数十年たつうちに、より多くの先住ハイチ人たちがサンゴ礁に移住してきて、現在では海面から一・二メートル隆起した島となり、百万個以上の巻貝から出来ている。そこには、想像しうるあらゆる漂流物の切れ端で作った小屋が、五〇戸ほどある。人口は二〇〇人程度と私たちは推定した。木立ちやブッシュは、まったく見当たらない。太陽は情け容赦なく、巻貝の殻で出来た地表に降り注ぐ。最寄りの陸地は二〇キロ近く離れているが、食料や飲み水はすべて、刳《く》りぬきカヌーで運んでこなくてはならない。人間がこんな過酷な条件の下で生き延びられるとは信じかねた。ましてあそこで生涯を送るなど、想像を絶する。

ジョンとその撮影クルーはジャン・クロードをともなって、全長約四メートルのボストンホエーラーに乗りこみ、浅いサンゴ礁の頂点に建てられた人工の島へ向かった。当然ながら、そこに住みついている人たちは、現れた私たちに興味を持った。ジャン・クロードは私たちが難船を探しているとは言わなかった。私たちの意図を誤解して、宝捜しをしているのだと思いこまれたら、いろんな問題が起こりかねない。彼はたんに、私たちは映画を製作中なのだと言っただけで、押し入ったことを許してもらうために、彼らに船外モーター用ガソリン一〇ガロンとコカコーラをワンケース進呈した。

私たちは一九一〇年の日付が入っている、いちばん古いが正確な海図を研究し、現代の海図と重ね合わせた。サンゴ礁は変化していなかった。両方の海図によると、サンゴ礁の南端に、〝ヴァンダリア〟と称される尖礁《せんしょう》があるが、地元民たちはそんな岩礁はないと私たちに請け合った。そのために後ほど、ヴァンダリアという名前の船も同じサンゴ礁に座礁した可能性を究めるための調査に、いっそう手間取ることになる。

風が強くなったので、アランはボートをゴナーヴ島の小さな湾に入れ、そこに私たちは一晩腰を据えた。翌朝は早く出発し、アランは舷側《げんそく》越しにセシウム海洋磁力計を海中に下ろし、磁力反応を求めてサンゴ礁を回りはじめた。五〇メートルたらずの沖合で、一〇ガンマの示度が一つだけコンピューターのモニターに示されただけだった。その出所はロシュレー礁のまん真中で、メアリー・セレスト号がサンゴに激突したと報じられている場所だった。その地点は同時に、南西から航走してきた船がサンゴ礁と出合う個所と完全に一致していた。

私に取りついた悪魔は、きっと一休みしていたのだろう。

マイク・フレッチャーは潜水服を着こんで舷側から飛びこみ、ロバート・ガーチンが水中ビデオカメラを携えて後から従った。残る私たちはボートの船尾に陣取り、熱帯のそよ風を満喫しながら、マイクはなにか見つけたろうかと思いを巡らせた。彼は三〇分後にボートに戻ってくると、銅の被膜やバラスト用の石、真鍮《しんちゅう》の釘《くぎ》が打ちこまれた古い板材を甲板に放りこんだ。

私たちはメアリー・セレスト号が横たわっていると想定されるまさにその場所で、難船を突きとめたのだ。しかし、船名が真鍮の浮き彫り文字になっているか陶磁に刻まれている船鐘は間違いなく引き揚げられたようで見つからないし、あの船だと証明してくれる人工遺物もない以上、推測するしかない。全員が潜り、見つかった哀れを誘うほどわずかな人工遺物を回収した。サンゴ礁は五〇年ダイビングをしている私がこれまでに見た、もっとも美しいいくつかに数えられるが、なろうことなら来るのではなかったと後悔した。あの船の肋材《ろくざい》を思わせるものが、船体を急速に埋め尽くした石灰質の生育物に深く埋もれていた。一一六年の歳月を経て、あの船は突き破られることのない屍衣《しい》にくるまれて埋葬されていた。

私たちは錨鎖の一部と錨を一つ見つけた。私は一本のバールを引きぬこうとしたが、すっかり固着していた。ジャン・クロードとマイクは、かなりの大きさのバケツに一杯の木部を運びあげた。それに、砂に埋もれていた人工遺物の、かなりの断片もいくつか回収した。どの品物も発見された場所でビデオテープに収め、札をつけ、目録に収めた。チームが故郷に戻ったら、木部はさまざまな研究所へ送られて年代と生産地が特定されることになる。科学技術によって木部の古さは何年かのうちに特定できるし、世界のどの産地で採れたものかも割り出せるのだから驚きだ。バラスト用の石も、鉱物学上の特徴と組成を示しているので、採掘された地域が特定できる。それらは、メアリー・セレスト号が一八七二年の夏に改造された当時の、ハドソン川にそびえる絶壁か、さもなければノヴァスコシアの山脈か海岸が出所のはずだ。メアリー・セレスト号は当初ノヴァスコシアで建造され、アマゾン号の名のもとで進水しているからである。真鍮の釘はおおよその年代しか示してくれないかもしれないが、銅の被膜は手がかりを与えてくれるだろう。いずれにしろ、私たちが求めている答えが出るまでには時間がかかる。

これ以上できることはないと納得がいったので錨を抜き上げ、いまは親しみをこめてコンチ島と呼ばれているロシュレー礁に後ろ髪を引かれる思いで別れを告げると、私たちはコルミエ・プラージュ・ホテルに引き返す進路を取った。波立ち騒ぐ海と二、三時間もみあうことになったが、実のところしばらくすると心がなごんだ。私はカリブ海のこの辺りの水の色に魅了されて一心に見つめた。それはサンゴ礁や島周辺の浅い水域の青緑色ではない。あそこは深い水域で、音響測深機は海底まで九〇〇メートルと示していたし、水の色は濃い菫色《すみれいろ》で、ほとんど紫だった。

二日後に、私たちはホテル近くの桟橋に着き、ボートから下りずに七日過ごした後だけに、周囲の大地がぐるぐる回るのを面白がった。誰もが海辺やホテルのバーで寛《くつろ》ぎ、自分たちが見つけた遺物について夜遅くまで語り合った。翌朝、チームの全員はボートでフォートローダーデールへ発《た》ち、私はその日の午後に飛行機で離陸する手続きをすませた。みんなと別れの言葉を交わし、シャワーを浴び、荷造りをすませると、私はホッと安堵《あんど》の溜息《ためいき》を漏らした。環紋蘚苔虫類《かんもんせんたいちゅうるい》に嚙《か》まれることもなく、ハイチのジャングル熱にも取りつかれずに脱出できるのだ。

私は早めに出かけた。車で送ってもらえるものと思っていたのだが、地元の警察がジャン・クロードは自動車税を払っていないと判断し、彼のランドローバーを押収《おうしゅう》してしまっていた。私はがたのきた、埃《ほこり》まみれの日産のピックアップを指さされた。

選り好みなどしていられない。

ジャン・クロードのホテルの職員の一人が、私を乗せてケープ・ハイチアンまで障害だらけのコースを走ってくれ、途中で何人もヒッチハイカーを拾ったのだが、やがて彼らは荷台中を転げまわっているうちに、下ろしてくれと決まって運転席の屋根を叩《たた》いた。市内に入っても、汚濁に満ちた混乱に変わりはなく、舗装はまったくされていないし、車はところかまわず走り回っているうえ、汚染のひどさには環境問題の専門家なら心臓発作を起こしかねない。いまの私にとっては、ファックスされた旅券で出入国管理局をなにごともなく通過できるか否《いな》かが、唯一の心配の種だった。

私たちはリンクス・エアラインズの搭乗小屋に着いた。もしも私がこの生涯で賢明な手を打ったことがあるとするなら、フライトが万一キャンセルになった場合に備えて待っていてくれとドライバーに告げた、まさにあの一瞬だった。私はアメリカを目指して遥《はる》かなる美しい蒼空《あおぞら》に身を委《ゆだ》ねるまでの時間を数えながら、小屋へ入っていった。「遅すぎます」寄りかかったり素手で触れたりする気になれないカウンターの奥の係員が言った。

「遅いってどういう意味です?」私は愚かにも彼女にからかわれていると思いこみ、むかつきながら訊《き》いた。私は航空券に印刷されている時間を指で示した。「これによれば、離陸時間は一二時三〇分ですよ。まだ一一時二〇分にすぎないじゃないですか。一時間一〇分もある」

彼女は航空券を見ると肩をすくめた。「それはマイアミ時間です」

「航空券に現地の発着時刻を印刷していないんですか?」私は不安になってきた。

「ええ。あなたは一時間前に来るべきだったのです。もう遅すぎます。飛行機は五分後に離陸しますので」

「パイロットたちと話をさせてくれ」私は必死の思いで頼んだ。

彼女はうなずき、私を伴って雑草に蓋《おお》われた場内をぬけて飛行機へ案内してくれた。パイロットたちはポケットに手を突っ込んで、機の前に立っていた。私は事情を訴えたが無駄だった。

チーフパイロットは肩をすくめた。「時間内に出国手続きは終わりっこない」

「やらせてみてくれないか？」私は懇願した。

するとチーフパイロットとコーパイロットは、巧みに財布をすった後のアートフル・ドジャー（訳注　『オリヴァー・トゥイスト』に登場する巧みなかわし屋スリのジャック・ドーキンズのあだ名）とオリヴァーさながら、にんまり微笑《ほほえ》んだ。「とうてい無理だ。もう離陸するところなんだ」

私は自転車を盗まれた子どものように、その場に立ちつくした。唯一《ゆいいつ》の救いは、例の航空会社の係員が、翌日のフライトの座席を確保してやると約束してくれたことだった。

「二時間前に来てくださいよ」彼女は私に釘を刺した。「聞こえた？」

聞こえました。

生まれてこのかた、あんな惨《みじ》めな思いははじめてだった。ありがたいかな、私にはドライバーに待っていてくれるよう頼む先見の明があった。もしも彼が走り去ってしまい、空港の人の群れに囲まれて取り残された日には、ナイキのスニーカー欲しさに私はおそらくばらばらに引き裂かれてしまったことだろう。

さて、悲惨な町並みを抜けて地獄へいたる道をもう一走りすることになった。私はジャングルを縫ってニトログリセリンを搬送する、『恐怖の報酬』のロイ・シャイダーのような気がしてきた。西半球でもっとも貧しい国に放置されたために、嘆きは怒りに変わった。私の滞在中にハイチで一人のアメリカ人実業家が撃ち殺され、ほかに二人が人質に取られたことを知っていたなら、私は本当に滅入《めい》ったに違いない。

部屋に引き返した私は、その日の午後ベッドで横になり、頭上で回っている扇風機の羽根を見つめていた。孤独な食事を終えてバーに出かけると、幸いにも何人かの若いアメリカ人たちの仲間に加わった。彼らは大型の船が何隻《せき》か入港した入江で働いている、カーニバル・クルーズ汽船の職員だった。話のやり取りと数杯のビールを楽しんだ後で、私は自分のベッドがダンスを踊っている幻影を頭の中に見ながら、休むために引き揚げた。

二度と時間の無駄などさせるものか。私はあのドライバーをトラックに放りこむと、彼が英語をほとんど話せないので、ハンドルを身振りで示した。彼は私の険しい形相から、言わんとするおおよそのところは飲みこんだ。もう君は、空港へ行く手順を覚えたはずだ。しかし今回は、車を止めてヒッチハイカーを拾うのはなしだ。車を止めようと考えたりしたら、君の足を踏みつけてアクセルを床まで押しこんでやるからな。私たちは耐久ラリー車さながら、転がるように道を走って行った。

もういままでは、たっぷり体験を積んでいたので、悲惨な貧困にも慣れてしまった。残飯を家へ持ち帰る人たちを見かけても、もう腹は立たなかった。それはしょせん彼らの暮らしであり、そうやってでも生き抜かねばならないのだ。たぶんいつの日にか、内乱が終わった時には、この国もかつての美しい楽園に戻ることだろう。

私はリンクス・エアラインズの小屋に、二時間早く飛びこんだ。例の係員は微笑むと、私に搭乗券を渡してくれた。難関の一つは突破、つぎは出入国管理局だ。あの日、昼のさかりに、私はほとんど女子どもからなる一八名のハイチ人と一緒に、換気装置のない小屋の中で坐《すわ》っていた。彼女たちは香水とオーデコロンを愛好している。私はゲティスバーグの戦いに関する本を読んで時間をつぶしたが、まんざら悪い待ち時間でもないと思い当たった。

不安な場面が近づきつつあった。昨夜、私は言われていた。もしも本物の旅券を持っていないなら、あの航空会社のパイロットたちは、あなたを搭乗させっこないと。かりにアメリカの出入国管理局の役人たちがあなたの入国を拒否したとしても、彼らはあまり嬉《うれ》しくないようですよ。彼らは重い罰金を科せられかねないし、彼らの経費負担であなたをハイチへ送り帰さねばならないんですから。売れっ子作家であることが、多少なりと影響力を発揮してくれればいいがと望みをかけはじめた。

一二時かっきりに、着地して搭乗小屋のほうへ地上滑走して行く飛行機のエンジン音が、周囲の壁の隙間《すきま》越しに聞こえた。数分後に、金髪のパイロットがドアを開けて、待合室に入ってきた。彼は真直《まっす》ぐ私に近づいてくると、封筒を渡した。

「ご自分の本を、お楽しみください」彼は微笑みながら言った。

私は封筒を見つめ、訝《いぶか》しげに顔を上げた。「本って？」

「ええ、あなたのお友達が、あなたのご本の一冊をフォートローダーデールで私にくださったのです。本のカバーに載っている作者の写真であなたを見分けられるだろうと彼は読んだのです」

クレイグ・ダーゴは、彼の心根に幸いあれ、空港まで車を飛ばして、私に渡してもらうべく旅券をパイロットに委ねたのだ。雲間から陽が射《さ》しこんできた。そして、トランペットの響き、ドラムロール、さらにハープの調べが流れた。ついに、故国は水平線のすぐ向こうに近づいたのだ。

ハイチの出入国管理局は私をあっさり通してくれた。私は飛行機目がけて、歩いてではなく走って飛び出した。だが、待ったがかかった。一人の係官が、乗客全員の手荷物を点検していたのだ。私のバッグの順番になったとき、彼は別の仕事にありつきたいときっと思ったはずだ。バッグは二週間分の洗濯物で一杯だったのだ。私たち男はそうしたものだ。なぜ自分でしなくちゃならないのだ、家には洗濯をしてくれる人が待っているのに？

車輪が地表を離れた瞬間にまさる至福感は、いまだかつてなかったような気がする。それから一時間、私は全シリンダーが作動していることを確かめるために、エンジンの鼓動に耳を澄ました。狂乱のケープ・ハイチアンへ引き返すことを余儀なくされるような機械上の問題は、私には思い当たらなかった。

ひとつ飛びしたところで、燃料補給のためにカイコス諸島に着陸し、私たち乗客は機体から降りて安全のためにターミナルで待つように言われた。むろん、〝間抜けのサイモン〟カッスラーは、見当違いなドアからターミナルの真中へ入っていき、バーを見つけて冷たいビールを飲んだ（訳注　間抜けなサイモンは、イギリスの伝承歌謡の主人公）。引き返す時間だと見当をつけて出口に向かうと、さっそくセコイアなみの大柄な警備員に止められた。

「そこから出てはいかん」彼は鋭く言った。

「飛行機に戻らねばならないのだが」

「出入国管理局と税関を通らねばだめだ」

胆汁が咽喉《のど》もとにこみ上げてきた。いまさら、ややこしい事態はなんとしても招くわけにいかなかった。町並みや路上での経験をした後だけに。私に取りついた悪魔はしつこい食わせものだった。逃げ出そうかと考えていると、あの金髪のパイロットが通りかかった。手短に事情を説明すると、彼は私を伴って飛行機に向かうことを警備員に納得させた。わが試練に終わりはあるのだろうか、と私はふと思った。

アメリカに帰国する喜ばしい幸せな心持ちを経験した例のない人を、私は気の毒だと思う。国外に出て旅をしないことには、私たちみんなが往々にして当然としているあまたのよさの真価は分かり得ない。飛行機は着陸し、私は微笑んだ。嬉々《きき》として旅券を出入国管理室のブースに叩きつけると、私は青信号を与えられた。

「ようこそ、アメリカへお帰りなさい、カッスラーさん」係員は親しげに笑いながら言った。「あなたの本はぜんぶ読みました」

故国《くに》に帰るのは確かにいい。

ターミナルのロビーに着いたとたん、私はクレイグが見当たらないので驚いた。私と同様ドイツ系の彼は、予定を守ることを誇りにしていた。私は彼がてっきり迎えに来てくれるものと思いこんでいた。私が電話を探してうろついていると、彼がカップのコーヒーをすすりながら脇《わき》をのんびり通りかかった。彼は訝しげな顔をして私を見つめた。

「あんた、一時間早いじゃないか」彼は一口すすりながら言った。

私は本当に彼を抱きしめた。知っている人に会えて、ひどく嬉しかったのだ。

「リンクス・エアには早めに発着する持病があるんだ」と私は説明した。

クレイグは私を見つめた。「まったくだ、ボス」彼はゆっくり言った。「幽霊を見たような顔をしている。いったい彼らは、あんたになにをしたんだね？」

「いつか話してやる」と私は応じた。「さしあたり、ホテルまで乗せていってもらえないだろうか？」

クレイグは私のバッグを持つと、自分の車に向かって歩き出した。「あんたのチェックインをすまさねばならない」彼は言葉巧みに言った。「それがすんだら、あそこには前から試してみたいと思っていたハイチ料理のレストランがある——ヤギの干し肉がうまいという評判だ」

ホテルのチェックインをすませると、私たちは古くからある立派なアメリカンステーキハウスへ出掛けた。クレイグはサーロインを、わたしはチョップドステーキを頼んだ。チョップドステーキは、母が作ってくれたものによく似ていた。

私の守護天使が舞い戻ってくる寸前に、悪魔は別れ際《ぎわ》の一発として、フェニックス行きのファーストクラスの座席を、一日遅れを楯《たて》に取り上げてしまった。私はいっこうに気にかけなかった。私はついに美しい妻と日干し煉瓦《れんが》造りの家へ向かおうとしていた。それがなによりも肝心なことだった。それに、エコノミークラスはすいていた。私は座席を三つ独占した。

私たちの見つけた難船がメアリー・セレスト号であることを、一〇〇パーセント証明するのは永久に不可能かもしれない。法廷では、私たちの提示する証拠は情況証拠とみなされるだろう。しかしながら、私たちはいくつもの理由から、サンゴ礁《しょう》で見つかった難船はあの船だと自信がある。

ノヴァスコシアのジオマリン・アソシエイツのアラン・ガフマンは、回収された木部とバラスト用の石に対する科学的なテストを統括した。岩石をめぐる地球科学と放射性炭素年代測定法は複雑だが、テストの結果はバラストがノヴァスコシアのノース山脈の玄武岩に認められる鉱物学上の特徴と組成を示していることを証明した。

木部は南部の松材と確認された。その松材はニューヨークで頻繁に造船に用いられたし、同所でメアリー・セレスト号は改造して大型化されている。一部はホワイトパインで、山地はアメリカ合衆国の北東部とカナダである。木部の一個の断片は、みんなを喜ばせた。それはキハダカンバで、この産地はノヴァスコシアを含む海運の盛んな地域である。

すべて符合した。

有名な海洋考古学者で、ヴァンクーバー海洋博物館の常務理事を務めるジェームズ・デルガドは、銅の被膜は、銅が三、亜鉛が二の割合の黄色い合金マンツメタル（四六黄銅）であることを認定したが、この合金は一八六〇年以降に、船殻をフナムシから守るために広く使われるようになった。

私たちはますます真実に近づきつつある。

人工遺物が分析されている間に、私はロシュレー礁に突っ込んだほかの難船はいないか、調べあげる仕事に取り組んだ。私たちは間違った難船を見つけたのではないことを証明しなくてはならない。私は国内とヨーロッパの調査家を雇って、古文書館で調べてもらうことにした。保険会社も協力してくれた。とりわけロンドンのロイズが。しらみつぶしに調べあげた。難船に関する記録はいかなるものも無視しなかった。その結果も、やはり心強いものだった。

ヴァンダリアという名の船が、まぎれもなく一〇〇年前にハイチで最期を迎えていた。しかし、その船が座礁したのはポール・ド・ペであって、ロシュレー礁からほぼ九〇キロ離れているし、船体は後に引張りあげられてスクラップにされた。ほかに、同じ時代に記録が残っている唯一の難船は汽船で、二〇キロ近く離れたミラゴーアン港で炎上した。徹底した調査によって、ロシュレー礁で座礁し、そこにとどまっていることが分かっている船はメアリー・セレスト号だということが決定的に証明された。

アラン・ガードナー、ジョン・デービスと彼が率いるＥＣＯ‐ＮＯＶＡのチーム、それに私は、いまや大いなる確信を持って、メアリー・セレスト号の墓所は見つかったと言える。幽霊船の物語は、それに相応《ふさわ》しい結末を得て幕となった。

C・カッスラー
中山善之訳
QD弾頭を回収せよ

地球に終末をもたらすQD微生物の入った弾頭2発が、アフリカ革命軍団の手に渡った！　そしてワシントンが砲撃の的に狙われている。

C・カッスラー
中山善之訳
タイタニックを引き揚げろ

沈没した豪華客船・タイタニック号の船艙に、ミサイル防衛網完成に不可欠な鉱石が眠っている！　男のロマン溢れる大型海洋冒険小説。

C・カッスラー
中山善之訳
マンハッタン特急を探せ

条約書はどちらも水の底だった。沈没した客船と、ハドソン河底のマンハッタン特急の中に……。ダーク・ピット・シリーズ第三作。

C・カッスラー
中山善之訳
氷山を狙え

氷山に閉じこめられたまま漂う、死の船の謎――ダーク・ピットが体力と知力のかぎりを尽して、恐るべき国際的な野望に立ち向う。

C・カッスラー
中山善之訳
海中密輸ルートを探れ

エーゲ海の島が、一次大戦のドイツ機に爆撃された。旧式飛行艇で応戦したピットは、謎の密輸ルートに挑戦することになる……。

C・カッスラー
中山善之訳
大統領誘拐の謎を追え（上・下）

ポトマック河畔の専用ヨットから、大統領・副大統領ら政界の実力者四人が失踪した。呼び出されたピットの活躍。シリーズ第六作。

C・カッスラー
中山善之訳
スターバック号を奪回せよ
米海軍の最新鋭原子力潜水艦スターバック号が、極秘裡の航行試験中に行方不明となった。〈ダーク・ピット・シリーズ〉幻の第一作。

C・カッスラー
中山善之訳
ラドラダの秘宝を探せ（上・下）
キューバ海域に没した財宝を追ったダーク・ピットは、月面の所有権をめぐる米ソの熾烈な争いとカストロ暗殺の陰謀に直面する——。

C・カッスラー
中山善之訳
古代ローマ船の航跡をたどれ（上・下）
古代世界最大の規模を誇ったアレキサンドリア図書館収蔵物の行方をめぐり、現代のヒーロー、ダーク・ピットが時空を超える大活躍。

C・カッスラー
中山善之訳
ドラゴンセンターを破壊せよ（上・下）
漂流船に乗り込んだ男たちは、次々に倒れた。船はやがて爆発し、そのために生じた大地震が、ピットたちの秘密海底基地を襲った……。

C・カッスラー
中山善之訳
死のサハラを脱出せよ
日本冒険小説協会大賞受賞（上・下）
サハラ砂漠の南、大西洋に大規模な赤潮が発生し、人類滅亡の危機が迫った——海洋のヒーロー、ピットが炎熱地獄の密謀に挑む。

C・カッスラー
中山善之訳
インカの黄金を追え（上・下）
16世紀、インカの帝王が密かに移送のうえ保管させた財宝の行方は——？　美術品窃盗団とゲリラを相手に、ピットの死闘が始まった。

C・カッスラー他
土屋　晃訳

白き女神を救え

世界の水系を制圧せんとする恐るべき組織。その魔手から女神を守るべく、オースチンとザバーラが暴れまくる新シリーズ第2弾！

S・ハンター
染田屋茂訳

真夜中のデッド・リミット（上・下）

難攻不落の核ミサイル基地が謎の部隊に占拠された！　ミサイル発射までに残されたのは十数時間。果たして、基地は奪回できるか？

S・ハンター
染田屋茂訳

クルドの暗殺者（上・下）

かつてアメリカに裏切られたクルド人戦士が、復讐を果たすべく米国内に潜入した。標的は元国務長官。CIA必死の阻止作戦が始まる。

S・ハンター
佐藤和彦訳

極大射程（上・下）

大統領狙撃犯の汚名を着せられた伝説のスナイパー・ボブ。名誉と愛する人を守るため、ライフルを手に空前の銃撃戦へと向かった。

S・ハンター
玉木　亨訳

魔弾

音もなく倒れていく囚人たち。闇を切り裂く銃弾の正体とその目的は？『極大射程』の原点となった冒険小説の名編、ついに登場！

L・ネイハム
中野圭二訳

シャドー81

ジャンボ旅客機がハイジャックされた。犯人は巨額の金塊を要求し政府・軍隊・FBI・銀行はパニックに陥る……。新しい冒険小説。

S・カーニック
佐藤耕士訳
殺す警官
罠にはまった殺し屋刑事。なけなしの正義感が暴走する！ 緻密なプロットでミステリー界に殴り込みをかけた、殺人級デビュー作。

マーティン・J・スミス
幾野宏訳
人形の記憶
婦人警官テレサは暴行を受けて瀕死の重傷を負い、記憶の一部を失った。徐々に取り戻す彼女の記憶に悪夢の真実が隠されていた。

G・M・フォード
三川基好訳
憤怒
誰もが認める極悪人が無実？ 連続レイプ殺人事件の真相を探る事件記者と全身刺青美女が見たのは……時限爆弾サスペンスの傑作！

D・ベニオフ
田口俊樹訳
25時
明日から7年の刑に服する青年の24時間。絶望を抑え、愛する者たちと淡々と過ごす彼の最後の願いは？ 全米が瞠目した青春小説。

B・ヘイグ
平賀秀明訳
極秘制裁（上・下）
合衆国陸軍特殊部隊にセルビア兵35名虐殺の疑惑――法務官の孤独な闘いが始まる。世界中が注目する新人作家、日米同時デビュー！

B・ヘイグ
平賀秀明訳
反米同盟（上・下）
韓国兵のレイプ殺人容疑で合衆国陸軍大尉が逮捕された。米軍に対する憎悪が日に日に増すなか、法務官はどんな戦略を駆使するのか。

新潮文庫最新刊

新潮文庫最新刊

W・ストリーバー
山田順子訳
ラスト・ヴァンパイア
彼女の渇きは、とめどない――。孤高のヴァンパイアと人間との壮絶な闘いを、空前絶後のイマジネーションで描くハイパーホラー！

B・ネイピア
藤田佳澄訳
ペトロシアンの方程式（上・下）
50年前マンハッタン計画に参加した物理学者の日記。そこには地球壊滅爆弾の製造方法が記されていた。新兵器は阻止できるのか！

C・カッスラー
C・ダーゴ
中山善之訳
呪われた海底に迫れ（上・下）
南北戦争の甲鉄艦、ツェッペリン型飛行船、そしてケネディの魚雷艇。著者がNUMAを率いて奮闘する好評の探索レポート第二弾！

J・アーチャー
永井淳訳
運命の息子（上・下）
非情な運命の手で、誕生直後に引き裂かれた双子の兄弟の波瀾万丈。知らぬ間に影響し合う二人の人生に、再会の時は来るのか……。

M・H・クラーク
C・H・クラーク
宇佐川晶子訳
誘拐犯はそこにいる
私立探偵リーガンの父が誘拐され、ミステリー作家の妻と娘に身代金百万ドルの要求が……。クラーク母娘初のコラボレーション。

H・ブラム
大久保寛訳
ナチス狩り
終戦直前の一九四四年九月、ユダヤ史上初の戦闘部隊が誕生した――彼らの極秘任務は、復讐を心に誓う壮絶なナチス狩りだった！

Title : THE SEA HUNTERS II (vol. I)
Author : Clive Cussler & Craig Dirgo

呪《のろ》われた海底《かいてい》に迫《せま》れ(上)

新潮文庫　カ－5－31

Published 2004 in Japan
by Shinchosha Company

平成十六年一月一日発行

訳者　中《なか》山《やま》善《よし》之《ゆき》

発行者　佐藤隆信

発行所　株式会社新潮社

郵便番号　一六二―八七一一
東京都新宿区矢来町七一
電話　編集部(〇三)三二六六―五四四〇
　　　読者係(〇三)三二六六―五一一一
http://www.shinchosha.co.jp

価格はカバーに表示してあります。

乱丁・落丁本は、ご面倒ですが小社読者係宛ご送付ください。送料小社負担にてお取替えいたします。

印刷・株式会社光邦　製本・憲専堂製本株式会社

ISBN4-10-217031-6 C0198